혼자서도
잘 먹었습니다

힘든 하루의 끝, 나를 위로하는 작은 사치

혼자서도 잘 먹었습니다

히라마쓰 요코 지음
이영미 옮김

indigo

차례

프롤로그

혼자 먹는 즐거움을 알고 싶은 당신에게

"혼자 있을 때는 얼른 집에 들어가서 자기 먹고 싶은 거 먹으면 아무 문제없잖아?"

솔직하게 물어오는 남자의 말에 '흐음, 그런데 말이죠'라며 여자의 속내를 해설해주고 싶은 충동이 일었다. 그런데 "안 그래? 어차피 혼자니까 맛이 있거나 없거나 별반 다를 게 없잖아"라며 내처 몰아붙여서, "이해가 안 되나? 이해가 안 되겠지"라고만 대꾸하고 서둘러 대화를 마무리 지었다.

혼자면 어차피 다를 게 없다니, 그 말부터가 완전 잘못됐거든. 혼자이기에 더더욱 기분 좋은 시간을 보내고 싶은 것이다. 게다가 맛있게 먹을 수 있다면 더없이 행복하지. 물론 그거야 집에서나 밖에서나 똑같지만, 자기 집이라면 마음 내키는 대로 나 좋을 대로 하면 그만이다. 그렇지만 밖에 있을 때는 약간의 궁리와 기술이 필요하다. 내가 나를 대접해주기 위한 방도라고 하면 좋을까.

애당초 혼자 먹는 것은 외로운 일도 부끄러운 일도 전혀 아니다. 다른 무엇보다 배가 고프면 사회에서 치열한 싸움을 할 수 없을뿐더러 오늘 하루를 버텨낼 기운도 안 난다. 먹고 이겨내야 하는 상황에 혼자든 둘이든 매번 흠칫거리거나 엉거주춤한 태도를 취한다면 세상을 살아나갈 수 없다. 게다가 다름 아닌 자기 배의 상황인 만큼 남이 대신해줄 수도 없다. 그렇긴 해도 누구랑 같이 먹는 밥, 그건 물론 무조건적으로 즐겁다. 별 대수롭지 않은 대화라도 생글생글 웃으며 먹는 것만으로도 갑자기 식욕이 왕성해진다. 여유란 이런 한때를 말하는 거구나 새삼 절실히 실감한다.

그렇기에 함께 웃을 상대, 얘기할 상대가 눈앞에 없는 혼자일 경우에는 조금 더 신중하게 선택하거나 경험을 끄집어내어 이리저리 생각을 굴려보곤 한다. 다시 말해 어른의 지혜를 사용하는 것이다. 맛있게 먹을 수 있도록, 유쾌한 기분을 가질 수 있도록. 요컨대 능숙하게 자기를 대접하고 나면, "됐어, 해냈어!"라는 감탄사가 절로 나온다. 누구와 함께할 때와는 다른, 또 다른 깊은 만족감이 느껴지니 참 신기하다.

'맛있는 가게' '좋은 가게'는 무조건 '혼자일 때 가고 싶은 가게'냐고 한다면, 물론 꼭 그렇지는 않다. 이것이 가장 중요한 점이다.

'맛있는 가게' '좋은 가게'와 '혼자일 때 가고 싶은 가게'는 겹쳐질 때도 있고, 그렇지 않을 때도 있다. 예를 들면 아무리 '맛있는 가게'라도, 화려한 고급 레스토랑은 단단히 벼르다 혼자 방문해도 역시나 왠지 겉도는 느낌을 떨쳐낼 수 없다. 게다가 주위에서 대화도 진수성찬의 일부라는 듯이 화기애애하게 주고받는 곳이면, 혼자만 외톨이가 된 기분이 들어서 점점 더 쓸쓸해진다. 그래서 혼자일 때 프랑스 요리가 꼭 먹고 싶어지면, 상냥한 마담이 친절하게 응대해주는 비스트로 혹은 작은 셰프스테이블이나 카운터가 있는 가게를 선택하게 된다. 다시 말해 자기 상황과 기분을 고려해서 그것을 만족시켜줄 만한 장소를 스스로 골라 준비하는 것이다. 딱 맞아떨어지면 박수

갈채. 이것은 정말이지 가슴 설레는 즐거운 작업이다.

그런 재미를 발견하면, 음식의 맛만이 '좋은 가게'를 결정하는 요소가 아님을 알게 된다. 그리고 아무리 평판이 좋은 가게라도 혼자 온 손님을 밀어내는 공기가 감도는 곳은 얼마든지 많다. 아니, 그게 꼭 나쁘다는 말은 절대 아니다. 가게에는 저마다 본래 갖추고 있는 공기가 있게 마련이고, 그것이 그 자리의 개성을 만들어내니까.

혼자 앉아 있으면, 오히려 더 남의 시선을 끌거나 오도카니 외톨이가 된 기분에 젖어들 때가 있어서 내심 '어머, 어쩌지' 하며 초조해지는 경우가 있다. 전에 몇몇이 같이 왔을 때는 즐거워서 다음에는 혼자 갔는데, 왠지 모르게 그 자리의 흐름을 타기가 힘들다, 예를 들면 이런 경우다. 문득 정신을 차린 순간, 남들의 시선이 자기 존재에 힐끗힐끗 걸려드는 느낌이 자꾸만 든다. 어, 이상하네. 자의식 과잉인가 싶어 애써 생각을 고쳐보지만, '원정경기에 온 느낌'이라고 해야 할까, 역시나 미묘한 위화감으로 되돌아가고 만다.

이럴 때는 대체로 똑같은 이유 때문이다. 말하자면 가게 쪽에 혼자인 손님을 받아들이기 힘든 공기가 원래부터 깃들어 있어서 도무지 순조롭게 편안함을 안겨주지 못한다. 그렇다면 모든 저항은 소용이 없다. 어느 쪽에 잘잘못이 있는 것도 아니다. '그렇구나, 그런 거였어'라고 재빨리 이해하고 장소를 바꾸는 게 최선이다. 아무래도 여기와는 안 맞는다는 생각이 들면, 오래 머물지 말고 얼른 일어나 떠나는 것도 혼자일 때는 아주 중요한 결단이다.

카운터가 있는 가게는 굉장히 편하다. 옆으로 늘어서 앉아서 혼자 있는 모습이 자연스럽게 보인다. 혼자 먹거나 마시는 게 당연한 구조라 불필요한 자질구레한 일이 개입하지 않는 점이 고맙다. 멍하게 긴장을 풀고 있어도 다른 손님에게는 얼굴이 잘 보이지 않는 면도 마음 편히 느긋해질 수 있는 이유다. 다만, 카운터에 앉으면 등은 의외로 많은 이야기를 한다. 그런 만큼 등은 곧게 펴고 반듯하게 유지하고 싶다.

가게 직원이 여성인 경우에도 자연스럽게 발길이 향한다. 같은 여자끼리라 혼자 온 손님을 흔쾌히 스스럼없이 맞아주니 기쁘다.

"오늘은 혼자라 우리 집에 와주셨구나 생각하면 기뻐요."

작은 요릿집의 여주인이 말했었다. 그렇게 생각해주신다면, 이쪽 역시 그저 고마울 뿐이다.

혼자일 때 가고 싶어지는 가게는 얼굴만 보고도 손님의 기분을 재빨리 알아채고, 마음 편한 좋은 자리를 적절하게 마련해주는 곳이다. 일부러 발길을 해줬구나 하는, 가게 쪽에서 느끼는 기쁨을 확실한 편안함으로 보상해준다고 표현하면 좋을까. 손님이 얘기하고 싶어 할 때는 적당히 상대해주고, 오늘은 조용히 있고 싶어 하는 눈치면 적당히 혼자 있게 해준다.

손님과의 사이에 늘 적절한 거리를 유지해주는 가게라면, 틀림없이 혼자일 때라도 부담 없고 편안하다.

아담한 가게도 아주 좋다. 사람들 출입이 어수선하게 많지도 않고, 전체적으로 포근하게 안정된 온화한 공기가 흐르는 가게. 선술집이든 이탈리아 요리든 튀김이든 마찬가지다. 요리의 장르와는 관계없다. 그런 가게에는 전반적으로 '손님을 소중히 여기고 싶다' '소중하게 지켜주고 싶다'는 기풍이 있고, 그런 분위기가 포용력과 큰 그릇을 느끼게 해줘서 마음이 편해진다.

그러므로 그런 가게를 몇 군데 알아두는 것은 처세술의 하나라고 할 수 있다. 자기 삶의 폭도 훨씬 넓어진다. 이때다 싶을 때 한번쯤 의지해보거나 후다닥 그곳으로 도망칠 수 있다. 왠지 풀이 죽거나 기운이 없을 때도 더없이 고맙다. 식당은 단순히 배를 채우기 위해 존재하는 장소가 아님을 깨닫는다.

부부가 운영하는 가게도 딱히 거리낄 게 없어서 좋다. 자기 자신도 가정의 온기에 빠져들어 편안해진다. 손님들이 자연스럽게 "아버님" "어머님"이라고 부르기도 하고, 때로는 어리광을 부리거나 철없는 소리도 해서 어쩐지 다 함께 공유하는 '시내의 우리 집' 같다.

"조심해서 들어가. 잘 자요."

가게를 나오며 미닫이문을 닫을 때, 그런 인사를 건네주거나 하면 가슴속에 환하게 등불이 밝혀지며 따뜻해진다.

(아아, 들르길 잘했어.)

그런 말을 중얼거릴 수 있는 가게가 혼자일 때는 더더욱 중요하게 여겨진다.

카레, 돈가스, 정식. 혼자 오는 손님이 많은 3대 요리 장르도 적극적인 자위책으로 매우 큰 의지가 된다. '빠르다' '싸다' '맛있다'. 이것은 매우 중요하다. 얼른 먹을 수 있고, 1인분 양이라 쓸데없는 낭비가 없으며 포만감도 확실하게 느낄 수 있다. 게다가 여간해서는 기대에 어긋나는 일이 없다는 것도 편리한 점. 처음으로 훌쩍 들어간 가게에서 낙담했다고 하더라도 카레나 정식이면 별로 화도 안 날뿐더러 이런 일도 있겠지 하며 오늘은 이 정도로 접어두자고 포기하게 된다. 실패나 후회를 몇 번씩 거듭하다 보면, 기분 좋은 자기 취향이 어떤 것인지 만족할 수 있는 부분을 점점 잘 알게 된다.

"거기에 장어도 넣자. 술잔을 기울이며 시간을 잊고 느긋하게 기다리는 소금구이나 양념구이. 그건 정말 별미잖아."

그렇게 주장하는 풍류를 즐기는 친구가 있는데, 흐음 그건 각자의 기호에 따라 다르겠지. 내 경우는 맛있는 소금구이나 양념구이는 수다를 떨며 간절히 기다리다 "맛있다, 정말 맛있지"라고 한차례 맞장구를 쳐가며 화기애애하게 먹고 싶은 음식이라 혼자일 때는 좀처럼 발길이 향하지 않는다. 기호란 미묘하게 다르다는 것 역시 재미있는 구석이다.

기분 내키는 대로 혼자만의 시간을 즐기기에는 국숫집이 빠르고 편리하다. 돌이켜보면 혼자만의 시간을 보내는 최고의 연습 상대가 되어준 곳은 국숫집이었던 같다. 맥주 작은 병에다 이타와사(얇게 썬 어묵에 강판에 간 고추냉이를 곁들인 음식), 나물. 마무리로 담백하게 세이로소바(대발을 깐 작은 나무 그릇에 담은 메밀국수). 겨울에는 따끈하게 데운 술에 메밀된장, 계란말이, 굴회도 좋지. 의외로 술도 안주도 술술 넘어가고 마지막 입가심으로 뜨거운 가모난반. 오늘은 이색국수로 세이로소바 한 판과 튀김국수…… 선술집에서는 무심코 자꾸자꾸 꼬리를 물어서 좀처럼 끝내기 어려운데, 국숫집의 장점은 마무리가 준비되어 있다는 것. 국수가 확실하게 막을 내리는 역할을 해주는 게 오히려 더 감사하다.

중요하다고 생각하는 점이 또 하나 있다. 혼자일 때는 자리를 정리하고 일어서는 시간이 가장 중요하다.

조금 더 먹고 싶고 마시고 싶을 때라도 그 직전에 깔끔하게 마무리를 짓는다. 즐거운 와중에 과감하게 매듭짓는다. 그러면 기쁜 마음의 여운이 오래도록 남는다. 그게 바로 다른 사람을 대접할 때와는 다른 면이다. 누군가를 대접한다면, 시간도 노력도 아낌없이 듬뿍! 그렇지만 자기가 자기를 대접할 때는 만족하기 일보 직전이 좋다. 이제 슬슬 만족에 손이 닿을 듯하다. 그것을 알아챈 순간, 과감하고 깔끔하게, 요컨대 일찌감치 끝낸다. 물론 나이를 아무리 먹어도 이것이 가장 어려운 일이긴 하지만.

책의 말미에 혼자일 때 도쿄 도내에서 의지가 될 만한 가게를 100군데 꼽아보았다. 모두 다 이따금 혹은 뻔질나게 자주 방문하는 곳이지만, 외출 중에 들르는 지역에는 아무래도 조금 편향이 있게 마련이다. 또한 취향도 매우 큰 영향을 줄지 모른다. 만약 여러분과 궁합이 안 맞는다면 죄송스러울 뿐이다. 다만,

언제나 성의를 다해 맞아주는 가게라는 점을 염두에 두고 골랐다. 또한 일부러 초밥집은 생략했다. 초밥집이야말로 가게와 손님의 궁합이 가장 섬세한 곳이니까. 일단은 근처 초밥집부터 다니고, 천천히 시간을 들여서 자신과 궁합이 잘 맞는 가게를 찾아보기 바란다.

지금도 여전히 가끔 실패한다. 불과 얼마 전에도 별로 발길을 하지 않는 지역에서 여유 시간이 생겨 오래전부터 가보고 싶었던 근처 비스트로에 혼자 들러볼 마음이 들었다. 어떤 맛일까, 스튜 종류가 맛있다는 평판이 있으니 오늘은 먼저 그것부터 먹어봐야지, 나 혼자 기대에 부풀어 의기양양하게 문을 열고 들어섰다. 그러자 가게 사람이 미안해하는 표정으로 나와서 하는 말. "죄송합니다, 오늘은 예약이 꽉 찼습니다."

이럴 때는 갑자기 갈 곳을 잃어 실망이 이만저만이 아니다. 순조롭게 쓱 들어가면 기분이 최고지만, 문전박대를 당한 기분이 드는 데다 혼자라서 더더욱 거부당한 기분에 휩싸이고 만다. 아아, 예약 전화 한 통이라도 하고 올걸 반성하면서 구멍 난 풍선처럼 힘없이 움츠러든다. 딱히 누가 잘못한 것도 아닌데. 그러나 그대로 계속 풀이 죽어 있을 수만은 없다. 기분을 바꾸고, 다시 시작!

혼자는 재미있다. 자기 멋대로 계획 없이 무작정, 아무에게도 방해받지 않고, 얽매이지 않고, 발길 닿는 대로. 가끔 하는 실패나 낭비도 나 혼자 받아들이고 끝내면 그만이니까.

더할 나위 없이 행복한 순간이 있다. '그래, 다음에는 그 사람을 데려와야지'라는 생각이 들 때다. 혼자만의 시간에 새로운 선물을 받은 기분이다.

실연의 상처, 가뿐하게 극복

메밀국수

사이토 고가네는 불과 석 달 전까지만 해도 고가짱이라 불렸다. 애당초 고가네라는 이름부터가 이상하지만, 그 이유가 아버지가 풍뎅이(일본어로 고가네무시)를 유독 좋아했기 때문이었다는 것을 초등학교 때 듣고, 온몸에서 힘이 쭉 빠지며 맥이 풀렸던 기억이 있다. 그 이름 덕분에 초등학생 때는 '가네곤(〈울트라Q〉라는 일본 드라마에 나온 동전을 모으는 괴수)', 중학교에 들어가서는 '고가네마루(아동문학가로 유명한 이와야 사자나미의 동화 속 주인공으로 부모의 원수를 갚는 강아지)'라고 불리다 보니 자기 이름에 내내 불만을 품은 채로 스물여덟 살인 오늘날까지 살아왔다.

사귀던 남자친구에게 그런 얘기를 했더니, "그럼, 고가짱이라고 하면 어때? 고가짱. 아기곰 고구짱 느낌도 나고 귀엽잖아"라고 했던 것. 그런 연유로 사이토 고가네는 최근 2년 7개월 동안 줄곧 '고가짱'이라 불려왔다.

2년 정도는 정말로 아기곰 고가짱이 된 것처럼 기뻐서 '고가짱'이라고 불릴 때마다 어리광을 부리곤 했다. 사소한 말다툼을 자주 하게 된 후에도 "아이, 고가짱, 그렇게 삐지지 마"라고 부드럽게 어루만지듯 달래주면 그럭저럭 기분이 풀렸다. 그러나 숱하게 옥신각신한 끝에 결국은 헤어지고 3개월이나 지난 지금은 귓속 깊이 들러붙은 '고가짱'의 흔적에 짜증이 날 뿐이다. 차라리 잘된 일이야, 이윽고 상처도 치유됐나 하는 생각도 들었다.

그런데 지금도 가끔 허둥지둥 당황하는 순간이 있다. 그것은 바로 집 근처에 있는 국숫집의 포렴을 젖히고 들어설 때다. 퇴근길에 만나서 둘이 자주 가곤 했던 그 국숫집에 고가네 혼자 들른다고 치자.

"어서 와요. 어머, 고가 씨 혼자야?"

한순간 뜸을 들이다 "아아, 네". 저기요, 아줌마, 아직도 "혼자야?"라고 물으시는데, 혼자 온 지 벌써 반년은 됐거든요. 속으로 궁시렁궁시렁. 그렇지만 싸고 맛있고, 다른 무엇보다 집으로 돌아가는 길이라 편리해서 등 돌리듯 발길을 끊을 수도 없는 노릇이다.

선반에 꽂혀 있는 석간신문을 꺼내어 자리를 잡고 앉아 텔레비전으로 눈을 돌린다. "오늘은 하루이치방(겨울이 끝날 무렵에 최초로 부는 강한 남풍)이 불었습니다." 방금 전까지 자기가 있었던 마루노우치 거리의 영상이 나왔다. 우울한 기분으로 무릎을 감싸고 있는 동안, 어느새 계절은 바뀌고 있었던 것이다.

이봐요 아줌마, 나도 남자랑 헤어지고 나름대로 진화하고 있단 말이에요. 게다가 내 이름은 원래 '고가'가 아니에요. "고가짱, 고가짱"이라고 부르는 소리를 들어서 그런 줄 아시겠지만, '고' 쪽에 악센트가 붙잖아요. 그러니 내 이름은 '고가(古賀)씨'가 아니라고요. 아아 하고 긴 탄식을 흘린다. 어차피 난 특별할 것 없는 적당한 손님인 거겠지. 아니, 그보다 아무리 집 근처라고 해도 헤어진 남자랑 뻔질나게 드나들었던 가게를 여전히 오는 내가 더 무신경한 걸까.

심사가 꼬이고 짜증이 치밀어서 괜스레 튀김메밀 세트, 산채메밀, 채소튀김메밀…… 벽에 붙여둔 눈에 익은 메뉴를 노려보았다.

"어라?"

따닥따닥 붙은 메뉴 행렬 오른쪽 끄트머리에 처음 보는 글씨가 있었다.

'머위순튀김.'

어, 저런 메뉴는 한 번도 본 적이 없는데. 보면 볼수록 히라가나(한자 초서체에서 만들어진 일본의 음절문자)로 써놓은 그 글씨가 흡사 무슨 주문 같았다.

"머위순튀김, 머위순튀김."

입 속으로 계속 중얼거리는 사이 풀어진 기분이 멋대로 스멀스멀 번져나갔고, 조금 전까지 배배 꼬였던 마음도 차츰 누그러졌다.

"머위순은 정말 눈 깜짝할 시기뿐이야. 지금이 제일 맛있을 때지."

아줌마의 말이 채 끝나기도 전에 "그럼, 머위순튀김이요!"

기세 좋게 주문하고 나서 흐음……. 아줌마 머리 뒤에 단단히 묶인 삼각건 매듭을 바라보며 생각한다. 아무래도 머위순튀김 하나로는 배가 안 찰 것 같은 예감이 든다. 다른 것도 좀 주문할까. 메뉴가 적힌 종이로 시선을 돌리자, 머위순튀김 바로 왼쪽에 이타와사라고 적힌 글씨가 눈에 들어왔다. 시선을 옆으로 휙 돌리자 김, 야키미소(삼목 판자에 바른 된장을 뭉근한 불에 구운 음식), 계란말이.

지금 막 처음 본 것처럼 느껴졌다. 그동안은 전혀 못 본 것이다. 아니, 사실은 그게 아니다. 요컨대 눈이 글씨 위를 그저 휙 훑고 지나쳤을 뿐이다. 이타와사, 야키미소, 김, 계란말이. 하나같이 너무나 평범하게 보여서 아무래도 식욕이 발동하지 않았던 것이다.

"이타와사를 시켜볼까. 어머, 웬일이래. 술은? 한 병 딸까?"

예상치도 못했던 전개다. 최근 3년 가까이 남자친구와 함께 포렴을 젖히고 들어와서 탁자에 마주 앉으면, "으음, 가만있자"라고 목을 빼고 메뉴를 보며 오늘은 온메밀로 할까 냉메밀로 할까, 아니면 닭고기계란덮밥으로 할까 튀김덮밥으로 할까 결정하는 게 고작이었다. 시원스럽게 결정하면 그걸로 끝이었다. 메밀국수 한 그릇이나 덮밥 한 그릇을 서둘러 입으로 그러넣으면 식사는 바로 끝난다. 수고를 덜어주는 간편함, 그것이 국숫집의 장점이라고 생각했었다. 게다가 남자친구는 맥주 한 잔에도 얼굴이 새빨갛게 달아오를 정도로 술을 못 마시는 사람이다 보니 국숫집에서 술을 주문하는 것은 상상조차 해본 적이 없다.

"그럼, 술 한 병. 따뜻하게 데워주세요."

이렇게 해서 머위순튀김, 이타와사, 술병 하나가 자그마한 탁자 위에 늘어섰다.

고가네는 눈을 휘둥그레 떴다. 노릇노릇 갓 튀겨낸 옅은 갈색, 따끈따끈하게 김이 피어오르는 머위순튀김 다섯 개가 데구루루. 오호, 두툼하게 썬 어묵에는 갓 갈아낸 고추냉이. 게다가 "이건 특별 서비스야"라며 아줌마가 주고 간 작은 그릇에 담긴 야키미소. 한 달에 두세 번은 다녔는데도 본 적도 먹어본 적도 없는, 심시어 먹어볼 생각조차 못했던 음식들만 자기 앞에 늘어섰다.

자 그럼, 음식을 먹기 전에 일단 한 잔. 술병 목을 잡고 기울이자, "헤헤" 절로 웃음이 흘러나올 지경이다. 허둥지둥 황급히 술잔을 입술에 대고 단숨에 쭉 들이켜자, 족히 절반은 목으로 스르륵 미끄러져 들어온다.

캬하, 좋다!

입이 배시시 풀렸다. 엉겁결에 술을 더 따르고 잇달아 두 잔째. 그러자 역시나 입술이 기쁨에 겨워 어쩔 줄을 모른다. 다른 사람 눈에는 이상하게 보일지도 몰라 허둥지둥 얼굴 근육을 추슬러보지만, 이미 엎질러진 물. 이번에는 배 속 깊은 곳에서 키득키득 웃음이 솟구쳐 오른다.

화상을 입을 정도로 뜨거운 머위순의 쌉쌀함은 초봄의 맛이다. 탱글탱글한 어묵은 단지 그것만으로도 이렇게 맛있는 음식이었을까. 집요하게 코를 톡 쏘는 고추냉이는 달콤한 뒷

맛이 남는다. 야키미소는 난생처음 먹어보는 맛이다. 아줌마가 '특별 서비스'를 다 주시다니, 무슨 바람이 불었을까. 깊은 맛이 밴 된장을 찔끔찔끔 찍어 먹고, 따끈한 술로 부드럽게 혀를 축인다. 비스듬한 맞은편 자리에서 들려오는 소리는 먼저 온 나이 지긋한 노부부가 후룩후룩 국수 면발을 빨아들이는 태평한 소리다.

이런 조용하고 한가로운 한때는 선술집에서는 맛볼 수가 없다. 고가네는 살짝 달아오른 뺨의 열기를 느끼면서도 뜻밖에 송글송글 샘솟는 즐거움을 느꼈다.

어느새 가벼워진 술병 무게에 맥이 탁 풀린 순간이었다.

드르륵. 미닫이문을 열고 들어온 사람은 넥타이를 느슨하게 풀어헤친 직장인 남성 두 명이었다. 외투 앞단추를 풀어놔서 흰 와이셔츠의 환한 빛이 눈부셨다.

그건 그렇고, 술병은 어느 순간 갑자기 휙 가벼워진다. 방금 전까지 확실한 무게감이 느껴졌는데 불시에 허를 찌른다. 그나저나 머위순튀김과 이타와사를 안주 삼아 술 한 병을 거뜬히 비워버린 스스로에게 놀랐다. 젓가락 끝에 남은 야키미소를 찍어서 못내 아깝다는 듯이 호로록 핥고 나자, 별안간 딱따기(예전에 극장에서 막을 올릴 때 신호로 치던 나무토막) 치는 소리가 울리며 무대는 다음 장면으로 옮겨간다.

'아, 뜨거운 메밀국수 먹고 싶다.'

뜨거운 국물이 뭉근하게 위로 스며드는 순간이 떠올랐고, 그러자 메밀국수가 먹고 싶어서 참을 수가 없었다.

"가모난반(닭고기와 파를 넣은 국수) 하나 더 추가요, 총 세 개."

저쪽도 가모난반인가. 국수를 기다리는 동안, 몸속 구석구석까지 온기를 채운 얼근한 술기운에 두둥실 떠오르는 기분으로 중얼거렸다. 난 그동안 전혀 몰랐네. 국숫집이 이렇게 즐거운 곳일 줄이야.

조금 전에 들어온 직장인 남성 두 명은 넥타이를 등 뒤로 넘기고 가모난반을 후닥닥 먹어치우더니 국물까지 후루룩 싹 비우고 묻는다. "잘 먹었어요. 얼마죠?" 가게에 머무른 시간은 얼추 15분 정도다. 그래, 우리도 저랬겠구나. 배가 고프면 수고도 돈도 안 들고, 딱히 기대도 하지 않는가 하면 낙담할 일도 없는 국숫집이 편리하고 요긴했다. 뭐 하긴, 이제 와서 생각하면 남자도 엇비슷한 존재다. 퇴근 후나 휴일에 같이 시간을 보낼 상대를 마련해두고 싶었던 것일지도 모른다. 그렇지만, 이라며 뒤늦은 술기운이 밀려온다. "고가짱"이라고 불릴 때마다 그 울림은 분명 내 마음 깊은 곳에서 달콤하게 울려 퍼졌다.

뜨끈한 국숫물이 마시고 싶어졌다. 이곳의 국숫물은 담백하고, 몸을 따뜻하게 데워준다. 평소에는 국숫물에 양념국물을 타서 마셨는데, 오늘은 그대로 마셔보고 싶었다.

작은 사기 잔 하나를 받아서 주전자에서 국숫물을 따르자, 걸쭉하고 부드러운 국물이 흘러내렸다. 그것을 새삼스레 깊이 음미하며 혀 위에서 한 바퀴 돌리자, 가슴속으로 은은한 맛이 퍼져나갔다. 취기가 한 군데로 모이며 서서히 부드럽게 가라앉았다.

“잘 먹었습니다. 맛있었어요.”

“또 와요.”

시곗바늘은 8시 45분을 가리키고 있었다. 금요일 저녁에 예기치 못한 선물을 받았다. 고가네는 그런 심정이었다. 문득 생각했다. 다음에 이 포렴을 젖히고 들어올 때는 아줌마가 더 이상 “어머, 혼자야?”라고 묻지는 않겠지.

나만 아는 힐링, 비밀 점심

돈가스

"아이참, 오가와 군! 이 '물티슈', 뚜껑이 계속 열려 있었잖아. 이래서야 '마른티슈'지 물티슈야?"

앗, 죄송합니다. 점심식사를 하고 들어오자마자 헐레벌떡 발길을 돌려 비품창고로 달려가야 하는 오가와 군은 입사 2년째. 그 뒷모습으로 힐끗 시선을 던지는 가쓰라 미호는 철도회사 홍보부에서 일하는 서른아홉 살 직원으로 근속 7년째.

정말 못 봐주겠네. 디저트로 귤을 싸온 사람은 너니까 '물티슈' 정도는 직접 가져다 쓰란 말이지. 복사기 트레이를 빼 보이며, "이봐, 여기 복사지 떨어졌어"라고 길들이기 위한 잔소리를 해대는 쉰세 살 부장이 그나마 너보다는 훨씬 봐줄 만하다는 소리를 들어도 난 모른다.

"으음 있지, 돈가스 먹고 싶지 않니?"

오가와 군이 내미는 '물티슈' 자락을 뽑아올리며 이쪽으로 돌아앉은 가쓰라가 묻는다. 무슨 소리하는 거야, 지금 막 도시락 먹었잖아.

"안 그래? 돈가스는 왠지 갑자기 당기잖니."

돌이켜보면 동기로 입사했을 때부터 당돌한 여자였다. 입사 4개월째, 둘이 처음으로 전철을 타고 차장 연수를 받게 됐는데, 발차 직후 전방을 손짓으로 가리켜 확인하는 단계를 마친 후, 진행 방향을 똑바로 바라본 채 말했던 것이다.

"우이로(일본 전통 간식 중 하나로 막대 모양 시루떡) 먹고 싶다."

뜬금없는 그 말에 당황한 나는 입을 다문 채로 집게손가락을 천천히 손 안으로 감싸 쥐어야 했다. 오랜 시간 같이 지내서 느닷없는 행동에는 많이 익숙해졌지만, 왠지 순순히 동조해주기는 싫었다.

"으음, 나는 가끔 갑자기 햄가스가 너무너무 먹고 싶더라."

"햄가스 좋지. 그러고 보니 몇 년이나 못 먹었네, 햄가스."

그러나 가쓰라는 빈 도시락을 빨강과 초록의 체크무늬 천으로 다시 싸면서 언제까지고 자기가 깔아놓은 레일 위만 내처 달릴 뿐이다.

"그래도 역시 돈가스가 낫지. 아아, 돈가스 먹고 싶어. 오랜만에 먹고 싶다."

돈가스 얘기에 동조해주지 않았던 것은, 아니 굳이 밝히면 동조해주고 싶지 않았던 데는 이유가 있다. 나는 두세 달에 한 번, 돈가스를 먹으러 간다. 혼자서 살짝, 게다가 기가 막히게 맛있는 돈가스를…….

그런 습관이 생긴 것은 2년 전 봄이다. 또렷하게 기억나는 것은 큰아들 유치원 입학식에 입을 예정이었던 정장을 한밤중에 끄집어냈더니 치마가 꽉 끼어서 배가 불룩 튀어나왔다. 분명 오늘 돈가스를 먹은 탓이야. 허둥지둥 돈가스 탓으로 돌렸던 기억이 지금도 생생하다.

돈가스를 직접 만드는 일은 거의 없다. 가끔 남편 고이치가 "돈가스, 먹고 싶다"라는 말을 꺼내긴 하지만, 그럴 때마다 "일할 때 밖에서 점심으로라도 먹지 그래"라느니 어쩌느니 어물쩍 넘어간다. 내가 꼭 먹고 싶어질 때는 상점가에 있는 정육점으로 갓 튀긴 돈가스를 사러 가기도 한다.

그런데 2년 전의 봄이었다. 보도 옆에 심어놓은 벚꽃이 금방이라도 꽃망울을 터뜨릴 것처럼 볼록하게 부풀어 오르고, 저 멀리에서는 옅은 복숭아빛이 안개처럼 하늘거렸다. 지난해 인사이동에서 가쓰라가 먼저 사보(社報) 제작 부서로 이동했고, 이어서 그해 봄에 내가 같은 직위로 그녀의 옆자리에 앉게 되었다. 곧바로 도심에 위치한 인쇄회사로 혼자 인사를 하러 다녀오는 길이었다.

미닫이문이 옆으로 미끄러지고 포렴이 팔랑거리며 남녀 세 사람이 골목길에 있는 작은 가게에서 나오는 순간과 맞닥뜨렸다. 양복과 제복 차림으로 보아 그 근처 회사에 다니겠지.

"맛있네."

"그러게. 진짜 엄청 맛있었어."

"바삭바삭하고 그러면서도 육즙이 촉촉하고."

"금방 또 오고 싶어진다니까."

"정말이야. 또 오자. 약속이다, 꼭!"

바로 앞에서 걸어가는 세 사람의 목소리에서 생기가 넘쳐났다. 조금 전 가게를 돌아보니, 쪽빛 포렴에 하얀 글씨로 적힌 굵직한 글자 '돈가스'. 바로 그 순간 관자놀이 언저리에서 쩝 하는 소리가 울리고, 곧이어 목 안으로 침이 꿀꺽 넘어가는 소리가 울려 퍼졌다.

정신을 차려보니 돈가스 가게의 미닫이문에 손을 얹고 있었고, 그대로 손끝에 힘을 넣고 오른 어깨를 밀며 문을 드르륵 열어젖혔다.

매끈하고 청결한 기다란 원목 카운터다. 와아, 돈가스 가게인데 기름 냄새가 전혀 안 나네. 막 닫은 미닫이문으로 시선을 돌리자, 나무틀 안쪽까지 구석구석 말끔히 닦여 있었다. 카운터 너머에서 묵묵히 돈가스를 튀기고 있는 주인아저씨는 빳빳하게 풀을 먹인 조리용 작업복 차림이다.

오오, 이럴 수가. 오랜만에 먹는 돈가스도 기쁘지만, 먹기 전부터 기대감으로 가슴을 뛰게 만드는 엄청난 가게에 들어온 것이다. 온몸에 피가 용솟음치며 몹시 흥분되었다.

"뭐로 드릴까요?"

쿵. 눈앞에 찻잔이 놓였다. 아줌마의 재촉에 허둥지둥 벽에 적힌 메뉴로 시선을 돌렸다.

로스가스 정식	2200엔
히레가스 정식	2300엔
돈가스 정식(점심식사만)	900엔
돈가스 덮밥	1200엔

점심식사에 2200엔! 말도 안 돼, 당연히 돈가스 정식 900엔으로 먹어야겠지. "으음, 돈가스 정식"이라고 말하려고 입을 열었건만, 정신을 차려보니 말이 헛나가고 말았다.

"로스가스 정식으로 주세요."

매우 비싼 건 분명하지만, 그 나름의 자신감이 있을 게 틀림없다. 게다가 문득 가격이 그렇게 비싼 이유도 궁금해졌다. 조금 전 세 사람 일행은 뭘 시켰을까. 아무튼 지금 상황에서는 과감하게 밀고 나갈 수밖에 없을 것 같다.

"네에, 카운터 2번 손님. 로스가스 정식, 하나."

좁은 가게 안에 아줌마의 목소리가 울려 퍼지자마자, 큼지막한 기름 냄비 앞에 진을 치고 있던 아저씨가 고기를 꺼내서 열심히 빵가루에 치대기 시작했다. 엇, 저건 내 로스가스네. 목을 살짝 빼고 들여다보니 아저씨의 굵은 손가락 틈새에 낀 고기가 눈에 확 들어왔다.

어머, 어쩜 저렇게 두껍지. 폭신폭신하게 온통 빵가루를 뒤집어쓰고 기름 속으로 조용히 미끄러져 들어간 고기의 추정 두께는 3센티미터 남짓. 주인아저씨는 기다란 젓가락을 들고 냄비 앞에 서 있다. 그 옆에 진을 치고 있던 젊은 청년이 양배추 잎을 포개놓고 싹둑, 싹둑, 싹둑. 엄청난 속도로 빠르게 칼질을 하며 어느새 도마 위에 가느다란 양배추 채로 수북하게 쌓은 작은 산을 등장시켰다. 자기도 모르게 넋을 잃고 말았다. 세상에나, 엄청난 돈가스집을 조우한 것인지도 모른다.

조금 전에 인사하러 찾아갔던 인쇄회사 직원들도 이 가게에 다닐까. 카운터에 열 사람, 테이블 네 개를 꽉꽉 메운 손님들은 이 근처 사람들일까. 카운터 반대편 끄트머리에 앉아 있는 남녀, 가게 안을 두리번거리는 걸 보니 일부러 멀리서 찾아왔나 본데. 그렇다면 이름이 꽤 많이 알려진 가게인가?

시선을 이리저리 돌리다 '아' 하는 생각이 들었다. 내가 혼자 돈가스 가게에 들어왔네.

생각해보니 혼자서 돈가스 가게에 들어온 것은 처음이었다. 돈가스. 장어. 초밥. 튀김. 어릴 때부터 별로 인연이 없었던 가게는 어른이 된 후로도 왠지 문턱이 높게 느껴져서 여전히 혼자 발을 들여놓기가 망설여진다. 그런데도 지금 여기 있다니. 혼자 돈가스 가게에 앉아 있다는 사실에 위화감이 전혀 없었다. 다른 손님들은 자기 돈가스를 먹느라 온통 정신이 팔려 있고, 주인아저씨와 청년도 일사불란하게 일하는 중이고, 아줌마는 차를 따라주고 거스름돈을 건네주고 빈 접시를 치우느라 눈코 뜰 새 없이 바쁘다. 어머, 웬일이야. 여기 나 혼자 앉아 있든 말든 아무도 신경조차 안 쓰네. 갑자기 긴장이 탁 풀어져서 고개를 숙이며 혼자 살짝 웃었다.

군침을 삼키며 족히 15분이나 기다렸을 무렵, 드디어 나온 그 두툼한 로스가스는 상상을 훨씬 뛰어넘었다. 폭 2센티미터로 싹둑싹둑 자그마하게 잘라놓은 갓 튀겨낸 고기가 수북한 양배추 채 더미를 거느리고 위풍당당. 참지 못하고 왼쪽 끄트머리 한쪽을 들어 올리자, 부드러운 탄력이 손끝에 튈 듯이 전해진다. 위세 좋게 뾰족뾰족 일어선 옅은 갈색의 튀김옷. 그 속에서 선명한 핑크색과 층을 이루는 투명한 지방이 번쩍번쩍 빛나고 있다. 숨을 집어삼키게 만드는 아름다움이다. 단숨에 베어 물었다.

'귀사(歸社) 예정 시각 14시'. 화이트보드에 적어둔 메모를 지우고 책상으로 돌아와 전화 몇 통을 걸고 한숨 돌리다 화들짝 놀랐다. 조금 전 먹은 돈가스 맛이 여전히 혀 위에서 압도적인 존재감을 과시하고 있었다. 길에서 우연히 주워들은 말 그대로였다. 바삭바삭하고 촉촉하고 식감이 좋아서 베어 물자마자 맛있는 육즙이 입 안 가득 용솟음쳤다. 게다가 더더욱 놀라운 것은 속이 전혀 더부룩하지 않았다. 돈가스를 먹은 후에 으레 찾아오게 마련인 뭉근한 더부룩함이 전혀 없었다. 이것 역시 난생처음 하는 경험이었다. 대체 어찌 된 일일까.

2200엔이 조금도 아깝지 않았다. 아아, 또 먹고 싶다, 그 돈가스.

결국 이런 경위로 몇 달에 한 번 인쇄회사에 볼일이 있을 때는 반드시 늦은 오전 중에 나가서 용무를 마치고, 늘 그 돈가스 가게의 포렴을 걷고 들어갔다 지하철을 타고 돌아온다. 그런 습관이 생긴 것이다.

사실은 또 한 가지 정착된 습관이 있다. 로스가스를 먹은 그날 저녁식사에는 예외 없이 채 썬 채소 샐러드를 만들고 싶어서 견딜 수가 없다. 양상추, 피망, 당근, 양배추, 뭐든 상관없으니 채를 듬뿍 썰어서 볼이 미어지도록 먹고 싶어진다. 그렇다 보니 반찬 중 하나는 반드시 채 썬 채소 샐러드다.

"우와, 양이 엄청나네, 내가 말인 줄 아나?"

"무슨 소리, 건강이 최고야."

그렇게 받아치고, 점심에 혼자 먹은 돈가스를 은밀히 떠올린다. 바삭바삭 육즙이 쫘~악, 여운이 춤추듯 되살아난다. 양배추 채를 써는 경쾌한 소리가 귓전을 맴돈다. 그런 생생한 자극이 사라져버리는 게 안타까워서 오히려 고기를 먹고 싶지 않은 것이다. 그렇지만 주부는 그럴 수도 없는 노릇이라 생선회 정도로 타협을 짓고, 그러면서도 채 썬 채소 쪽으로 기운다.

"으음, 돈가스 말인데, 로스랑 히레, 어느 쪽을 먹어?"

시곗바늘이 5시를 지난 시간이다. 가쓰라가 커피를 가지러 가는 길에 내 책상으로 물으러 왔다. 낮부터 계속 돈가스 레일

만 내처 달려온 것일까.

"당연히 로스지."

"그치? 당연히 그거지. 돈가스는 역시 로스가 최고야."

"왜 또 뜬금없이?"

"조만간 꼭 돈가스를 먹으러 갈 것 같아서. 같이 갈래? 맥주 한잔하자."

거리낄 것 없는 독신생활의 자유로움을 억지로 떠넘기듯 같이 가자고 청해주는 게 가쓰라의 다정함이다. 그러나 엄마는 오늘도 유치원으로 아이를 데리러 가야 하고, 돌아오는 길에 슈퍼마켓에 들르고, 장바구니를 건 2인용 자전거를 낑낑대며 굴려야 하는 존재.

사실은 최근 2년 동안, 그 돈가스 가게에서는 로스가스 정식만 먹었다. 이미 열 번 이상 다닌 셈인데, 그때마다 늘 같은 것만 주문하게 된다.

그도 그럴 것이 히레가스는 맛이 밋밋해서 먹는 도중에 질린다. 그런데 로스가스는 지방이 달콤하고 걸쭉하게 녹아들어 있어서 흡사 뜨겁고 달콤한 소스처럼 고기를 부드럽게 휘감는다. 한 입 한 입의 맛과 씹히는 식감, 지방과 고기가 어우러진 정도도 미묘하게 달라서 맛에 전개가 있다고 표현하면 좋을까. 로스를 먹으면 히레 맛도 저절로 알 수 있으니 돈가스의 진정한 맛은 로스가스에 있을지니.

한 가지 더 양보할 수 없는 게 있다. 돈가스에는 절대로 처음부터 소스를 뿌리지 않는다. 이것이 2년간의 깊은 연구에서 얻어낸 선물이다. 전체적으로, 게다가 처음부터 소스를 뿌리면 고기가 소스 맛 일색이 되어버린다. 바삭바삭한 식감도 순식간에 엉망이 되어버린다. 반쯤 먹었을 때는 튀김옷에도 고기에도 소스가 스며들어서 눅눅해진다. 절묘하게 튀겨준 주인아저씨의 솜씨에도 면목이 서지 않는 일이다.

처음 두세 조각은 아무것도 찍지 않는다. 마음이 내키면 소금만 살짝. 겨자만 찍어 먹을 때도 있다. 그래도 소스는 참는다. 고기 본연의 맛을 깊이 음미한 후에 서서히 소스로 손을 뻗는다. 단, 양배추는 맨 먼저 소스를 뿌려놓는다. 게다가 듬뿍. 처음에는 뻣뻣하고 아삭한 양배추에 서서히 소스가 배어들며 숨이 죽으면 부드러운 맛으로 변한다. 그런 단계들을 조금씩 즐기는 것이다. 밥과 된장국은 어디까지나 추임새. 돈가스는 마지막까지 바삭바삭, 양배추는 촉촉하게 소스 범벅. 바로 이거다.

퇴근 준비를 시작하는 가쓰라를 붙들고 그런 연설을 한바

탕 뽐내보고 싶지만, 그랬다가는 그 돈가스 가게를 말해버릴 지도 모른다. 아니지, 치사하게 굴지 말고 가쓰라에게도 알려 주자. 그곳의 돈가스는 입 안에 머금고 있는 동안 더할 나위 없는 만족감과 해방감이 서서히 차오른다. 다 먹고 나면, 얼굴은 어렴풋이 상기되어 발갛게 달아오른다.

•

여행 본능을 깨우는 향기

인도 카레

카레 가게는 찻집과 비슷하다. 그것을 알아챈 것은 열아홉 살 때 여름이었다.

"으으음, 이 수마트라 카레로 주세요."

나즈나는 수마트라 카레가 어떤 맛인지 전혀 모른다. 단지 '수마트라'라는 네 글자에 빨려들 듯이 가게로 끌려 들어와서 그냥 시켜봤을 뿐이다. 도쿄에 있는 대학에 입학해서 혼자 살기 시작한 지 반년, 통학 길에 줄곧 눈길이 갔던 아담한 카레 가게가 있었는데, 드디어 그 문을 머뭇머뭇 열고 들어온 것이다.

카운터에 자리가 여섯 개뿐. 입구 옆 벽에 걸려 있는 것은 거뭇하게 그을린 캐럴 킹의 '태피스트리' 레코드 재킷이다. 분명 1971년에 발매되어 그 후 몇 주간이나 히트 차트 1위를 차지했던 전설의 앨범. 어깨 위로 탐스럽게 드리워진 캐럴 킹의 긴 머리칼을 넋을 놓고 바라보고 있는데, 쿵 하고 눈앞에 물 잔이 놓였다. 내처 몰아치듯 왼쪽 뒤편에서 나지막한 목소리로 말을 건넸다.

"아주 매운맛, 중간 매운맛, 보통. 하나를 선택해주세요."

청바지 천으로 된 앞치마로 주뼛주뼛 시선을 돌리며 올려다보자 털이 수북한 얼굴에 숱하게 빨아서 색이 바란 오렌지색 반다나, 네모난 검은 테 안경 속의 눈이 예리하게 빛나고 있었다.

"으음, 그럼 중간 매운맛으로."

"알겠습니다, 수마트라 카레 중간 매운맛으로."

물을 마시며 별 생각 없이 가게 안을 둘러보았다. 끈끈하고 진득한 공기네. 고요하게 가라앉은 가게 안에 울려 퍼지는 것은 접시에 부딪치는 메마른 숟가락 소리뿐. 먼저 온 남자 손님 세 명은 일사불란하게 자기 카레에 열중하고 있었다. 모두 다 이마에 구슬땀을 흘리고 있어서 보는 것만으로도 숨이 막힐 듯이 덥다. 카레 도장(道場)이야, 여기가?

이어서 카운터 너머에 있는 반다나 주인에게로 천천히 시선을 옮겼다. 냄비를 불에 올리는 그의 미간에는 선명하고 깊은 주름 세 줄이 새겨져 있었다. 어디선가 본 풍경인데…….
앗, 찻집이다! 나즈나는 이따금 들르는 옆 동네의 찻집을 떠올렸다. 짐짓 위엄이 깃든 찌푸린 표정으로 소리를 내며 커피를 마시는 손님 모습도, 미간에 주름을 잡고 진지하게 커피를 내리는 앞치마 차림도 너무나 비슷했다.

그렇다, 카레와 커피는 통하는 면이 있는 것이다. 자신 있는 메뉴는 '내가 만든 자랑스러운 카레'이고, '내가 내린 자랑스러운 커피'다. 정식으로 대학생이 되어 세상의 한 자락을 슬쩍 들쳐본 것 같은 기분이 들어서 기뻤다.

생각해보면 멀리까지 온 셈이다. 20년 전 그날의 '내 카레'를 떠올리자, 서른아홉 살이 된 나즈나의 가슴에 절절한 감회가 깃들었다.

"열아홉의 수마트라, 서른아홉의 남인도."

재작년에 남편과 둘이 델리로 여행을 다녀왔다. 유행에 덩달아서 베트남이나 상해에 가는 건 아니다 싶어서 별다른 깊은 의미도 없이 인도를 선택했다. 그런데 의외로 둘 다 인도가 잘 맞았고, 매일 먹는 카레도 굉장히 맛있어서 전혀 질리지 않았다. 다음에는 남인도 쪽에 가보자. 한껏 들떠서 떠들어댔지만, 아무래도 남편이 부동산 거래일을 하다 보니 최근 반년 동안 휴가도 제대로 낼 수 없었고, 장기휴가를 확보하는 건 그야말로 꿈같은 일이었다.

그래도 최소한 여행 기분이라도 맛보고 싶다. 그런 충동에

사로잡혀 도쿄 역 앞의 우체국에 온 김에 남인도 카레를 먹으러 왔다. 이 우체국에는 이따금 기념우표를 사러 온다. 바로 옆 야에스에 평판이 자자한 남인도 요릿집이 있다고 해서 찾아온 것이다.

오호, 이럴 수가. 메뉴에 적힌 설명과 하나하나 맞춰가며 확인했다. 탁자로 내온 정식의 밥은 향이 나는 쌀 '바스마티'. 그 옆에는 콩 전병 '파파드(렌틸콩가루 반죽을 얇게 튀겨낸 음식)', 튀긴 빵 '푸리'. 카레는 채소 카레 '삼발'과 토마토 풍미의 치킨 카레 두 종류. 콜리플라워와 감자 샐러드가 곁들여 나온다. 메뉴를 이해하고 설레는 마음에 몸부림을 쳤다. 최근 몇 달간 가이드북이니 인도 요리책을 훑듯이 읽어왔기에 더는 참을 수가 없었다. 꿈같은 광경이었다.

이 향기와 새콤한 맛! 커리리프(커리나무 잎으로 만든 향신료), 머스터드시드, 타마린드…… 북인도 카레는 기름을 듬뿍 써서 묵직한 맛이지만, 이쪽은 가볍고 산뜻하다. 과연 이것이 바로 남인도의 맛이다. 설레는 마음으로 열심히 숟가락을 움직이다 돌연 시선이 한군데 못 박혔다.

옆 테이블에서 젊은 인도 남자 혼자 똑같은 정식을 먹고 있었다. 그런데 거기에는 결정적으로 다른 광경이 있었다. 그는 오른손으로 푸리를 능숙하게 찢어서 그 한 조각을 치킨 카레에 담갔고, 그러는가 싶더니 세 손가락으로 밥을 한데로 휙 모아 입 안으로 그러넣으며 그야말로 자유자재로 오른손을 사용했다.

그래, 바로 저걸 해보고 싶었던 거야. 재작년에 인도에서 몇 번인가 시도해봤듯이, 다시 한 번 바나나 잎에 담긴 카레와 밥을 손으로 먹어보고 싶었다. 숟가락을 옆에 내려놓고 결심을 굳힌 후, 오른손 세 손가락으로 바스마티를 집어보긴 했지만 손가락 새로 푸슬푸슬 흘러내리며 한심하게 접시로 떨어질 뿐이다.

카레는 일단 먹기 시작하면 멈출 수가 없게 된다. 오늘 먹으면 내일도 먹고 싶어지고, 점심에 카레를 먹으면 저녁에도 먹고 싶다. 멈출 수 없게 되는 것이다. 나즈나는 가게에서 나와 걸음을 내디디면서 기억을 떠올렸다.

(사흘 연속으로 똑같은 카레를 먹으러 간 적이 있었지.)

대학 3학년 때, 시험이 끝나고 짧은 휴일을 맞은 겨울이었다. 긴자 외곽의 큰 길가에 조그만 인도 요릿집이 있는데, 점심에 문을 열고 들어서면 비좁은 가게 안이 언제나 손님들로 가득했다. 하얀 조리 가운을 입은 인도인 아저씨가 "어서 오세요!"라고 반갑게 맞아준다. 입에 익은 시원시원하고 또렷한 발음으로 일본어가 날아든다. 가타부타 묻지도 않고 내오는 음식은 '무르기(힌두어로 닭고기라는 뜻) 런치'라고 불리는 메뉴인데, 닭다리 하나를 흐물흐물하게 푹 고아낸 카레와 부드럽게 삶은 양배추가 노란 밥 위에 묽게 뿌려 있었다.

"전부 다 비벼요. 그게 훨씬 맛있으니까."

덩치가 작고 마른 주인아저씨가 이따금 손님의 포크를 가로채서 비벼주기도 하는데, 그게 전혀 거북하게 느껴지지 않았다. 그 말대로 하나로 비벼서 먹으니 정말 맛이 훨씬 좋아졌다. 일본의 카레라이스를 그런 식으로 섞으면 왠지 좀 지저분해지는데, 이곳 카레는 맛있게 보이는 것도 신기했다.

한번 먹고 나니 여운이 길어서 안절부절못하게 되었고, 결국은 다음 날도 가게 문을 열고 들어섰다. 그리고 사흘째는 더 이상 망설이지 않았다. 당했다. 중독되고 말았다. 아르바이트 시간을 이리저리 짜 맞추면서까지 지하철을 타고 무르기 런치를 향해 돌진했다.

늘 가게를 지키는 인도 아저씨가 접시를 날라다주며 말했다.

"학생, 오늘이 사흘째지. 아니, 부끄러워할 건 없어, 우리 집은 매일 오는 손님도 아주 많아."

그 능숙한 말솜씨가 아직도 귓가에 남아 있다.

아! 도쿄 역 방면으로 돌아가다 빨간 신호에 걸려 잠깐 기다리는 동안 문득 생각했다. 지금까지는 몰랐는데, 생각해보니 나는 늘 카레를 혼자 먹었다. 카레라는 게 혼자라서 먹고 싶어지는 음식일까? 아니면 혼자만 먹고 싶어지는 음식일까?

양쪽 다 미묘하게 어긋난다. 혼자라서 먹고 싶어지는 건 아니다. 누구랑 같이 먹고 싶지 않은 것도 아니다. 으음, 그러니까. 자기도 모르게 빨려 들어간 서점에서 책꽂이 사이를 누비며 생각해봤다. 주위 손님들이 모두 책등을 좇고 있는 모습을 보자 납득이 갔다. 그래, 서점과 비슷할지도 몰라. 그도 그럴 것이 서점에 갈 때 누군가에게 같이 가자고 청하거나 일행을 만들어서 가지는 않으니까.

카레 가게에 있으면, 혼자라도 남의 시선이 신경 쓰이지 않는다. 남자든 여자든 아무도 남에게 간섭하지 않는 것은 각자 서로 "이 카레가 먹고 싶어서 여기 왔다"는 것을 알고 있기 때문이다. 가게로 들어가서 그릇을 깨끗이 비우고, 물을 마시며 한숨 돌리고 나올 때까지 20분 남짓이다. 다른 메뉴도 없으니 일직선. 오히려 그것이 마음을 편하게 해주는 카레 가게의 장점이다.

거기까지 생각한 나즈나는 혼잣말을 중얼거렸다.

"요컨대 모든 카레는 '내 카레'인 거네."

서구풍 카레도 인도 카레도 타이 카레도 일본의 카레라이스도 국숫집에서 파는 카레도 역 플랫폼에서 파는 카레 우동도 모두 다 근본을 더듬어 가면 향신료로 만들어졌다. 모든 카레의 첫걸음은 향신료인 것이다. 어떤 향신료를 얼마큼 어느 타이밍에 어느 정도 쓰느냐 혼합하느냐다. 아주 미세한 차이로 카레의 풍미도 향기도 빛깔도 크게 달라진다. 그러니 카레 하나하나는 결국 그것을 만든 사람에게 달려 있다.

"뭐 하긴, 각기 다른 '나'를 받아들이게 된 점이 열아홉과 서른아홉 사이의 현격한 진보일지도 모르지."

"여기가 카레 도장이야?" 옹고집 외길이라고 하면 듣기는 좋겠지만, 반다나 주인이 자아내는 공기가 무거워서 맛이 있는지 없는지도 모른 채로 수마트라 카레에 살짝 후텁지근하게 달아오르며 접시를 비웠던 20년 전, 그 시절의 나는 젊었다.

그건 그렇고, 라며 돌이켜본다. 이래저래 그야말로 다양한 카레를 먹어왔다. 감자 한 개를 통째로 얹은 간다(神田)의 카레. 녹은 치즈가 실처럼 늘어나는 요쓰야산초메의 치즈 카레. 히비야 공원의 '마쓰모토로'에서 굳이 줄까지 서 가며 먹어본 10엔짜리 채리티 카레. 매운맛을 10단계 중에서 7단계를 골라 눈물을 훔치며 먹었던 카레. 건포도와 튀긴 양파와 땅콩을 뿌린 드라이 카레. 검은 후추와 클로브(정향나무의 꽃봉오리를 말린 것, 향신료로 쓰임) 향이 밴 스리랑카의 양고기 카레. 네모난 코티지 치즈를 넣은 인도의 시금치 카레. 난생처음 먹어본 그런 카레의 격렬한 매운맛에 혀가 화끈거려 울면서 먹었던 유라쿠초 뒷골목의 타이 요릿집은 어느새 자취를 감추고 말았다.

다양한 풍미와 향기가 한데 모인 집합체를 스파이시라고 하는구나. 사과와 꿀이 걸쭉하게 녹아 있는 카레가 세상에서 제일 좋았던 여덟 살 무렵에는 그런 걸 알 턱이 없었지.

역시 무리를 해서라도 어떻게든 휴가를 내서 다시 인도에 가야겠다. 조금 전에 먹은 남인도의 치킨 카레와 사브지(채소 카레) 맛이 급선회하며 되살아났다. 지하철을 타고 남몰래 오른손 손가락의 향기를 맡으며, 나즈나는 피부 안쪽에 불이 확 켜진 것을 알아챘다.

울고 싶은 밤, 작은 위로

돌솥비빔밥

터벅터벅 밤길을 걷는다. 9시 반까지 꽉 채워서 시간외근무를 했으니 나름대로 상쾌함도 있고 좋아야 할 텐데, 이 기분은 왠지 어긋나 있다.

먹고 싶은 음식이 떠오르지 않는다. 배는 고픈데 뭘 먹고 싶은지 알 수가 없다. 이따금 그런 밤이 있다. 그럴 때면 가에데는 돌아갈 집을 잊어버린 것 같은 기분에 휩싸여서 흐느껴 울고 싶은 불안감을 맛본다. 밤하늘의 달님에게 "왜 이럴까요?"라며 호소하고 싶어진다.

점심에 다누키 우동(잘게 썬 파와 튀김 부스러기를 넣은 냄비 우동)을 먹은 뒤로 빈속이었다. 배는 고픈데 피곤한 탓인지 흰밥은 먹고 싶지 않다. 그러고 보니 상점가 중간쯤에 분위기 좋아 보이는 선술집 하나가 있었지. 그런데 선술집에서는 안주를 몇 접시쯤 주문해줘야 할 테니 오늘처럼 간단히 끝내고 싶을 때는 조금 부담스럽다. 대체 난 어쩌고 싶은 건지.

그만 돌아가자. 곧장 집으로 돌아가면 된다. 냉장고에 있는 캔맥주랑 토마토랑 채소절임으로 대충 때우고, 욕조에 느긋하게 몸이나 담그자.

그렇게 결정하고는 채 열 걸음도 안 내디뎠는데, 유리창에 붙여둔 종잇조각 위에 적힌 검고 굵은 글씨가 눈으로 날아들었다.

"돌솥밥 개시!"

허를 찔린 가에데는 그 자리에 우뚝 멈춰 섰다. 허둥지둥 가게 간판을 찾았다.

'한국 요리 무궁화꽃'

어머, 이런 가게가 있는 줄은 전혀 몰랐다. 지금껏 몰랐는데. 그건 그렇고 돌솥밥이라면 돌솥비빔밥을 말하는 거겠지. 아카사카미쓰케나 신주쿠 부근이 아니면 이런 음식은 찾아볼 수 없다고 생각했다. 사철(私鐵) 선로 변에 있는 이런 조그만 마을에서 맞닥뜨릴 줄이야, 우와.

배에서 꼬르륵 소리가 났다. 조금 전까지의 한심함과 짜증은 감쪽같이 날아가버렸다. "좋았어!" 성큼성큼 걸어서 유리문을 드르륵 열어젖혔다.

카운터에 다섯 석, 테이블은 두 개뿐인 간이식당 같은 가게다. 텔레비전을 보며 팔랑팔랑 부채질을 하고 있는 아줌마의 머리는 만화 〈앞치마 엄마〉 같은 파마머리였다. 간편한 목면 원피스와 허리 위로 질끈 묶은 앞치마가 쇼와 시대 분위기를 풍겨서 정겹게 느껴졌다.

카운터 쪽의 빨간 비닐의자에 앉자, 아줌마가 부채질하던 손길을 멈추고 빙그레 웃었다. 그 순간 금니가 드러났다.

"시원한 차? 맥주? 생맥주도 있어요."

살짝 억양이 다른 말투를 듣고 곧바로 이해했다. 아줌마는 한국 사람인 것이다. 아줌마가 설명을 덧붙였다. 시원한 차는 옥수수차예요. 가에데는 뜻밖에 맛있는 음식이 얻어걸릴 듯한 예감에 부풀어서 한층 더 기뻤다.

"그럼, 생맥주 주세요!"

아줌마가 생맥주, 그리고 작은 그릇에 담은 멸치볶음과 배추김치를 내왔다.

나물(모둠)	400엔
배추김치	350엔
오이김치	350엔
파전(파 오코노미야키)	700엔

묵(도토리두부)	500엔
북어찜 (말린 명태찜)	600엔
두부김치(두부와 김치)(소)	450엔
(대)	800엔
된장찌개(미소찌개)	650엔
대구탕★(매운 소고기와 채소 수프)	850엔

★일본의 일부 한국 음식점에서 '육개장'을 대구탕이라고 부름

가격이 싸네. 벽에 붙여놓은 메뉴는 보나 마나 모두 아줌마의 특기요리일 터였다. 오른쪽부터 차례대로 읽기만 했을 뿐인데 식욕이 샘솟았다. 밖에 붙여둔 '돌솥밥'은…… 아, 찾았다. 조금 떨어진 곳에 압핀으로 꽂아둔 종잇조각이 보였다.

신메뉴! 돌솥밥(돌솥비빔밥) 1100엔.

아하, 이 가게에서 제일 비싼 메뉴였구나. 달곰쌉쌀한 멸치볶음을 집어먹으며 생각에 잠겼다. 된장찌개와 파전도 당기지만, 오늘은 초지를 관철하자!

"돌솥밥 돼요?"

"되긴 하는데, 시간은 조금 걸려요."

"아, 전혀 상관없어요."

오랜만에 금니를 보았다. 빠글빠글 파마머리와 꽃무늬 원피스가 더할 나위 없이 잘 어울려서 아주 귀엽다. 바로 그때 불현듯 "가에데짱, 가에데짱"이라며 귀여워해줬던 어린 시절 이웃 아줌마의 얼굴이 떠올랐다. 이미 30년도 더 지난 옛날 일이고, 게다가 그 후로는 한 번도 만난 적이 없는데 왜 이렇게 선명하게 떠오르는 걸까. 아줌마는 건강하실까. 엄마는 분명 '하라다 아줌마'라고 불렀는데…… 아, 맞다 옛날에는 '하라다 아줌마'처럼 금니를 번쩍거리는 어른이 꽤 많았다.

가에데는 묵직한 생맥주 잔을 기울이며 어린 시절로 폴짝 날아가 시간여행을 즐기고 있었다. 혼자 밥을 먹다 보면, 마음 내키는 대로 어디든 뿅 하고 날아갈 수 있다. 누구에게 신경을 쓸 것도 없고, 조심스러워할 것도 없이 머릿속으로 원하는 장소로 공간이동을 할 수 있는 것이다. 오늘만 해도 혹시 누군가와 함께였다면, '하라다 아줌마'도 동네 구멍가게에서 난생처음 레모네이드 사탕을 슬쩍했던 일도 이웃에 사는 못짱과 진흙경단이 누가 더 큰지 경쟁했던 기억도 앞으로도 전혀 떠올릴 기회가 없었을지 모른다. 생맥주를 다시 한 모금 꿀꺽 마시고, 이번에는 배추김치를 집어 들었다.

그런데 바로 그 순간.

지글지글. 바직, 바지직. 메마른 경쾌한 소리가 일제히 춤을 추며 다가왔다.

"자, 오래 기다리셨습니다."

하라다 아줌마가 펜치 비슷하게 생긴 도구로 돌솥을 단단히 잡더니, 불에 그슬린 나무받침대 위에 무거운 듯이 내려놓았다.

치직, 지지직, 치직.

으윽, 더는 못 참겠다. 이글이글 달아오른 돌솥 위에서 밥알이 폭발하고 있었다.

자자, 서둘러. 숟가락을 들어. 고추장을 넣고. 우물쭈물하지 마. 쓱쓱 비비란 말이지. 뇌 안에 어지럽게 지령이 오가고, 순식간에 아드레날린이 뿜어져 나왔다.

불덩이처럼 뜨거운 돌솥 안도 축제처럼 화려하다. 다진 소고기, 고비나물, 호박나물, 무나물, 채 썬 당근, 삶은 콩나물, 볶은 표고버섯, 쑥갓, 맨 위에 얹어둔 계란 프라이…… 대성공이야, 이건 정말 대단해! 아가사카미쓰케에도 신주쿠에도 전혀 뒤처지지 않는다. 거기에 숟가락을 찔러 넣고 지지직, 타닥타닥 타오르는 소리를 장단 삼아 돌솥 가장자리에 들러붙은 밥알을 긁어모으며 쓱쓱 비벼나간다.

"참기름도 조금 넣어요."

조금 전 카운터 위치로 돌아가 부채를 다시 쥔 아줌마가 말을 건넸다. 앗, 깜박할 뻔했네, 참기름. 가에데는 빨갛게 물든 돌솥 안에 참기름을 떨어뜨리며 숨결을 가다듬었다. 자, 또 한 가지 남은 일. 이 한 덩어리를 화산 분화구처럼 돌솥 가장자리에 붙이고 잠깐 뜸을 들인다. 그러면 수증기가 잘 날아가는 동시에 열기가 식지 않는다. 이것이 내가 즐겨먹는 방법이다.

사실 한국 요리에는 의외로 혼자 먹기에 즐거운 음식이 많다. 그것을 알아차린 것은 2년 전 오본(추석과 같은 일본의 대표 명절) 휴가에 부산으로 혼자 여행을 떠났을 때다. 같이 가기로 했던 친구가 갑자기 집에 일이 생기는 바람에 못 가게 되었다. 그렇지만 오랜만의 휴가가 아까워서 혼자라도 일단 떠났다. 여행 가이드를 맡아준 현지 여성분이 세심하게 신경을 써주며 혼자 갈 수 있는 가게를 여기저기 가르쳐주었던 것이다.

최고의 수확은 정식이었다. 2박 3일 동안 먹은 음식은 생선구이 정식, 불고기 정식, 콩비지 정식. 가게 두 군데가 마음에 들어서 번갈아 드나들었다.

"정식 하나 주세요."

그 한마디면 날마다 바뀌는 정식이 나온다. 김치와 반찬과 밥과 국물이 풍족하게 곁들여 나오는데 가격은 단돈 5000원. 난생처음 먹어본 콩비지는 비지로 끓인 찌개였는데, 부드럽고 순한 맛에 반해버려서 한 번 더 먹고 싶은 마음에 하룻밤을 더 묵을까 망설였을 정도다.

국수(우동). 냉면. 비빔밥. 삼계탕. 살짝 허기가 느껴질 때는 김밥(노리마키). 한국의 오므라이스도 맛이 꽤 진한 게 중독성이 있다. 같은 관광 팀의 다른 멤버들은 매일같이 갈비에 한정식에 거창하게 떠들었지만, 무슨 말씀! 혼자 먹을 음식은 얼마든지 넘쳐나고 끊이질 않았다. 그래서 외롭지도 않았고, 질릴 새도 없었다.

그때의 여행을 떠올리며 볼이 미어지게 먹는 아줌마의 특제 돌솥밥은 각별했다. 밥은 보슬보슬하고, 나물 하나하나도 제대로 맛이 배어 있어서 함께 비비면 그 맛이 한층 깊어진다. 누룽지도 살짝 바삭거리고 딱 좋다.

돌솥밥은 생맥주에도 좋은 안주다. 그래, 다음에는 후미도 데려와야겠어.

여동생 후미의 얼굴이 떠오른 데는 이유가 있다. 보름 전쯤 전화통화를 했을 때다.

"퇴근길에 훌쩍 갈비 먹으러 가는 게 마이붐(유행과는 무관한 자신만의 취향)이야."

어머머, 너 옛날에는 혼자 먹는 걸 힘들어했잖아.

"그랬지, 근데 그게 마음 편하고 더 좋더라. 멍하니 고기 구워지는 모습을 바라보고 있으면, 왠지 모르게 마음이 편안해져. 해방감이 든다고 할까. 안 그래? 남들 의견에 끌려다니는 건 싫잖아?"

원하는 시간에 고기를 구워 먹는다, 그건 정말 최고야. 후미는 몇 번이나 그 말을 되풀이했다.

"주문하는 건 대체로 로스랑 탄시오(소금으로 간한 소 혀) 한 접시씩, 추하이(소주에 탄산이나 과즙을 섞은 음료) 한 잔, 마지막에 밥이랑 미역국이랑 배추김치. 의외로 굉장히 건강식이지?"

가에데는 살짝 걱정이 되었다.

(너, 그건 좀 곤란하지 않을까?)

고깃집만의 얘기는 아니다. 무슨 일이든 언제나 혼자 하려 들면 의지해야 할 때도 의지할 수 없게 된다. 뭐든지 혼자 해치우면 점점 더 허용 범위가 좁아져 간다. 그 결과, 정신을 차려 보면 혼자서밖에 살아갈 수 없게 된다니까. 이건 다 언니의 경험에서 하는 말이야.

그렇긴 해도 고기 한두 번 혼자 당당히 못 먹어서야 세상의 거친 풍파를 헤쳐갈 순 없겠지. 한편으로는 그런 생각도 든다. 그렇지만 얘기가 우울해질 것 같아서 그럼 다음에 같이 고기나 먹으러 가자고 하고 전화를 끊었던 것이다.

웬일로 생맥주 잔이 비었다. 살짝 술기운이 돌아 기분이 좋다. 빵빵하게 부른 배를 문지르며 아줌마와 함께 텔레비전 화면을 쳐다보고 있는데 드륵, 드르륵. 미닫이문이 열렸다.

"어머니, 오랜만이에요."

"어머나, 잘 지냈어?"

"으음, 왠지 감기가 들었는지 열이 나서 야마짱한테 가게 맡기고 들어오는 길이에요."

자자, 얼른 앉아. 한국 인삼 넣고, 닭죽 끓여줄게. 그렇게 말하면서 카운터를 돌아 나온 아줌마가 둥근 의자를 빼주며 검은 탱크톱에 청 미니스커트를 입은 마담의 등을 감싸 안았다.

"괜찮아요, 어머니. 심한 건 아니야."

이제 그만 일어설 때다. 가에데가 지갑을 움켜쥐었다. 이때를 놓치면, 닭죽을 만드는 일손을 멈추게 만든다. 미니스커트 마담도 집에 들어가기 전에 편안히 한숨 돌리고 싶었던 것이다. 방해하면 안 되지.

"저어, 여기 계산 부탁합니다."

그 표현의 한국말이 떠올랐다. 몇 번이나 숱하게 해본 한국말이라 금세 입가에 맴돌았지만, 이 자리에서는 쓸데없는 대사다. 얼른 슬쩍 사라져주자.

둥그런 달님이 밤길을 비추고 있었다. 가에데는 그 부드러운 빛에 휘감기면서 조금 전 돌솥밥 속에서 반짝반짝 빛을 내듯 들어 있던 다양한 맛을 곰곰이 떠올렸다.

평범함이 주는 푸근한 안도감

정식집의 조건

다마요는 미대에 다닐 때부터 '정식집 페코짱(일본 제과업체 후지야의 마스코트 캐릭터)'이라고 불렸다. 맛있는 식당을 찾아내는 후각이 탁월한 데다 뺨이 통통한 다마요가 "아, 여기!"라고 멈춰 서서 입맛을 다시며 손가락질하는 모습이 페코짱을 쏙 빼닮았기 때문이다. 게다가 그 직감에 실수가 없다는 것도 그림책연구회에서는 정평이 나 있었다.

졸업하고 곧바로 프리 일러스트레이터가 된 다마요는 세 정거장 떨어진 역의 맨션에서 매일같이 자전거를 타고, 동업자인 마미코와 함께 임대한 사무실로 출퇴근을 한다. 부모님 집을 떠나 혼자 살기 시작한 지 7년, 드디어 일도 어느 정도 안정이 되었다. 물론 '정식집 페코짱'의 안목과 감별력도 점점 더 연마되어갈 뿐이다.

"으음, 페코짱. 최근에 맛있는 식당, 개발했니?"

마미코가 방금 현관에서 받아든 택배를 건네주며 물었다.

"응, 이 근처는 한차례 탐색이 끝났지. 단연코 선두는 거기 있는 그 가게야."

그림책연구회에서 같이 활동했던 두 사람이 작업실을 같이 쓴 지 2년째인데, 하루 종일 같이 있다 보니 점심은 각자 먹는 게 습관이다. 점심을 먹으러 오가는 길에 서점을 들여다보거나 찻집에 들르거나 어슬렁어슬렁 산책을 하거나 서로서로 혼자만의 시간을 자유롭게 즐기는 성격이다.

"거기라니, 어디?"

"'마루요시 식당'. 그 왜, 서점 앞쪽 두부 가게 맞은편에 하얀 포렴을 내건 가게."

"아, 거기라면 자주 지나다니는데, 난 한 번도 들어간 적이 없네."

마미코가 살짝 억울해하는 표정을 지었다.

"완전 별 볼일 없는 가게인 줄 알았는데."

공부가 아직 부족하군. 안 그래? 밖에서 보기만 해도 '괜찮을 것 같은' 느낌이 확 오던데. 다마요가 해설을 펼쳐놓기 시작했다.

맛있는 정식집은 들어가는 순간, 바로 느낌이 온다.

"어서 오세요!"

인사를 건네는 사람이 하얀 삼각두건을 머리 뒤로 질끈 묶고 하얀 작업복을 입은 안주인이라면 대성공.

"편한 자리에 앉으세요."

자리에 앉는 동시에 뜨거운 차가 테이블 위에 탁! 일하는 방식이 몸에 배어 있다. 테이블은 기껏해야 여섯 개에서 여덟 개 정도인 작은 가게라면 더더욱 좋다. 다마요의 그런 취향에 '마루요시 식당'이 딱 들어맞았던 것이다. 지난번에 먹은 음식은 생강구이 정식이다.

아줌마에게 주문을 하면, 시원시원한 힘찬 목소리로 주방을 향해 소리친다.

"신규, 생강구이 정식 하나!"

그러면 하얀 요리 가운이 몸과 일체가 된 주인아저씨가 유유히 부엌칼을 움직이기 시작한다. 그 동작에는 그야말로 오랜 세월 몸에 밴 리듬이 있어서, "이제 곧 맛있는 밥을 먹겠구나" 하는 예감에 마음이 푹 놓인다. 가게 구석에 있는 텔레비전을 올려다보고 있으면, 잠시 후 주방 안에서 소리가 들린다.

"자, 나가요, 생강구이 하나."

"네에, 생강구이 하나."

수북이 쌓인 양배추 채에 소스를 뿌리며 확신한다.

(아저씨랑 아줌마, 틀림없이 부부일 거야.)

또다시 점수 상승. 정식집은 부부가 하는 가게가 마음이 편하다는 것도 '정식집 페코짱'의 지론이다. 메뉴 또한 중요한 체크포인트다.

메뉴는 칠판에 써둔 것을 최고봉으로 친다. 몇 번이나 쓰고 지워서 전체적으로 허옇게 변했지만, 오히려 그 점이 중요하다. 예를 들면 오늘 '마루요시 식당'의 칠판 절반은 이런 정도.

〈 정식 〉

생강구이 정식	650엔
전갱이튀김 정식	600엔
고기두부 정식	650엔
고등어소금구이 정식	600엔
생선찜 정식(오늘은 불락)	700엔
채소볶음 정식	600엔
크로켓 정식	650엔
민스커틀릿★ 정식	700엔

★다진 고기에 잘게 다진 양파 등을 넣고 반대기를 지어 빵가루에 묻혀서 기름에 튀긴 요리

오늘의 정식(닭고기와 여름채소의 토마토 조림) 700엔
(모든 메뉴에 밥, 된장국, 채소절임 포함)

칠판 한가운데 선이 쭉 그어져 있고, 아래쪽 절반에도 일품요리가 늘어서 있다.

고기볶음 우동	550엔
오므라이스	650엔
카레라이스	600엔
탕수육	600엔
마파두부	550엔
간 부추볶음	500엔
양배추 롤	700엔

'마루요시 식당'의 메뉴를 볼 때마다 황홀해진다. 이것은 왕도를 걷는 메뉴다. 오늘의 정식은 매일매일 바뀌는 데다 고등어소금구이, 탕수육, 양배추 롤까지. 그 드높은 기상에 눈물이 난다. 그도 그럴 것이 고등어구이는 반드시 신선해야 하고, 탕수육은 중화풍이고, 양배추 롤은 시간과 손이 많이 가는 음식

이다. 정성과 성의가 듬뿍 배어 있구나…… 칠판에 적힌 메뉴에서 다양한 정보를 읽어내고 뭉클하게 감동한다.

나아가 다마요의 마음을 더욱 흔드는 것은 벽에 붙여둔 메뉴들이다.

소송채나물	200엔
계란말이(무즙 곁들임)	200엔
낫토	100엔
채소 오믈렛	200엔
두부조림	150엔
소고기양파조림	300엔
가지와 양배추 소금겉절이(오늘)	150엔
두부튀김된장조림(오늘)	200엔
감자 샐러드	200엔
베이컨에그	250엔
공기밥	대 200엔 소 150엔
된장국	100엔

애정 폭발이다. 게다가 단품요리로 구색을 맞춰도 거의

600~700엔 선에서 주문할 수 있게 해놓았다. 이거야, 바로 이거라고.

정식집의 거울과도 같은 '마루요시 식당'에는 일주일에 두 번은 다니지만, 전혀 질리지 않는다. 겨울에는 굴튀김 정식이나 배추소보로앙카케(다진 소고기 등으로 걸쭉하게 만든 소스를 배추에 뿌린 음식)도 기대된다.

"그래서, 맛있니?"

마미코는 오늘 점심은 반드시 '마루요시'라며 콧구멍을 벌름거렸다.

응, 맛있지. 맛있고말고. 그런데 말이지, 정식집은 실은 '종합 점수'로 평가해야 하거든. 그것이 오랜 세월 정식집에 드나들어온 '정식집 페코짱'의 지론이다.

정식집은 대체로 혼자일 때 가다 보니 가게가 넓고 시끌벅적하면 피곤하다. 너무 좁아도 답답하다. 텔레비전이 켜 있으면 기분전환이 되고, 야구나 뉴스도 오히려 더 반갑다. 쥐 죽은 듯이 고요하지 않은 분위기가 마음이 더 편하니까. 가게는 산뜻하길 바란다. 오래됐든 새롭든 가장 중요한 것은 청결한 느낌. 너무 반짝거리지 않고, 적당히 어질러져 있어도 구석구석까지 꼼꼼하게 청소가 되어 있다. 그런 가게의 정식은 예외 없이 맛있으니 그것도 참 신기하다.

정식은 가정식과 가장 가깝다. 특별한 요리가 아닌 것이다. 자기가 손수 만들든 주부가 만들든 엄마가 만들든 요컨대 가족 누군가가 평소에 만들 법한 평범한 맛. 지나치게 공을 들이지 않은 맛. 학창 시절 테니스 부 합숙 때 누군가가 "맛있는 거 먹고 싶다"라는 말을 꺼내서 "난 지나치게 맛있으면 묘하게 산만해져서 오히려 싫던데"라고 중얼거리자, "역시 페코짱은 유별나다니까"라며 모두가 웃었던가.

정식집의 기본은 생선인 경우는 전갱이, 연어, 오징어, 꽁치. 계란은 오믈렛, 계란 프라이, 계란말이, 햄에그. 튀김이라면 크로켓, 민스커틀릿, 돈가스, 전갱이튀김.

"안도감인 거야, 결국은."

자기의 결론에 깊이 납득한다. 그렇다, 정식을 먹고 싶을 때는 안도하고 싶을 때다.

반년 전쯤 역 근처에 새로운 식당이 생겼는데, 왠지 그 앞을 지날 때마다 기분이 살짝 언짢아졌다. 가게 출입문 옆에 매일같이 안내판이 세워져 있었다.

"맛있다!! 변덕쟁이 정식 800엔."

안심하고 싶은데, 변덕을 강요하면 안 되지. 그 둔감함에 짜증이 난다. 이런 식의 미묘한 기분은 원하든 원치 않든 다른 사람에게도 전해졌는지, 새 가게인데도 늘 파리를 날리고 있다.

그렇다고 해서 중화냉면 정식이나 장어덮밥 정식, 우동 정식이나 튀김국수 정식은 오히려 더 맥이 빠져버린다. 그냥 일품요리만 먹어도 맛있는데, 우동이니 국수 같은 탄수화물에 밥과 된장국까지 덧붙으면, 갑자기 씁쓸한 밥상으로 보인다. 배만 부르면 그만인 게 아니야, 라고 따지고 싶어진다. '정식집 페코짱'이 지금까지 조우했던 정식 중에 지상최악의 한심한 메뉴는 오코노미야키(일본식 부침개) 정식이었다.

"아! 오늘 꼭 가야지. '정식집 페코짱'이 확실하게 보증해준 '마루요시 식당'!"

마미코가 엉덩이를 들썩거렸다. 다녀와. 난 어제 갔으니 오늘은 국숫집에라도 가볼까. '마루요시'는 된장국과 채소절임도 아주 맛있어. 어쩌면 채소절임은 아줌마가 손수 담갔을지도 몰라.

"아."

다마요가 갑자기 중얼거렸다.

"그러고 보니 '마루요시' 아줌마, 내가 혼자 가면 테이블에 늘 신문을 쓱 놔주던데. 그런 것도 배려심이 엄청난 거지."

감자 샐러드를 주문하면 바로 내줘서 젓가락으로 조금씩 집어먹으며 신문을 읽는다. 뜨거운 차를 홀짝홀짝 마신다. 그런 시간이 이루 말할 수 없이 좋다.

마음을 편하게 만드는 따끈한 한 그릇

한겨울의 우동

오늘로 벌써 여드레째다. 사무실 근처에 사누키 우동 가게 '하나야'가 생겨서 훌쩍 들러봤는데, 푹 빠져버려서 중독이 되었다. 체인점인데도 맛이 만만치 않다. 단번에 마음에 들어서 다음 날 점심에도 갔는데, 그러자 그다음 날 점심에도 발길이 저절로 그곳으로 향했다. 정확히 말하면 지난주는 닷새 동안 매일 갔고, 일단 주말이 끼어서 건너뛰고 월요일부터 다시 사흘 연속으로 갔다. 그래서 오늘로 총 여드레째다.

(너무 빠져버렸나?)

살짝 움찔하는 마음이 들긴 했지만, 오후에 처음으로 울린 사무실 전화로 손을 뻗었다.

지구사가 오늘 먹은 메뉴는 가마타마 우동. 우동 그릇에 날계란을 풀고 갓 삶아낸 우동을 넣어 휙휙 한차례 비빈다. 쫑쫑 썬 파를 듬뿍 뿌리고, 후룩 후루룩 단숨에 면발을 빨아들인다. 작은 접시로 주문한 메뉴는 고구마튀김과 오징어다리튀김. 어제는 무즙을 듬뿍 얹은 간장 우동. 그제는 냉붓케 우동(차가운 면에 다양한 고명과 국물을 끼얹은 우동)과 채소튀김…… 전혀 질리지 않았다. 그러기는커녕 하얗고 매끈한 사누키 우동 면발이 입술 위에서 튕기는 포동포동한 감촉을 떠올리면 몸이 근질거린다. 이런 체험은 처음이다.

야마가타 출신인 지구사는 어린 시절에 우동을 먹은 기억이 거의 없다. 면이라고 하면 예외 없이 메밀국수. 엄마도 할머니도 부담 없이 손수 반죽해서 메밀국수를 만들었다. 메밀가루에 더운 물을 붓고 젓가락으로 휘휘 저어 큼지막한 경단으로 뭉쳐서 뜨거운 물에 삶으면, 오후 간식으로 메밀수제비 '소바가키'가 만들어졌다. 엄마는 1년 내내 부엌에 메밀가루를 떨어뜨리는 일이 없었다. 그렇다 보니 우동이 등장할 기회는 전혀 없었던 것이다.

그렇다면 우동을 만나게 된 곳이 어디였을까 기억을 더듬어보니, 그곳은 바로 도쿄에 있는 대학의 학교식당이었다. 어묵 한 조각과 유부튀김을 얹은 우동. 젓가락으로 집어 올렸을 때, 조심하지 않으면 도중에 두 가닥으로 뚝 끊어지며 낙하한다. 익숙하지 않은 탓에 자주 실수하다 보니 티셔츠에 우동 국물이 튀어서 갈색 얼룩이 몇 번이나 들었다. 아하, 우동이라는 음식은 부드럽구나. 이것이 첫 번째 인상이었다.

"난 말이지, 시커먼 국물은 도저히 용납이 안 돼."

이런 짙은 간장 맛은 갈증이 나서 물만 자꾸 당긴다니까. 고베 출신인 가도와키짱은 늘 학교식당에서 투덜투덜 불평을 쏟아놓곤 했다. 잘 들어, 자고로 우동 국물이란 투명하게 비치는 황금빛이어야 한다고. 수도 없이 들었던 그녀의 입버릇을 그립게 떠올렸다. 유부 우동 한 그릇에 180엔. 학교식당에서 제일 싼 메뉴라 둘 다 숱하게 투덜대면서도 결국은 자주 우동 신세를 졌다.

부드럽고 통통한 갈색 면발. 우동은 그런 음식이라고 믿어왔기에 27년 만에 난생처음 사누키 우동을 마주하고는 깜짝 놀랐다.

이렇게 탄력이 강한 우동이 있을 줄이야. 씹으면 이로 쫀득하게 파고든다. 혀와 이를 힘차게 밀어내는 강한 탄력. 작년에 시코쿠 여행을 다녀온 동료 직원 다지마 군이 우쭐거리는 표정으로 "우동은 목으로 술술 넘어가는 맛으로 먹는 거야"라고 했던 말이 잘 이해가 안 됐는데, 여드레 연속으로 '하나야'를 다닌 지금은 납득하고도 남는다. 과연, 우물우물 씹는 것은 어울리지 않는다. 쭈르륵, 쭉쭉. 정신을 차려보면 정말로 목 언저리에서 우동의 풍미가 메아리친다. 이것이 바로 사누키 우동의 세계인 것이다.

그리고 또 한 가지 엄청난 덤이 따라붙는다. 싸다. 매우 싸다. 여하튼 가장 기본적인 가케 우동(따뜻한 국물에 말아주는 기본 우동) 한 그릇에 250엔. 한 개에 100엔짜리 쑥갓튀김과 70엔짜리 지쿠와(원통 모양의 어묵)튀김을 추가해도 500엔짜리 동전 하나면 거스름돈까지 받는다. 그에 비하면 근처 이탈리안 레스토랑의 런치 세트는 1200엔이나 하고, 규탄무기토로(소 혀와 마즙을 뿌려 먹는 보리밥)정식은 800엔…… 갑자기 어처구니없는 가격이 된다. 실제로 '하나야'에 다닌 후로는 점심값이 아주 많이 줄어들었다. 혼자 사는 직장여성에게 이것은 매우 큰 도움이 된다.

"당연하죠. 주머니에서 짤랑거리는 동전으로 사먹을 수 없다면 사누키 우동이 아니지."

다지마 군의 올해 오본 휴가 여행지는 또다시 시코쿠다. 본인 왈, "2박 3일 사누키 우동 셀프 여행". 렌터카를 빌려서 남자 넷이 젠쓰지(시코쿠의 가가와 현에 있는 절)를 출발점으로 삼아 국토 옆길로 들어가거나 논두렁길을 가로지르며 삶은 면을 자기 손으로 다시 데워먹는 방식의 셀프 가게를 하루 통산 다섯 집씩 돌아다닌다나.

"트럭 운전기사가 끼이익 황급히 차를 대고는 단 한마디, '히야아쓰(찬 면발에 뜨거울 국물을 부어먹는 우동)'. 불과 2~3분만에 후루룩 먹어치우고 다시 부르릉 사라져버려요. 완전 멋지다니까요. 보면 반할걸요."

근처에 사는 중학생이 간식으로 먹으려고 동전을 쥐고 들어온다. 장을 보고 돌아가는 할머니는 붓가케 소(小) 150엔. 어린애가 오면 '마이마이'라고 부르는 반죽 자투리를 삶은 걸 가게 주인이 서비스로 주기도 한다. 어쨌거나 셀프라서 양념으로 넣는 생강이나 무즙은 당연히 직접 갈아야 한다. 다지마 군은 사누키 우동 얘기가 나오면 멈출 줄을 모른다. 물론 '하나야'의 단골이기도 하다.

마음이 편한 것이다. '본고장'의 셀프 방식과 똑같다고 할 수는 없지만, 카운터에 쟁반을 들고 줄을 서서 '가케 대(大)' '가마타마 중(中)' '붓카케 중'이라고 원하는 메뉴를 말한다. 그러면 속공(速攻) 기술로 끓는 물에 면을 담갔다 소쿠리를 힘차게 흔들며 물을 털어낸 후, 우동 그릇에 옮겨 담고 국물을 붓는다. 그것을 받아들고 앞으로 가서 튀김 부스러기와 파를 원하는 만큼 올리고, 카운터 끄트머리에 있는 계산대에서 돈을 내면 완료. 빈자리에 앉아 우동 면발을 빨아들인다.

그런 편안한 분위기가 지구사에게는 부담 없고 좋았다. 누구에게도 방해받지 않고 우동만 열심히 후루룩 먹는 데다 오래 머무르는 사람도 없다. 점심시간 때의 국숫집과 비슷하긴 하지만, 일단 줄을 늘어섰다 자기 마음대로 삼삼오오 흩어지는 면이 살짝 깊이 있는 분위기를 자아낸다.

사누키 우동은 푹 빠져버리게 만들 정도로 강한 개성을 발휘한다. 그래도 상관없지 뭐, 사누키 우동에 빠진다고 해본들 딱히 이렇다 할 단점도 없다. 결과적으로 점심값도 절반 이하로 절약할 수 있잖아. 확인을 하고 또 하다 보니 불현듯 한숨이 흘러나왔다.

한숨에는 이유가 있었다. 자고로 '우동 국물은 황금빛이어야 한다'라는 가도와키짱의 말이 떠오른 까닭은 반년 전쯤 대학 시절 친구에게 얼핏 들은 얘기가 생각났기 때문이다.

"나, 얼마 전에 아침부터 엄청 놀랐잖니. 와이드쇼를 보고 있었는데, 한류 스타가 일본을 방문해서 난리가 났다는 소식이 나오더라. 나리타로 팬들이 몰려든 화면을 보다가 기겁했잖아. 세상에, 가도와키짱이 카메라를 한 손에 들고 줄 맨 앞에서 빽빽 소리를 질러대는 거 있지."

어머나. 그렇게 냉정하고 침착했던 사람이, 설마.

"왠지 신경이 쓰여서 오랜만에 전화를 해봤거든. 그랬더니."

으음, 텔레비전에 나왔던 사람, 너 맞지? 그 말이 떨어지기가 무섭게 봇물 터진 듯 쏟아지는 한류 스타 정보 온퍼레이드. 가도와키짱은 한 달이 멀다 하고 한국에 가서 드라마 DVD를 사들인다고 한다. 한국어 학원에 다니기 시작한 이유는 좋아하는 한류 스타를 만났을 때 자기 마음을 직접 전하고 싶기 때문이라나. 외식은 한국 요리, 자기가 만드는 음식도 한국 요리. 한국인 남자친구가 생기면, 손수 만든 요리를 먹여주는 게 꿈이니까.

"'우리 집에서 같이 DVD 보자, 맛있는 육개장 만들어줄게'라는데, 왠지 좀 무서운 느낌이었어."

고집스러운 면이 있긴 했지만, 스물일곱 살에 그쪽 방면으로 내달릴 줄이야, 뜻밖의 전개다. 밤중에 혼자 DVD를 보는 모습을 상상하자, 안절부절 견딜 수가 없어서 차라리 나도 전화를 걸어볼까 했지만, 역시나 목소리를 듣는 게 무서웠다.

뭔가에 빠지는 게 이기는 것. 한편으로는 그런 기분도 들었다. 어쨌거나 푹 빠져 있는 본인이 제일 기쁠 테니, 남에게 폐를 끼치지 않는다면 굳이 트집 잡을 이유는 없다. 그렇게 생각하기로 하고, 가도와키짱 얘기는 잊어버리기로 마음을 정리해 본다.

자 그런데, 오늘로 아흐레째 점심. 12시를 조금 지난 사무실의 시계로 시선을 던지며 생각한다. 오늘도 역시 '하나야'일까. 가방 속의 지갑으로 손을 뻗은 순간, 옆 부서인 인사부의 마쓰바 씨가 지나갔다.

"아, 지구사짱, 점심 먹으러 가?"

"지금 막 나가려던 참이에요."

"그럼, 같이 먹을까?"

의견이 쉽게 모아져서 오늘은 오랜만에 둘이 점심을 먹으러 간다. 밖으로 나가 차디찬 바람에 목을 움츠리며 마쓰바 씨가 물었다. 뭘 먹을까? 그 질문을 받고 '하나야'로 가자고 할까 망설이는 순간, 마쓰바 씨가 입을 열었다.

"으음, 뚝배기 우동 먹고 싶지 않아? 조금 걸어가긴 하는데, 얼마 전에 아주 맛있는 뚝배기 우동을 발견했거든."

흐음, 뚝배기 우동이라. 생각지도 못했던 초이스다. 이렇게 매일같이 우동을 먹는데도 말이다.

"뚝배기 우동 먹어보고 싶어요. 데려가 주세요, 거기."

지하로 내려가는 그 가게는 밤에는 갓포 요리(베고 삶는다는 뜻을 가진 일본 정통 즉석요리)를 하는 듯하다. 아담한 원목 카운터에 앉자마자 갓포 요리 작업복을 입은 여주인이 찻잔을 놔주었다. 향기로운 호지차(녹차 찻잎을 볶아서 만든 차)가 아주 맛있다.

"뚝배기 우동 두 개요, 아직 있나요?"

"네, 드실 수 있어요."

마쓰바 씨가 함께 주문을 하고, 작은 목소리로 알려주었다. 겨울철 점심에만 매일 열다섯 그릇 한정으로 뚝배기 우동을 판다고 한다. 요리사인 남편이 우동을 좋아해서 손수 우동 면발을 뽑는다고. 그 말을 들으니 갑자기 호기심이 샘솟아서 남몰래 조그맣게 중얼거렸다. 난, 우동에는 좀 까다로운 편인데.

"이거 먼저 드시고 계세요. 시간이 좀 걸리니까."

무말랭이조림을 작은 그릇에 내오며 말했다. 보들보들하게 잘 조려진 음식을 보자, 순식간에 뚝배기 우동에 대한 기대가 부풀어 올랐다. 기다리는 동안 마쓰바 씨가 들려준 "총무부 기타지마 씨가 지난번에 결혼한 상대는 외과의사", "셋째 아이까지 아들이라 크게 실망했다는 영업2부의 고지고에 씨"의 이야기. 과연 인사부 외길 경력 9년에 걸맞은 정보통이었다. 뚝배기 우동을 기다리는 15분이 눈 깜짝 할 사이에 지나갔다.

"오래 기다리셨습니다. 뜨거우니까 조심하세요."

여주인이 내온 뚝배기는 여전히 힘차게 보글보글 끓는 소리를 냈다. 그릇 안으로 젓가락을 넣자, 하얀 수증기가 확 솟아올랐다.

쑥갓, 무와 당근은 한 조각씩, 예쁘게 모양을 내서 썰어 올린 표고버섯, 어묵 두 개, 이슷히게 썬 대파, 불룩하게 옅은 갈색으로 구운 떡, 한가운데에 선명한 빛깔로 계란 하나를 떨어뜨려 놓았다. 각이 진 굵은 우동 면발은 국물이 듬뿍 배어 가장자리가 어렴풋한 갈색으로 물들어 있었다. 코끝을 간질이는 유자 향기. 질냄비 속에서 모든 재료들이 따끈따끈하게 어우러지며 안정감을 뽐냈다. 당당한 존재감이다.

"진짜 맛있다."

"네에, 정말 그러네요."

말끝에 열기가 스며든다. 후우후우. 우동도 국물도 혀가 데일 정도로 뜨겁다. 뚝배기 역시 만질 수도 없을 정도로 뜨겁다. 순식간에 이마에 어렴풋이 땀이 배어 나왔다. 콧물이 주르륵 흘러서 손가방에서 휴지를 뽑아 한 장씩 나눠들고 코를 풀었다. 정신없이 뚝배기 우동을 후루룩거리고 있다 보니 눈 깜짝할 새에 등이 뜨끈뜨끈해졌다.

지구사는 우동을 먹으며 살짝 숙연해졌다. 우동에는 이런 세계도 있었구나. 천천히 푹 끓여낸 우동을 시간을 들여 곰곰이 맛을 음미한다. 지금까지는 몰랐던 우동의 맛이다.

웬일인지 문득 가도와키짱의 얼굴이 떠올랐다. 아아, 따끈한 이 뚝배기 우동 한 그릇 먹여주고 싶다.

어쩐지 더 바랄 게 없어진 기분

수프

감자가 폭폭 삶아지고 있다. 당근도 브로콜리도 닭고기도 충분히 부드러워졌다.

미리 사다 놓은 닭 육수 팩과 우유를 반반씩 섞어서 15분간 끓이자, 먹음직스러운 향기를 내뿜는 채소 수프가 완성되었다. 뭉게뭉게 피어오른 하얀 수증기가 주위로 퍼지자, 부엌이 따뜻해지며 집 안에 피가 통하는 느낌이 들었다. 어제 사온 바게트 두 조각을 토스터에 넣고 노릇노릇하게 굽자.

쓰보미는 조금 의외였다. 수프와 빵뿐인 간단한 저녁식사인데, 왜 이렇게 호사스러운 기분이 들까.

일이 7시 무렵에 정리되다니, 이게 대체 몇 달 만인가. 늘 늦은 밤에 현관문을 열고는 곧장 목욕탕으로 직행해서 수도꼭지를 틀고 목욕물을 받는 게 습관이었는데, 오늘 밤은 이제 갓 8시가 지났을 뿐이다. 목욕탕을 그냥 지나쳐 안으로 들어가서 난방과 텔레비전 리모컨을 잇달아 삑삑 눌렀다. 그러고 보니 이 시간대에 텔레비전을 보는 일은 거의 없다. 외투 단추에 손을 얹은 동시에 화면이 밝아졌고, 때마침 은발의 요리연구가가 막 입을 여는 순간이었다.

"꼭 명심해주셨으면 좋겠어요. 뭐니 뭐니 해도 수프가 제일 중요해요. 뜨거운 수프 한 그릇이면 더 바랄 게 없어요."

똑 부러지게 단정 지으면, 세상사는 순식간에 진실이 된다. 과연. 뜨거운 수프 한 그릇만 있으면 더 바랄 게 없단 말이지? 그런 건가?

조금 전 역 빌딩에 들러서 사온 닭고기계란덮밥으로 손을 뻗을 마음이 싹 사라졌다. 반찬 가게 선반에 남아 있는 것을 발견했을 때는 그토록 기뻐했건만……. 뭐 됐어, 내일 아침에 전자레인지에 돌려 먹으면 되지. '뜨거운 수프 한 그릇'이라는 말이 자꾸 귓가에 맴돌아서, 아니 그 정도가 아니라 수프를 먹고 싶은 마음이 맹렬해졌다. 모처럼 이렇게 일찍 들어왔잖아. 냉장고에 있는 재료들로 수프를 만들어볼까.

사실 쓰보미에게는 반년에 한두 번, 문득 떠올라 만들고 싶어지는 수프가 하나 있었다. 딱히 내세울 것 없는 소박한 미네스트로네지만, 혼자 살기 시작한 대학 시절부터 계속 만들어 먹어서 조금은 자신이 있었다.

채소 종류는 반드시 여섯 가지 이상을 넣는다. 감자, 양파, 버섯, 당근, 셀러리, 파. 이것만은 절대 빠뜨리지 않는다. 거기에 덩어리로 사다 두툼한 직사각형으로 자른 베이컨. 만드는 방식도 변함이 없다. 먼저 큼지막한 냄비에 올리브오일을 두르고 베이컨을 노릇노릇하게 볶고, 거기에 똑같은 크기로 네모나게 자른 채소를 넣어서 한차례 같이 볶아낸 후, 냄비 가득 물을 붓는다. 그리고 가끔 위에 뜨는 거품을 걷어내며 두 시간 반가량 푹 끓인다. 간은 소금과 후추, 풍미를 내기 위해 작은 월계수 잎 한 장만. 원래는 요리책에서 배운 맛인데, 몇십 번이나 만들다 보니 완전히 나만의 맛이 되었다.

막 끓여냈을 때의 맛은 매번 몸이 부르르 떨릴 정도로 감동을 준다. 아니, 전혀 과장이 아니다. 이 수프는 내 평생의 재산이다. 특별히 요리를 좋아하는 건 아니지만, 그런 생각이 절절히 든다.

혼자 살기 때문에 물론 한두 번에 다 먹을 수는 없다. 그래서 매일 냄비를 다시 데우게 되는데, 그때마다 조금씩 맛이 부드럽게 변해간다. 감자 모서리가 으깨지며 차츰 형태가 변하고, 걸쭉한 농도도 생긴다. 사흘째에는 잘게 썬 시금치를 넣을 때도 있고, 씨와 껍질을 벗겨낸 토마토를 넣어서 토마토 맛으로 바꾸기도 한다. 스파게티를 뚝뚝 잘라 넣거나 바게트를 찢어서 냄비에 넣고 그대로 끓이면, 든든한 포만감이 느껴지는 시골스러운 맛으로 변하는 점도 마음에 든다.

하루하루 서서히 맛이 깊어져가는 미네스트로네(이탈리아식 토마토 야채 수프). "비장의 특기요리는 무엇입니까?"라고 묻는다면, 역시 10년이나 질리지 않고 계속 만들어온 이 수프라고 쓰보미는 생각한다. 이런 게 바로 이탈리아 어머니의 맛일까? 그것 말고는 스파게티밖에 못 만드는 주제에 이탈리아의 어머니 맛이 몇 안 되는 자기의 특기요리라는 것도 묘한 얘기다. 그렇긴 하지만, 고작해야 반년에 한 번 정도만 만들면서 특기요리라고 이름 붙이면 말이 안 되겠지 하는 생각도 든다.

그건 그렇고, 갑자기 만들어본 채소 수프는 그럼에도 맛이 꽤 좋았다. 말랑말랑 부드럽게 삶아진 브로콜리가 예상 외로 좋은 맛을 냈다. 올리브오일을 살짝 떨어뜨린 후 숟가락으로 떠서 입 안에 넣자, 혀가 데일 듯이 뜨겁다. 정말로 이 한 그릇만으로도 대단한 진수성찬이다. 노릇노릇하게 구운 바게트 조각을 수프에 담그니 그것 또한 별미였다. 쟁반을 무릎에 올리고, 소파 팔걸이 위에 양발을 꼬고 텔레비전을 본다. 화면 안에서는 때마침 세 번째로 하루사메(녹두가루로 만든 가늘고 투명한 건면) 중화풍 수프가 막 완성된 참이었다.

닷새 후의 일이다. 점심시간 전인 11시 반에 약속한 손님이 늦게 와서 점심때를 놓쳤다. 게다가 점심을 먹고 사무실에 들어온 과장님이 "미타 씨, 지난번에 얘기했던 예산서류 말인데"라며 손짓으로 부르는 바람에 간신히 책상으로 돌아왔을 때는 시곗바늘이 이미 2시를 지나 있었다. 점심은 그냥 거를 생각이었지만, 아니 잠깐, 아무리 그래도 기분전환은 해야지.

그렇게 밖으로 나간 것까지는 좋았는데, 뜻밖에도 찬 바람이 몸속 깊이 파고들었다. 어깨가 부르르 떨리는 신호가 와서 지하상가로 얼른 숨어들어 패션빌딩으로 이어지는 통로를 곧장 걸어가는데 어머, 이런 가게가 있었나? 몇 번이나 지나간 길인데도 전혀 알아채지 못했다. 언제 생긴 거지?

외투 주머니에 양손을 찔러 넣은 채 발걸음을 멈추고 바라보니, 아무래도 그곳은 수프 전문 체인점인 듯했다. 가게 앞에 사진이 붙은 메뉴가 놓여 있었다.

〈 이달의 수프 〉

새우계란 수프

미네스트로네

검은깨두부 수프

고구마와 소시지 수프

호박크림 수프

와아, 겨울채소 수프구나. 맛있겠는데. 메뉴가 수프뿐이라는 게 신선했다. 무심코 몸을 반쯤 내민 순간.

"뜨거운 수프 한 그릇이면 더 바랄 게 없어요."

어디선가 들었던 문장이 떠오르며 등에 살며시 온기가 깃들었다. 곧이어 분명히 사라졌던 식욕이 슬그머니 고개를 쳐들었다.

이것은 행운이다. 카운터에서 받은 쟁반에서 피어오르는 수증기를 바라보는 쓰보미의 얼굴은 싱글벙글 미소로 가득하다. 쓰보미가 선택한 900엔짜리 수프 런치는 새우계란 수프, 고구마와 소시지 수프, 흰깨 빵. 컵 수프 두 종류로 선택할까, 한 종류로 넉넉히 먹을까 망설였지만, 맛을 볼 겸 당연히 두 종류로 골랐다. 묵직한 무게감이 느껴지는 쟁반을 들고 안쪽으로 들어가자, 카페테리아 같은 심플한 테이블 여덟 개가 늘어서 있었다.

손님은 모두 젊은 여성들뿐이다. 의자에 앉아 티 나지 않게 주위를 둘러보니 거의 대부분이 혼자 온 손님이었다. 쟁반 위에 늘어선 메뉴가 대부분 두 종류라는 걸 확인하고, '역시 그렇군' 하며 자기 선택에 만족했다.

걸쭉한 새우계란 수프는 알싸하게 매운맛이 나는 중화풍 맛. 고구마와 소시지 수프에는 흰 강낭콩도 들어 있어서 카레 풍미.

(이건 정말 대단한데.)

쓰보미는 감탄해 마지않았다. 새우는 탱글탱글 탄력이 있고 살은 단단했다. 계란도 몽실몽실 부드럽고, 고추 자극으로 맛이 하나로 어우러졌다. 게다가 국물이 걸쭉해서 포만감이 느껴졌다. 먹다 보면 차츰 만족감이 퍼져나가는 것이다. 또 하나의 수프도 껍질째 넣은 고구마와 흰 강낭콩이 큼지막하다. 카레 풍미가 예상 밖의 맛을 내는 신선함. 다른 무엇보다 기쁜 점은 수프에서 흔히 나게 마련인 화학조미료 맛이 전혀 없다는 것이다. 그래서 안심이 되고, 먹어도 질리지 않는다.

뜻밖의 횡재! 뜨거운 수프 두 그릇 덕분에 손끝까지 따뜻하게 온기가 배어 돌아오는 길에는 찬 바람 따윈 전혀 문제가 되지 않았다.

"좋은 가게를 발견했어. 수프 가게인데, 엄청 맛있더라."

영업부로 돌아오자마자 득달같이 옆자리 동료에게 보고했다.

"아아, 지하상가에 있는 가게."

컴퓨터에 얼굴을 향한 채, 다섯 살 후배인 우치무라 다케코가 선뜻 대답했다.

"이번 달에는 새우계란 수프가 굉장히 맛있어요."

잇달아 쏟아내는 말에 지금 막 먹고 왔다는 말을 할 타이밍을 놓쳤다.

"미타 선배도 좋아해요? 그 가게 엄청 편리하죠. 점심을 놓쳤을 때도 편리하고, 채소를 먹고 싶은 때도 좋고. 수프라서 다이어트하고 싶을 때도 딱이고."

"그렇게 자주 다니는구나."

"어머, 반년 전부터 다녔는걸요. 매달 메뉴가 바뀌어서 우리 회사 아가씨들도 굉장히 좋아해요. 테이크아웃도 되니까 회사 마치고 퇴근길에 사가기도 하고."

한발 늦은 기분이었다. '뜨거운 수프 한 그릇'은 정말 중요해. 잘난 척하며 장광설을 늘어놓을 생각이었는데 기선을 제압당했다. 그렇구나, 테이크아웃도 되는구나. 좋은 정보를 얻었다.

그때까지는 밖에서 먹는 수프가 맛있다는 생각이 든 적은 별로 없었다. 자주 가는 찻집의 런치에 곁들여 나오는 수프는 자극적인 인스턴트 콩소메에 양배추와 양파 조각이 떠 있을 뿐이고, 좋아하는 카레 가게에서 서비스로 내놓는 수프는 물처럼 밍밍한 콘포타주다. 늘 절반도 안 먹어서 남은 양을 보면 슬퍼진다. 손님을 얕보면 안 돼요. 음식을 어중간하게 다루면 안 된단 말이죠.

그렇다 보니 제대로 된 수프를 우연히 만나서 더더욱 기뻤던 것이다. 쓰보미는 문득 어린 시절에 식탁에서 자주 들었던 엄마의 말을 떠올렸다.

"반찬은 남겨도 되니까 된장국은 다 먹어."

그때그때 여러 가지 뒷말들이 덧붙었다.

"몸이 따뜻해져."

"채소가 많이 들어 있잖니."

겨울철에는 이런 말도 했다.

"된장국만 제대로 먹어도 절대 감기에 안 걸린단다."

지금이라면 순순히 고개가 끄덕여진다. 된장국이나 수프나 마찬가지다. 보글보글 푹 끓여서 자양분이 듬뿍 배어 나온 뜨거운 국물이 목을 타고 흘러들어 온몸으로 서서히 파고들면,

신기하게도 힘이 불끈 솟는다. 손끝에도 목덜미에도 등에도 전열선처럼 찌르르 열기가 전해지며 불이 밝혀진다. 설령 짜증스럽고 화가 날 때라도 잠시나마 편안하게 가라앉는다.

내일은 토요일이다. 오랜만에 평소처럼 미네스트로네를 만들어보자. 맛있는 빵도 사러 가야겠다. 주말에는 갓 만든 수프를 먹고, 그 후로도 며칠이나 더 즐길 수 있다. 앗, 생각났다. 다음 주 수요일에 단골 거래처에서 중요한 프리젠테이션이 있다. 그러면 보나 마나 주 전반에는 시간외근무가 이어질 테지.

그래도, 라며 쓰보미는 마음을 다잡았다.

'마음 든든한 수프만 있으면, 잘 넘길 수 있을 거야.'

비오는 저녁, 뜻밖의 행운

밀크티와 머핀

"으음, 그건 뭐지?"

바 카운터에서 진토닉을 마시고 있는데, 두 자리 옆에서 불쑥 말을 건넸다. 이 바를 찾은 것은 오늘이 두 번째다.

살짝 배가 고파서 뭐든 가벼운 걸로 먹으려고 메뉴에서 어림짐작으로 고른 '두부와 아보카도 샐러드'를 먹고 있는 중이었다. 목소리의 주인공은 불과 10분쯤 전에 들어온 오십 대 가량의 여성 손님이다. 그녀가 주문한 술은 아일라의 싱글몰트였고, 잔을 든 오른손 가운뎃손가락에는 불가리 반지가 끼워져 있었다.

안면도 없는데, 어깨너머로 "그건 뭐지?"라고 하는 건 인사겠지. 이럴 때는 자연스럽게 넘어가는 게 이득일 것 같아서 아오이는 순순히 대답을 해주었다.

"'두부와 아보카도 샐러드'예요."

"맛있어?"

뭐야, 이 사람? 먹고 있는 사람한테 조심성 없이 마구 질문이나 해대고. 그냥 무시해버릴까 했지만, 또다시 티 나지 않게 받아넘겼다.

"네에, 아주."

"아, 그래. 으음, 마스터, 여기요. 나도 '두부와 아보카도 샐러드' 주세요."

없었던 일로 치자며 다시 진토닉 잔을 들어 올린 순간, 체크무늬 베스트에 검은 넥타이를 맨 마스터가 요령 있게 대응했다.

"알겠습니다. 그럼, 옆 손님과 같은 걸로."

"어머, '같은 거'라고 하니까 왠지 흥이 좀 깨지네."

그 순간, '두부와 아보카도 샐러드'가 모래투성이가 된 것처럼 꺼슬꺼슬해졌다. 모처럼 퇴근길에 느긋한 시간을 보내고 싶어서 들렀는데, 이런 전개는 싫단 말이야. 나에게는 털끝만큼도 책임이 없는데, 주위 상황이 제멋대로 불쾌한 쪽으로 흘러갔다.

실패했네. 잘 모르는 바의 문을 태평하게 열고 들어온 자기 자신을 탓할 수밖에 없다. 특히 바 카운터에서는 이런 유형의 불쾌함을 교통사고처럼 조우할 때가 있다. 그것을 깜박 잊었던 내가 어설픈 것이다.

바뿐만이 아니다. 왠지 묘하게 마음이 적적한 밤, 손님들로 왁자지껄한 선술집에 들어가면 훨씬 더 괴롭다. 주변 손님들의 즐거운 공기가 뭉게뭉게 솟아올라서 삐딱한 기분은 아니었는데도 차츰 혼자만 따돌림당하는 느낌이 든다. 그 결과, 퍼뜩 정신을 차려보면 무료한 듯이 마른오징어를 질겅질겅 씹고 있을 때도 있다.

바에는 일종의 내기가 뒤따르게 마련이다. 선술집은 위화감이 느껴질 때가 있다. 찻집에서는 너무나 어안이 벙벙해질 때가 있다. 그런데도 조금이나마 긴장을 풀고 집에 돌아가고 싶다. 이따금 그런 기분이 들 때가 있다.

10월의 마지막 일요일이다. 내리기 시작한 비가 차츰 더 거세졌다. 그러고 보니 오후에 본 텔레비전에서 "태풍이 다가오고 있습니다. 외출하실 때는 특히 조심하시기 바랍니다"라고 했던가. 그래, 태풍이란 말이지. 후쿠오카로 출장 간 남편은 내일모레 오니까 돌아오는 비행기는 별 문제 없겠지. 안심하고 한숨 돌리고 있는데, 부웅부웅 유리창을 흔드는 바람소리가 오히려 더 기분을 고양시켰다. 비는 내리지만, 오늘 세탁소에 다녀오지 않으면 수요일 영업회의에 입을 예정인 재킷을 찾을 수가 없다. 좋았어, 나가볼까. 이왕 나간 김에 어디서 맥주라도 한잔.

우산을 펼치고 걸음을 내디뎠지만, 발걸음이 서성거려졌다.

(자, 그런데 어디로?)

날이 저문 후에 찻집에 가는 것이 왠지 좀 쓸쓸하다. 패밀리 레스토랑 형광등은 피곤하고, 일요일에 선술집에 혼자 가는 것도 영 내키지 않는다. 느지막한 점심으로 카레를 해동시켜 먹은 지 얼마 안 돼서 배도 별로 안 고프다. 으음, 으으음.

"아, 거기다."

문득 번쩍 떠오른 곳은 보름 전쯤에 개업한 카페다. 전에는 오래된 미장원이었는데, 어느 날 정신을 차려보니 회색과 흰색의 심플한 외관으로 변해 있었다. 어머, 무슨 가게가 된 거지? 유리문으로 시선을 돌리자, '5'라는 로고 밑에 이렇게 쓰여 있었다.

'카페 파이브.'

오호, 여기가 카페가 됐네. 그 거리에는 찻집은 많지만, 카페는 단 하나뿐이었다.

사실 아오이는 요즘 세상의 카페가 편치는 않았다. 멋을 부린 공기에서 어딘지 모르게 허풍을 떠는 듯한 빤한 허세가 느껴졌다. 싹싹한 척하지만, 표면적으로만 그럴 듯한 카페가 많다. 그런가 하면, 누군가의 방처럼 친숙한 분위기를 장점으로 내세우는 카페도 왠지 모르게 등이 근질거렸다. 게다가 원플레이트디시니 고돈부리(작은 덮밥)풍이니 로코모코(하와이 요리 중 하나. 흰 쌀밥 위에 햄버그와 계란 프라이를 얹고 그레이비 소스를 뿌린 음식)니 하는 '카페 식사'라 불리는 음식 종류도 편치 않다. 그건 부담 없는 카페 분위기에 기대서 얍삽하게 도망치는 거나 마찬가지지. 캐주얼하다는 것은 손쉽게 만든다는 의미는 아니잖아. "이 정도로 어때?" 아양과 응석이 어중간한 맛으로 훤히 드러난다. 맛이 있지도 없지도 않다는 게 오히려 더 한심하다. 엉덩이가 근질거리는 장소. 그것이 아오이에게는 요즘 세상의 카페였다.

카페는 역시 파리가 최고라고 말하기는 좀 부끄럽지만, 아니, 그래도 그 편안함은 나무랄 데가 없었다. 신문을 읽거나 수다를 떨거나 생각에 잠기거나 아무도 간섭하지 않는다. 피부에 스미는 공기 같은 그 자리의 분위기를 체험하고 나면, 한데 묶어서 다 카페라고 부르는 것도 왠지 거슬린다.

그런데 오늘 문득 '카페 파이브'에 들어가 보고 싶은 마음이 생겼다. 유리문에 흘러내리는 빗줄기가 놀랍도록 아름다워서 그 풍경을 신선하게 바라보며 유리의 무게감을 안고 문을 열었다.

"어서 오세요."

짙은 갈색의 시가레트팬츠에 파란 카페 앞치마를 허리에 묶은 여성이 커피를 내리며 얼굴을 들었다. 아, 좋은 향기. 문득 시선을 돌리자, 풍로 위의 작은 법랑냄비에 든 우유가 걸쭉하게 광택을 발하고 있어서 한눈에도 온도가 적확하다는 것을 알아볼 수 있었다.

훤히 드러난 통풍관은 하얀 페인트로 칠해놓았다. 시원스럽게 높은 천장과 콘크리트 벽. 회색이 가미된 나무 바닥과 한눈에 북유럽 디자인임이 드러나는 아담한 나무 테이블이 여섯 개. 의자는 아르네 야콥센의 세븐체어. 간접 조명을 섞은 부드러운 빛. 방인 것 같기도 하고, 아담한 로비나 살롱 같기도 하고, 바나 찻집 같기도 하다. 과연 이런 공기를 굳이 장르로 구분한다면, 역시 카페라고 할 수밖에 없다.

"어서 오세요."

다시 한 번 조심스러운 목소리와 함께 내려놓은 메뉴판은 두툼한 글라신페이퍼(식품, 담배, 약품 따위에 쓰는 반투명의 얇은 종이)에 타이프 인쇄다.

〈 커피 〉

카페 파이브 블렌드	550엔
카페라테	600엔
에스프레소	(싱글) 400엔 (더블) 550엔
카푸치노	600엔
콘레체	600엔

콘레체라고 적어둔 글씨에 마음이 움직였지만, 방금 본 우유의 윤기가 뇌리에 깊이 새겨져서 순간적으로 가리킨 것은 '홍차' 페이지에 있는 아삼 밀크티.

"아, 그리고 머핀도."

매끈하고 널찍한 세븐체어의 밀면에 자세를 고치고 앉으며, 그곳 공기에 몸을 슬슬 익숙해지게 만든다. 옆 테이블은 커피 한 잔을 앞에 놓고 일사불란하게 노트를 베껴 쓰고 있는 대학생. 맞은편 벽 쪽 테이블에는 문고본에 몰두하고 있는 초로의 한 남성. 왼쪽 옆의 일행인 두 여성들이 마시는 것은 중국차일까. 파운드케이크를 포크로 자르며 수다를 이어가고 있었다.

의외로 마음 편한 곳일지도……. 아오이는 뜻밖의 행운을 얻는 기분이었다. 이렇다 하게 특별할 것 없는 요즘 세상의 카페지만, 가게 분위기가 산뜻했다. 아담한 북유럽 인테리어는…… 아하 그래, 그 자리의 색깔이나 냄새를 옅어지게 하기 위함이다. 거기에 손님이 자아내는 공기가 어우러지며 딱 좋은 온기로 바뀌었다. 이것이 일본 나름의 카페 모습일지도 모른다.

놀라웠다. 백자 밀크피처는 세심하게 따끈히 데워져 있었다. 세트인 포트에는 뚜껑이 덮여 있고, 아삼티는 잇달아 두 잔을 내려 마실 정도로 정성이 깃든 풍미였다. 바삭하게 구워진 수제 머핀은 조그만 나무 그릇에 담겨 생크림과 딸기 잼이 듬뿍 곁들여 나왔다.

요즘 세상의 카페를 꺼리며 멀리하는 사이, 어느새 진화해 있었다. 메뉴를 보니 신선한 생과일 주스로는 오렌지와 그레이프프루트. 알코올은 글라스와인과 맥주. 차 종류는 보이차를 비롯해 첫 수확한 인도산 홍차까지 다양했다. 음식은 날마다 바뀌는 수프와 머핀, 과자는 직접 구운 과자가 두세 종류. 멋진데. 주문 하나로 어떤 식으로든 활용할 수 있을 것 같다. 행운이야, 동네에서 갈 만한 장소가 하나 더 늘었다.

"아, 정말 어떻게 해야 할지 모르겠어."

갑자기 옆 테이블의 목소리가 귀로 날아들었다. 여자 손님

두 명 일행이었다.

"그 사람이랑 주말을 함께 보내는 게 습관이었어, 벌써 2년 가까이 줄곧. 그런데."

"어머, 무슨 일 있니?"

"한 달 전쯤인가, 갑자기 업무 시간대가 바뀌어서 일요일에 출근해야 하기 때문에 주말에 만날 수가 없다는 거야. 조금 이상하다 싶었는데, 아니나 다를까 상상했던 대로……."

"상상했던 대로라니?"

"내 입으로 꼭 말해야겠니. 지난번에는 글쎄, 우리 집 열쇠를 잃어버렸다는 거야. 2년이나 사귀었으면서 순 거짓말이야. 나, 정말 비참해."

"흐음, 그래도 기운 내."

아오이는 귀의 회로를 쾅 닫았다. 들을 마음이 없어도 저절로 귀에 들어오긴 하지만, 그래도 들을 생각을 하지 않으면 그 이상은 들어오지 않는다. 남들과도 얽히지 않는다. 그래서 카페에서는 교통사고가 일어나지 않는다.

날이 완전히 저물고, 빗줄기도 한층 더 강해졌다. 카페 공기도 그대로 움직이지 않았다. 오른쪽 옆의 대학생은 노트를 덮고, 휴대전화를 쥐고 문자를 보내기 시작했다. 맞은편 테이블에서는 문고본 페이지가 조용히 넘어갔다. 나로 말할 것 같으면……. 갑자기 조금 당황스러웠다. 아무래도 카페에서 시간 보내는 방법을 잊어버렸는지 묘하게 무료하고 어색했다. 이러려고 온 게 아닌데, 아이 뭐야, 조금 촌스러워 보이겠네.

혼자 먹는 즐거움이 절규가 된 저녁

탕수육

시간 들이지 않고, 얼른얼른 한 끼를 해결하고 싶다. 그럴 때면 예외 없이 만드는 것 중 하나가 양상추 한 통을 다 볶는 요리다. 만드는 방법은 어처구니없을 정도로 간단하지만, 절대 긴장을 늦출 수는 없다. 큼지막하게 대충 찢은 양상추는 물기를 잘 빼놓고, 한편에서는 중화냄비를 뜨겁게 달군다. 거기에 샐러드유를 두르고, 양상추를 재빨리 단번에 휙휙 투척. 굴소스를 한차례 뿌리고, 크게 한 번 뒤섞자마자 접시에 바로 옮긴다. 총소요시간이 5초인 속공 기술이다.

미칸이 이 맛을 알게 된 것은 홍콩에서다. 대학 2학년 여름방학에 처음으로 방문한 후로 14년이 지났는데, 푹 빠져버려서 1년에 두세 번이나 다녀온 해도 있으니 이래저래 20회는 여행했다는 계산이 나온다. 그렇다고 해서 홍콩에 특별한 애정이 있다거나 아주 싸게 쇼핑을 즐기는 것도 아니다. 훌쩍 2박 3일 동안 나름대로 익숙해진 거리를 걷고, 마음에 드는 국숫집이나 죽집에 들러서 식사를 한다. 아는 사람은 없지만, 전혀 모르는 도시도 아니다. 그 정도의 거리감이 딱 좋다. 일일이 누군가에게 같이 가자고 청하고, 일정을 맞추는 것도 번거롭게 느껴졌다. 어딘가에 가고 싶은데, 남의 사정상 단념해야 하는 것도 언짢았다. 그래서 떠나고 싶은 마음이 들면 얼른 표를 예약해서 발걸음을 가볍게 하기로 결정하자, 여행이 순식간에 편해졌다.

홍콩을 몇 번씩 가도 질리지 않는 이유는 뭘까. 이런저런 생각을 하다 떠올린 이유 중 하나가 이것이다! '미반(味飯)', 즉 맛있는 밥이 너무나 좋다.

소시지, 오리구이, 차사오(돼지고기를 술, 향신료를 탄 간장 국물에 담가 구운 요리), 유린기(얇게 저민 닭고기를 바삭하게 튀겨 간장 소스를 곁들이는 대표적인 닭튀김 요리)…… 그중에서 두 종류 정도를 골라서 밥 위에 얹어달라고 한다. 걸쭉하고 진한 노추(색을 내기 위해 만든 중국식 간장)가 밥에 스며든, 말하자면 일종의 '덮밥'. 그 맛을 떠올리면 몸이 근질거린다. 퀸스로드 센트럴에서 한 블럭 꺾어 들어간 뒷길. 북적거리는 왕자오의 상점가. 구룡성 뒤편. 거리에 있는 여러 '미반'은 몸부림이 쳐질 정도로 맛있어서 처마 끝에 노릇노릇하게 구운 차사오나 오리를 매달아둔 소반점(燒飯店)을 발견하면, 오향분이나 팔각(八角) 향기에 끌려 휘청휘청 빨려들고 만다. 움푹 찌그러진 파이프 의자에 앉아 김이 피어오르는 유저차소반(새끼돼지구이덮밥)을 입에 그러넣다 보면, 어젯밤에 부하직원이 제출한 실수투성이 견적서에 발끈했던 기억 같은 건 감쪽같이 날아가버린다.

그건 그렇고, 라며 미칸은 새삼 생각한다. 그곳의 거리는 정말 합리적으로 만들어졌다. 그도 그럴 게 혼자 시간을 보내면서 불편하다는 생각이 든 적이 없다. 아니, 좀 더 엄밀하게 말하면, 불편하게 느끼지 않도록 만들어져 있다.

'미반' 다음으로 유독 좋아하는 음식이 뭐냐고 묻는다면, 또다시 망설임 없이 즉답이다. 죽과 로메인(볶음면)과 완탕(중국식 만둣국), 2박 3일 동안 이 세 가지 음식을 먹으러 죽과 면 전문식당으로 반드시 세 번은 달려간다. 죽은 피단수육죽(오리알을 젤리처럼 삭힌 음식인 피단과 소고기 죽), 로메인은 강총로면(파와 생강을 넣은 비빔면), 완탕은 탱글탱글한 새우가 들어간 선하운탄(새우가 들어간 완탕). 죽과 면 전문식당의 손님은 대부분 혼자나 둘이 와서 후다닥 먹고 바로 자리를 일어선다. 볼일이 끝나면 오래 있을 필요가 없는 것이다. 홍콩의 그런 현실적인 면도 자신의 성향과 잘 맞았다. 가게 역시 지역 손님이든 여행객이든 혼자든 가족 동반이든 상관없이 평소대로 주문받은 요리를 내줄 뿐이라 기분이 좋다.

남 사정 같은 건 신경 쓸 수 없다. 미칸은 홍콩인의 그런 시원시원한 개인주의가 아주 마음에 들었다. 덮밥에도 죽에도 면에도 완탕에도 작은 접시 하나로 꼭 맞게 만족이 되는 홍콩인의 기질이 가득 담겨 있다. 그런 생각을 멍하니 하게 되는 곳은 역시나 거리 어디에나 있는 차찬텡(가볍게 음식과 차를 즐길 수 있는 간이식당)에서다.

어중간한 그 느낌이 좋단 말이지. 카페와 레스토랑과 찻집을 합쳐놓은 듯한 차찬텡은 홍콩 전역에 널려 있고, 어느 곳에서나 마카로니 수프에 인스턴트 라면에 얄팍한 붉은 햄이 떠 있는 연한 수프 등등을 즐길 수 있을 만큼 몇 년이 지나도 감탄스러울 정도로 진보가 없다. 그런데도 왠지 모르게 안심이 되는 것이다. 산책하다 살짝 배가 고파서 차찬텡에 들어가 테이블 유리판 밑에 끼워놓은 메뉴를 바라보며 콘덴스밀크와 피넛버터를 듬뿍 바른 토스트와 동녕몽가락(아이스레몬콜라) 같은 것을 우적우적 먹고 마시다 보면 기분이 풀린다.

그대로 홍콩에 눌러앉고 싶어질 정도다. 몸이 팔랑팔랑 가벼워져서 허공으로 가뿐하게 떠오를 것 같은 그 느낌. 파리 근처의 카페와도 도쿄의 찻집과도 다른 상쾌함이다. 그도 그럴 것이 아무도 '가게 분위기'나 '장소의 공기' 같은 것은 개의치 않는다. 아니, 애당초 그런 시건방진 사람이 없다. 주문한다. 만든다. 가져다준다. 먹는다. 이상 종료. 번거로움이라곤 털끝만큼도 찾아볼 수 없는 그런 장소를 미칸은 달리 알지 못한다.

하지만 맨 처음부터 바로 그런 상쾌함을 발견한 것은 물론 아니다. 그렇기는커녕 기억을 더듬어보면 울먹이게 됐던 상황도 헤아릴 수 없이 많았다.

'융키 레스토랑(노점상으로 시작해 현재 1200명을 수용하는 5층 건물로 성장한 홍콩의 유명 음식점)'의 피단이 너무 먹고 싶어서 점심 무렵에 피단 한 접시와 맥주를 주문했는데, 역시나 소문대로 넋이 나갈 정도로 맛있었다. 그런데 그 후 우쭐한 마음에 무심코 주문한 수아편(거위 양념찜)이 한 접시가 4인분이라 장렬히 싸우다 전사했던 일. 중국차(茶) 전문점에서, 이것 또한 친구가 '꼭 먹어야 한다'고 가르쳐줬던, 팥이 들어간 구운 떡을 주문했는데, 접시를 가득 메우는 크고 납작한 지름 20센티미터짜리 음식이 나오는 바람에 혈당치 계측바늘이 부러질 정도인데도 한 시간이나 들여 꾸역꾸역 고집스럽게 먹어치우고, 우롱차로 배가 빵빵하게 튀어나와버린 일. '록유 티하우스(홍콩에서 가장 오래된 딤섬 가게)'는 한 접시 양이 엄청나게 푸짐해서 어깨를 들썩거리며 흔하디흔한 볶음국수와 격투했던 일. 청증성반(생선찜), 홍소오참(말린 해삼조림) 등등 먹고 싶은 음식은 산더미 같지만, 혼자서는 도저히 다 먹을 수 없어서 눈물을 머금고 주루(중국 전통 음식점) 입성을 포기할 수밖에 없었던 일.

지난 14년 동안 총 20여 회 다녀온 여행의 전반은 그런 상황에서 셀 수 없을 정도로 눈물을 머금어야 했다. 꼬르륵 소리가 나는 허기진 배를 움켜잡고 주루 입구까지 도착한 것은 좋은데, 웅성웅성 북적거리는 소용돌이 앞에 서면 '역시 혼자서는 무리야'라며 뜻을 접어야 했다. 제대로 겨뤄보지도 못한 채 발걸음을 돌린 적이 몇 번이나 있었다. 그럴 때 미칸을 구원해준 것은 길가의 소랍반점(거위나 오리구이를 밥 위에 얹어 파는 식당)이나 죽과 면 전문식당이나 차찬텡이었다.

중국 음식에는 시간 축과 인원수 축이 있다. 그것에 어긋나지 않으면 절대 실패하지 않는다. 여유 시간이 이 정도면 이것. 혼자면 이것. 두세 사람이라면 이것. 어른이 여럿이면 이것. 눈앞에 맛있는 음식이 저절로 나오기를 태평하게 기다리고 있어봐야 평생 헛수고다. "나는 지금 이러저러한 상황에 있으니 이런저런 음식을 원한다." 확실하게 상황 파악을 해야 한다. 연령, 직업, 풍채, 귀천을 막론한다. 설렁 완탕 한 그릇이라도 시간 축과 인원수 축이 딱 맞아떨어지는 하나의 초점이 있다.

홍콩에 몇 번을 가도 늘 어슬렁어슬렁 산책하다 돌아올 뿐이었지만, 곰곰이 생각해보면 거리를 걷는 방법, 길을 건너는 방법을 홍콩에서 배운 것 같다. 그곳의 거리는 흡사 파이 껍질처럼 종주하는 층이 몇 겹이나 겹쳐 있어서 능숙하게 건너는 방법이 있다. 그것을 파악해두면, 마음이 굉장히 편하다.

포장마차에서 먹고 싶으면 다파이당(大牌). 거북 젤리나 사탕수수즙으로 목을 축이고 싶으면 양다포(涼茶鋪). 약선(藥膳) 수프로 영양을 섭취하고 싶으면 탕관(湯館)이나 탕(湯). 담백한 정진요리(고기와 생선을 빼고 야채만으로 만든 요리)는 재주(齋廚). 우유 푸딩은 우내공사(牛奶公司). 아이스크림은 설고점(雪糕店). 단팥죽은 첨품점(甜品店)이다. “이것이 먹고 싶어서 여기에 있다.” 혼자 접시를 마주하는 게 당연한 맛있는 음식이 무수히 있어서 그런 장소를 선택하면 문제는 전혀 없다. 구태여 주루의 대형 테이블 한구석에서 주뼛주뼛 눈치를 볼 필요가 없다.

자, 그런데 홍콩에서 터득한 ‘길 건너는 방법’은 일본으로 돌아오면 발휘할 여지가 없어진다. 어쨌든 면은 라면 가게로 향하게 되고, 나머지는 상해 요리거나 사천 요리거나 하는 식으로 요리 분류로밖에 가게를 고를 수 없다. 그래서 혼자 훌쩍 들어간다면, 시내에 있는 작은 식당 같은 중국 요릿집이 부담 없고 편하다.

그런데 장소가 바뀌면 물품도 바뀌게 마련이다. 미칸은 일종의 감개를 품었다. 홍콩에 뻔질나게 다니게 된 후로 깨달은 것은 일본의 중국 요릿집에서 내놓는 탕수육 정식이나 고추잡채 정식, 칠리새우 정식은 엄연한 일본 요리라는 것이다. 밥에 반찬, 옥수수 수프가 곁들여 나오고, 작은 접시에 담긴 자차이(중국 채소인 착채를 절여서 만든 반찬)와 행인두부(살구씨 가루와 우유 등을 혼합한 뒤 한천 등의 식용 응고제를 첨가해서 만든 중국식 젤리) 디저트까지 쟁반 위에 가지런히 올라가 있다. 이건 뭐랑 좀 비슷한데. 곰곰이 생각해보니 학교급식과 똑같다. 나름대로 영양도 있고, 밥도 수북이 담겨 있어서 양도 충분하다.

이것은 이것대로 잘 만들어졌다. 세심하게 이것저것 살피는 점은 역시 일본답다. 홍콩에서 알게 된 지인 캐시는 "난생처음 도쿄에서 중국 요리를 먹었을 때, 완전 달라서 당황했잖아"라고 했는데, 그야 당연히 그랬을 테지. 하물며 만두 정식 같은 건 주먹밥과 밥을 같이 내놓는 거나 마찬가진걸.

홍콩의 맛이 그리워지면, 광저우 출신인 린 씨가 운영하는 집 근처 작은 가게로 발걸음을 옮긴다. '오늘의 정식 ABC' 중에서 고르면 끝이니, 선택의 폭이 좁아서 마음도 편하다. 죽 정식, 닭튀김 정식, 두부 튀김과 채소의 굴 소스 조림 정식, 얌차(飮茶) 세트…… 어라라. 갑자기 웃음이 툭 터진다. 이건 마치 죽과 면 전문점, 재주, 얌차, 주루…… 같은 가게들이 날마다 번갈아가며 이사를 오는 것 같네. 말하자면 그것은 도쿄에서 가게를 차린 린 씨의 궁리와 노력 덕택인 것이다.

자 그런데, 가을 끝자락의 어느 늦은 밤이었다. 회의가 길어지는 바람에 저녁식사도 놓쳐서, 문득 마음 내키는 대로 도중에 지하철을 내려서 3년 전쯤 단골로 다녔던 중국 요릿집의 문을 열었다. 이곳의 피단은 폭죽 불꽃같은 아름다운 솔잎 모양이 또렷하게 새겨져 있고, 톡 깨물면 순식간에 사르르 녹는다. 생맥주와 피단두부를 주문해놓고, 다음은 뭐로 하나 고민한다. 흑초탕수육도 좋겠는데.

오랜만에 경험하는 맛에 기분은 최고조, 흑초가 진하게 밴 뜨거운 돼지고기로 막 달려드는 순간이었다.

"맛있다니까, 이 집 탕수육."

"맛있다"의 '맛'과 '있' 사이에 살짝 강세가 들어가는 독특한 말투가 귀에 익었다. 두 테이블 뒤쪽이다. 흠칫 놀라며 슬쩍 시선을 돌리자마자, 으아악!

얼굴이 후끈 달아올랐다. 목소리의 주인공은 다름 아닌 3년 전에 헤어진 데라모토였다. 같이 있는 사람은 지금 사귀고 있는 여자겠지. 이 가게를 알려준 사람은 나였는데, 꿈에도 몰랐다. 아직도 이곳에 다닐 줄이야.

뒤로 돌렸던 시선을 슬금슬금 거둬들이며 뜻밖의 위기 상황에 얼굴이 점점 더 달아올랐다. 막 먹으려 했던 돼지고기로 무리하게 젓가락을 뻗으며 평정심을 잃지 않은 척했지만, 가슴속으로는 절규하고 있었다.

'아, 정말 싫다, 혼자 탕수육 먹는 모습은 보이고 싶지 않은데!'

방금 전까지 그토록 반갑고 맛있었던 피단두부도 탕수육도 무슨 맛인지 통 알 수가 없다. 다행스럽게도 데라모토는 이쪽에 등을 지고 앉아 있었다. 자, 어느 타이밍에 가게를 나가지? 과민하게 바싹 긴장한 미칸의 등은 흡사 공기의 진동 하나에도 반응하는 초고성능 감시 카메라 같다.

느긋한 기분을 만끽하고 싶을 때

도시락

매일같이 고된 싸움이 이어지고 있다.

평소에는 기껏해야 아침 7시에 일어나는데, 4월부터는 자명종 시계가 울리는 시간을 앞당겨 설정했다. 그런데 그렇게 맞춰둔 6시 반보다 앞서서 눈이 번쩍 뜨인다.

(압박감 때문이야.)

잠옷 차림인 채로 부엌으로 직행해서 냄비에 물을 받으며 "아아아~" 하고 한숨을 흘리고, 애써 과장하며 "힘내자!"라고 중얼거린다.

이번 4월부터 아들 다케루가 유치원에 다니기 시작해서 쓰바키는 난생처음 도시락을 싸게 되었다. 그런데 고작 일주일 만에 항복 상태다. 마냥 신이 나서 유치원 가방에 도시락을 넣는 다케루에게는 목에 칼이 들어온대도 솔직한 심정을 밝힐 수는 없다. 그러나 이 고생을 초등학교에 들어갈 때까지 매일같이 2년이나 계속해야 한다고 생각하면, 빰이 홀쭉하게 꺼지고 만다.

도시락 1학년생, 일찌감치 탈락 직전. 그 이유는 스스로도 알고 있다. 요컨대 타인을 너무 의식하기 때문이다. 도시락 뚜껑을 열었을 때, "우와!" 하는 감탄사를 터뜨리게 하려고, 담는 방식이니 색깔이니 이것저것 지나치게 궁리를 하는 탓이다. 놀라게 해주려는 상대는 다케루만이 아니다. 결국은 주위 아이들과 다람쥐반 담임인 유키코 선생님에게 감탄을 사고 인정받고 싶은 속내가 깔려 있는 것이다. 매일같이 새벽부터 매달려야 하는 '작품' 제작, 이건 정말 너무 지쳐.

(일찌감치 무슨 수든 써야지. 이래서는 정말 견뎌낼 방법이 없잖아. 우리 엄마는 어떻게 했을까.)

엄마는 중학교부터 고등학교까지 6년간이나 줄곧 도시락을 싸주었다. 그때는 형식적인 고마움뿐이었는데, 현재 자신의 참상과 비교한다면 엄청난 역량의 차이다. 엄마는 위인이었다.

잊을 수 없는 엄마의 도시락이 있다. 그것은 바로 삼색(三色) 도시락이다. 계란볶음. 청대완두. 다진 닭고기볶음. 이 세 가지를 삼등분한 밥 위에 예쁘게 펼쳐서 얹는다. 단지 그것뿐이고, 게다가 한 달에 한 번은 당연하다는 듯이 등장했다. "아, 또 삼색 도시락이네." 도시락 뚜껑을 열자마자 맥이 빠지긴 했지만, 신기하게도 어렴풋이 편안해지는 안도감이 느껴졌다.

침이 꿀꺽, 쓰바키는 갑자기 허기를 느꼈다. 생각지도 못했던 일이다. 중학교 시절의 도시락을 20년 후에 '먹고 싶다'고 강렬하게 떠올릴 줄이야.

기억은 고구마 덩굴처럼 잇달아 되살아났다. 그러고 보니 빤한 똑같은 삼색 도시락인데도 매우 신선한 맛으로 느껴진 적이 있었다.

중학교 3학년에 사생대회를 나갔을 때다. 화판과 도화지와 물감 세 가지 세트를 옆구리에 끼고, 네 학급의 학생 전원이 줄줄이 늘어서서 공원 속으로 삼삼오오 흩어져 원하는 장소에서 그림을 그려 풍경화를 완성하는 항례적인 봄 행사였다. 이토록 또렷하게 기억하는 이유는 '사쓰키바레(5월의 맑은 날. 본래는 장마철 사이에 잠깐 맑게 갠 날이라는 뜻)'라는 말을 처음 알게 된 것이 그날이었기 때문이다. 아, 오늘은 정말 그림같이 맑게 갠 푸른 하늘과 신록이네! 그러자 옆에서 걷고 있던 요시토미가 뜨끔할 정도로 어른스러운 말투로 중얼거렸던 것이다.

"어어, 사쓰키바레지."

그날의 도시락이 바로 그 삼색 도시락이었던 것이다. 뚜껑을 연 순간 발끈했다.

(하필 오늘 이걸 싸줄 필요는 없잖아.)

샌드위치라도 좀 만들어보란 말이야, 엄마! 그러나 아무리 원망해본들 그날 점심은 그것뿐이니 잔디 위에 깐 돗자리에 앉아 익숙한 손놀림으로 다진 닭고기볶음 부분으로 젓가락을 찔러 넣었다.

(어라?)

절반쯤 먹다 생각했다. 사르르 가벼운 느낌. 막힘없이 술술 들어오는 느낌. 오늘은 양념이 좀 다른가 생각했지만, 아니다. 역시 똑같았다. 밖에서 먹는다는 것만으로 맛이 이렇게 달라지나? 지금 돌이켜보면 야외에서 먹는 맛을 난생처음 또렷하게 의식한 것도 바로 그 '사쓰키바레'였던 것 같다.

회사에 다닐 무렵이다. 외근하러 나간 김에 밖에서 사서 벤치에 앉아 먹었던 지라시즈시(식초와 소금으로 간을 한 밥에 생선, 고기, 계란부침, 야채 등을 얹은 덮밥), 그건 정말 맛있었다. 완성된 건물 설계도를 고객에게 전해주고 돌아오는 길에 우연히 오사카 초밥 가게 앞을 지나게 되었다. 가끔 잡지 같은 데 소개되는 전통 있는 가게로 포장해 갈 수도 있는 지라시즈시 역시 맛있다는 평판을 알고 있었다. 엇, 이 가게였네. 갑자기 식욕이 발동해서 먹고 싶은 마음을 억누를 길이 없었다.

(지라시즈시는 집에 가지고 가서 오늘 저녁으로 먹을 수도 있겠지.)

그래서 가게 포렴을 젖히고 들어가서 도시락 하나를 주문해 가방에 넣고 전철을 탔다.

그런데 회사로 돌아오는 길에 지라시즈시로 자꾸만 마음이 가서 견딜 수가 없었다. 잊으려고 할수록 손에 든 가방에서 초밥 향기가 솔솔 피어오르며 놀리듯이 코끝을 간질였다. 인내의 끈이 툭 끊어졌다. 항복이다. 회사까지 5분쯤 남은 언저리, 빌딩과 빌딩 사이에 벤치가 늘어선 산책길이 있다. 됐어, 거기서 먹는 거야!

쓰바키는 그때의 맛을 잊을 수가 없다. 잘게 썬 박고지와 김이 살짝 단맛이 도는 초밥에 듬뿍 섞여 있었다. 연두빛이 나는 껍질째 먹는 완두. 가늘게 채 썬 계란 노른자. 붉은 새우와 흰 새우. 양념이 깊이 밴 짙은 갈색의 표고버섯. 초밥의 부드러운 맛이 재료 전체를 살포시 하나로 어우러지게 했다. 한 입, 한 입, 찬찬히 씹어 맛을 음미하며 하늘을 올려다봤다. 빌딩 틈새에 낀 가느다란 푸른 하늘인데도 시원하게 탁 트여서 한없이 멀고 널찍했다. 바람이 살랑살랑 스쳐갔다. 시선을 아래로 내리다 깜짝 놀랐다. 어머, 여기 버드나무가 있었네.

벤치에서 먹길 정말 잘했어. 그런 생각이 절절히 들었다. 집에서 먹었으면 보나 마나 오래전부터 화제였던 지라시즈시 맛을 평가해보려는 마음이 앞서서 이렇게 느긋한 기분으로는 먹을 수 없었을 것이다.

한편, 실내에서 먹는 도시락 맛에도 특별한 면이 있다. 그 무렵에는 한 달에 한 번, 매장 설계 담당자들이 모두 모여 회의를 하면서 도시락을 먹는 습관이 있었다. 번갈아 가며 도시락을 준비했는데, 가야키 씨가 맡는 순서가 되면 모두들 전날부터 은근히 점심시간을 기대하곤 했다.

가야키 씨가 주문하는 도시락 맛은 특별했다. 예산 한도가 있었기 때문에 화려한 도시락은 아니었다. 위아래로 나뉜 2단 도시락에 아래 칸은 유카리고항(잘게 썬 차조기를 섞은 밥), 위 칸은 반찬. 딱히 이렇다하게 특별하지는 않은데, 뭐라고 할까, 깊은 맛이 은은하게 우러나는 도시락이었던 것이다.

지금도 생생하게 떠오른다. 양념이 진한 소고기 시구레니(조갯살에 생선이나 육류, 생강, 각종 양념을 넣고 조린 음식). 삼삼하게 조린 연근, 당근, 표고버섯. 무 초절임은 알알하게 고추 맛이 배어 있었다. 도톰하게 부친 계란말이. 술지게미에 절인 송어

구이, 정말 하나같이 다 맛있었는데. 포동포동한 쑥 밀개떡으로 언제 젓가락을 뻗을까 망설이는 게 즐거움이었다. 듬뿍 담긴 정성이 고스란히 전해지는 그런 도시락이었다.

궁금해서 물어본 적이 있다.

"가야키 씨는 도시락을 늘 어디에 주문해?"

"아아, 그 도시락. 우리 아버지의 지인인 이타마에 씨가 독립해서 작은 가게를 냈어. 그곳이 우연히 회사 근처거든."

아하, 그랬구나. 대단한데, 그런 도시락을 준비해 오다니. 실제로 분명 그 점도 보탬이 되어서 가야키 씨의 부서 내 주가는 미묘하게 올라갔던 것이다.

도시락에는 본심이 드러난다. 허술하면 허술한 대로, 정성을 쏟으면 정성을 쏟은 대로. 과도하게 허세를 부리면, 그것 또한 고스란히 드러난다. 벤치에서 먹었던 지라시즈시에도 가야키 씨가 준비해온 2단 도시락에도 가게의 맛이 확실하게 깃들어 있었다. 눈가림이나 허세가 없었다. 그래서 먹다 보면 마음이 온화해졌다. 또 먹고 싶다. 저절로 그런 마음이 들었던 것이다.

자 그런데, 벚꽃이 봄바람에 춤을 추고, 새순이 돋은 벚나무가 아름다워진 무렵. 쓰바키는 남편과 다케루의 새 신발을 장만하러 신주쿠의 백화점에 나간 김에 지하 식품매장에 들렀다. 분명 그저께 신문 틈에 끼어 있던 전단지에서 고급 정통요리가 경쟁적으로 봄 도시락 상품으로 나온다는 광고를 보았다. 그냥 눈의 호사라도 해볼까.

어머나 세상에. 감탄사가 절로 나올 지경이었다. 꽃바구니 도시락(대바구니 안에 여러 가지 음식을 아름답게 담아낸 도시락). 쇼카도 도시락(옻칠을 한 칸막이 도시락에 교토의 전통요리를 담은 도시락). 봄나들이 도시락. 오동나무 2단 도시락. 마치 꽃잎 눈보라가 흩날리는 듯해 백화점 지하 한 귀퉁이가 비할 데 없이 곱고 눈부셨다. 그리고 도시락 안에는 각 가게의 분위기와 대접하는 마음과 맛이 농밀하게 감돌았다. 가격도 제각각 다르지만, 바라보는 것만으로도 봄기분이 고양되어 갔다.

가슴이 설레었다. 도시락이 사람의 기분을 이렇게 고양시킬 줄이야. 조금 전까지 묵직했던 신발 두 켤레가 든 종이가방까지도 새로운 계절의 시작에 탄력을 보태는 것으로 변해 있는 게 신기했다.

그런데 대관절 누가 살까, 이렇게 화려하고 비싼 도시락을……. 현실로 자신을 되돌릴 작정으로 거리를 둬보지만, 곧바로 생각을 고쳤다. 1000엔짜리 두세 장으로 봄 기분에 흠뻑

젖어들 수 있다면 싼 편일지도 모른다. 맑게 갠 늦은 오후, 성터 공원이나 강변 같은 데서 화창한 햇볕을 쏘이며 젓가락을 든다. 왠지 여행을 떠난 기분일 것 같다.

봄에는 이런 즐거움도 있었구나. 상상도 못해본 새로운 발견을 한 것은 분명 매일같이 도시락을 싸고 있기 때문이다. 그렇게 생각하자, 애를 태우며 힘들어하던 이른 아침의 기상도 위안을 받는 기분이 들었다. 제아무리 힘을 내본들 이런 꽃바구니 도시락 같은 도시락은 도저히 만들 수 없다. 그런데도 나는 어깨에 잔뜩 힘이 들어가 있었을지도.

무리하게 꽃바구니 도시락에 도전할 게 아니라 삼색 도시락이라도 좋을 것 같다. 그러고 보니 우리 엄마는 도시락에 매실장아찌를 넣은 큼지막한 주먹밥 두 개만 달랑 싸준 적이 있었지. 주먹밥 틈새에 소시지 볶음이 박혀 있어서 너무나 창피했다. 그래도 '오늘은 이걸로 좀 봐줘라'라는 목소리가 들려서 엄마가 바로 옆에 있는 기분이 들었다. 도시락은 가족의 수다 같은 존재였던 것이다.

추억을 만나고 싶은 날

백화점 푸드코트에서 식사

'푸딩 아라모드(커스터드푸딩을 중심으로 다양한 감미를 곁들여 장식한 모둠 디저트)'를 처음으로 먹었던 것은 여섯 살 때다. 그날의 기억은 30년이 넘게 흐른 지금도 비디오처럼 생생하게 되감기할 수 있다.

아빠가 이따금 데려가곤 했던 역 앞 백화점의 푸드코트에는 입구에 천장까지 닿는 커다란 유리 진열대가 있었고, 한가운데 줄의 오른쪽에 푸딩 아라 모드가 자리 잡고 있었다.

"먹고 싶은 거 시켜도 돼."

아빠가 말했다. 가늘고 긴 다리가 붙은 유리그릇도 처음 봤지만, 푸딩 양옆에 새하얀 크림이 봉긋이 담겨 있고, 멜론이나 귤, 사과 같은 과일이 색색으로 늘어서 있는 모습에 눈이 휘둥그레지고 말았다. '아라'는 무슨 뜻일까. 깜짝 놀랐을 때 나오는 감탄사 같은 말인가? 아빠의 손을 잡아당기며 물었더니, "그런 건 됐으니 얼른 고르기나 해"라며 야단을 쳐서 허둥지둥

"그럼, 이거. 이거 먹을래"라고 손가락으로 가리켰던 것이다.

미치루는 넋을 잃고 턱을 괬다. 산더미 같은 크림과 과일 속에 파묻힌 푸딩 아라모드는 아무리 먹어도 바닥을 드러내지 않았다. "천천히 먹어"라고 말하는 아빠 앞에는 장어양념구이와 맥주가 놓여 있었다. 둥글고 봉긋한 아이스크림을 은빛 숟가락으로 떠먹으며 우쭐거리는 기분을 주체할 수가 없었다. 그도 그럴 것이 아빠는 여동생에게는 같이 가자고 하지 않았다. 비밀로 푸딩 아라모드를 혼자 독차지하고, 거만하게 웨이퍼(통칭 웨하스)를 베어 먹고 있는 나는 여왕이 된 기분이었다.

백화점 푸드코트에 따라갔다 돌아오는 길에는 반드시 들르는 곳이 있었다. 그것은 바로 대폿집. 백화점에서 나와서 집 방향으로 한참 걸어가다 골목길로 휙 들어서면, 작은 가게들이 어깨를 맞대듯이 늘어선 일대가 나온다. 큼지막한 붉은 초롱을 내건 가게 문을 드르륵 열고 들어가 조그만 탁자에 마주 앉는다. 아빠는 목이 잘록한 술병. 나는 오렌지 주스. 그렇다 보니 불에 구운 뱅어포 맛을 알게 된 것도 여섯 살 때 대폿집에서였다.

회사 동료들과 회식하는 자리에서 어쩌다 그 얘기를 한 적이 있다. 그러자 순식간에 분위기가 고조되었다.

"우리 집은 오락실을 했어. 그래서 좀처럼 부모님이랑 같이 밥을 먹을 수가 없어서 할아버지가 가끔 백화점 식당에 데려가 줬지. 사실은 새우튀김이 먹고 싶은데, 꾹 참고 중화소바(중국식 라면)를 먹어야 했어. 할아버지가 늘 자루소바(네모난 어레미나 대발에 담은 메밀국수를 장국에 찍어 먹는 음식)만 주문하니까 별 수 없었지, 뭐."

"백화점 푸드코트는 나의 선생님 같은 존재야. 하이라이스도 탕수육도 마카로니그라탱도 백화점 푸드코트에서 처음 먹었으니까."

"크리스마스 때만 겨우 데려가 줬어. 한번은 형이 쇼윈도 앞에서 너무 흥분해서 코피가 나는 바람에 난리도 아니었지."

유카와짱도 무라사키 군도 아키바 군도 봇물이 터진 듯이 앞다퉈 얘기를 풀어놓기 시작했다. 막차가 끊길지도 모른다고 걱정하면서도 한껏 신이 난 듯한 유카와짱이 보리소주 한 병을 다시 주문해 오유와리(소주나 위스키 등에 더운물을 타서 묽게 만든 음료)를 만들었다. 그리고 매실장아찌를 톡 떨어뜨리며 "아!" 하고 감탄사를 흘렸다.

"그러고 보니 아빠가 엄마한테 살짝 거드름을 피우며 갈색 봉투를 건네주는 모습을 본 순간, 왠지 모르게 '아, 백화점 식당에 데려가겠다'라는 생각이 들긴 했지."

쇼와 50년대, 아직 월급을 갈색 봉투에 담아주었던 것이다. 그때까지 듣는 역할을 맡고 있던 스물다섯 살의 가와즈 군이 끼어들었다.

"으음, 제가 백화점에서 처음 먹고 감탄한 메뉴는 명란젓 스파게티였는데."

뭔 소리야, 푸드코트에서 먹는 스파게티는 당연히 나폴리탄이나 미트 소스지.

소주 술기운으로 거나해진 미치루는 조금 전부터 먹고 싶어서 참을 수 없는 음식이 있었다. 그것은 바로 어린이 런치다.

가족 넷이 다 함께 백화점 푸드코트에 가는 날, 여동생은 언제나 쇼윈도 앞에서 "어어, 난 어린이 런치 먹고 싶어"라고 말했다. 그래서 언니인 나는 어린이 런치가 아닌 메뉴를 고르고 싶었다. 속으로는 어린이 런치가 너무나 먹고 싶었지만. 게다가 은밀히 푸딩 아라모드를 알고 있었던 나는 '어린이 런치 따윈 흥미 없거든'이라며 속마음을 꾹 억눌렀다.

"난 튀김덮밥 먹을래."

엄마가 "어머나, 역시 언니답네"라는 말이라도 하면, 천하를 얻은 기분이었다. 그렇다 보니 어린 시절에 안간힘을 다해 허세를 부린 만큼 어린이 런치가 너무나 그리웠다. 아몬드 형태로 조그맣게 쌓아놓은 붉은 치킨라이스에 꽂힌 국기. 계란프라이를 얹은 햄버그 하나, 새우튀김 하나, 그 옆에는 마카로니그라탱, 푸딩, 덤으로 주는 캐러멜……. 아, 다시 한 번 먹어보고 싶다, 어린이 런치. 그것이 나의 쇼와 시대였던 것이다.

다음 주 화요일, 오랜만에 대체휴가를 냈다. 느긋하게 니혼바시라도 가볼까. 미치루는 돌연 마음이 동해서 새로 장만한 지 얼마 안 된 외투를 걸치고, 평소 회사에 갈 때는 안 신는 높은 힐을 세심하게 골랐다.

낮 시간대 지하철은 매우 한가해서 매일 아침 러시아워 때 공기와는 전혀 달랐다. 자리에 앉아 천장 가운데 매달린 광고들을 올려다보고 있으니 날아갈 듯이 기분이 좋았다. 특별한 휴일이다. 아직 아무것도 안 했는데도 그런 생각이 저절로 드는 이유가 있었다.

오늘은 백화점 푸드코트에서 밥을 먹을 것이다. 어느 백화점이나 예외 없이 옥상 바로 아래층에 있는 푸드코트. 서른여덟 살이나 된 어엿한 어른이이지만, 어쩌면 너무 기뻐서 코피가 날지도……. 남편에게 아키바 군의 형 얘기를 들려줬더니 하는 말. "나도 정말 신났지. 이것저것 다 먹고 싶은 마음에 머릿속이 근질거렸어. 입구에서 식권을 사줄 때는 울 뻔했다니까.”

니혼바시의 M백화점이라면 틀림없이 푸드코트가 있을 것이다. 가본 적도 없으면서 확신을 품고 1층 안내소 앞에 서자, 식당가는 홋카이도 상품전을 하고 있는 10층 행사장과 같은 층이라고 쓰여 있었다. 자, 출발! 설레는 마음으로 1층 엘리베이터에 올라탔다. 문이 쿵 닫히고 묵직한 구식 상자가 휘익 상승하자, 몸도 같이 허공으로 떠올랐다.

어라? 식당가로 들어가니 가게는 달랑 세 개뿐. 중국 요리 식당. 일본 요리 식당. 요즘 유행하는 다이닝 분위기의 레스토랑. 그렇지만 푸드코트는 없었다. 몇 번을 빙글빙글 돌아도 화려하고 북적북적거리는 쇼윈도는 어디에도 보이지 않았다. 이럴 리가 없는데.

“저어, 푸드코트는 어디죠?”

지나가는 젊은 직원을 붙들고 머뭇머뭇 물어보자, 그가 살짝 불안한 표정을 지었다.

“으음, 푸드코트라면?”

“음, 그러니까 여러 가지 음식을 파는 큰 식당인데.”

“이 층에는 푸드코트라는 곳은 없고, 8층에 특별식당이 있습니다.”

고맙습니다. 감사 인사를 건네며 배시시 풀리는 뺨을 억제할 길이 없었다. 호오 '특별식당'이란 말이지. 꽤나 감미로운 이름으로 바뀌었네.

(특별. 특별.)

입 속으로 몇 번이나 중얼거리며 눈앞의 에스컬레이터를 타고 서둘러 내려갔다.

아니, 이, 이건……. 8층 끄트머리, 떡하니 눈앞에 등장한 특별식당의 쇼윈도를 들여다보자마자 뒷걸음질을 치고 말았다.

굴그라탱	2625엔
삼색(三色) 도리아	2310엔
로스트비프와 채소 토스트샌드위치	2100엔
'교토의 아침' 죽 한상	4725엔
생선회 정식	3675엔

눈이 튀어나올 지경이란 말은 이럴 때 쓰는 것이다. 특별식당의 '특별'은 '특별한 가격'이라는 뜻이었을까. 그중에서도 단연 압권은 바로 이거다.

특선 스테이크 한상(안심 또는 등심) 6825엔

쇼윈도 선반에 늘어선 샘플을 뚫어져라 응시하며 할 말을 잃었다. 튀김과 생선회 모둠은 그 이름하여 '중식(中食)', 가격은 당당히 3360엔. 어린이 런치 같은 건 어차피 보이지도 않는다. 목을 빼고 가게 안을 들여다보자, 검은 옷을 입은 웨이터가 테이블 사이를 조용조용 오가고, 점잔 빼는 공기가 흐르고 있었다.

아, 슬프다. 가격이 이렇게 비싸고 그렇게 거드름을 피우면, 백화점 푸드코트가 아니지. 가격도 고만고만하고, 튀김덮밥을 먹고 나서 문득 당겨서 아이스크림을 시켜도, 새우튀김과 자루소바를 같이 주문해도 1000엔짜리 지폐 두 장이면 거스름돈까지 챙길 수 있어야지. 당연시했던 서민의 기쁨은 이미 사라져버린 것일까……. 어깨에서 힘이 쭉 빠지며 풀이 죽었다.

몹시 당황한 미치루는 다시 니혼바시 방면으로 뛰어가기 시작했다. 오에도 니혼바시를 건너 늦은 오후 시간대의 백화점으로 뛰어들자마자, 기도하는 마음으로 식당가의 안내게시판에 혈안이 된 눈을 집중시켰다.

여기에서도 '푸드코트'는 자취를 감추고 없었다. 아니, 물론 식당은 보란 듯이 술하게 갖춰져 있었다. 홍콩의 유명한 디저트 가게까지 늘어서 있으니 혼신의 라인업이다. 그러나 그 그

늘에 가려져 옛날의 '백화점 푸드코트'는 슬그머니 퇴장해버렸다. 어린이 런치도 못 만나고 끝났다. 미치루의 쇼와 시대는 흔적도 없이 완전히 사라져버린 것이다.

"아 글쎄, 요즘은 패밀리 레스토랑이 푸드코트 역할을 대신하니까 문제없다니까 그러네."

남편은 아무렇지 않게 그렇게 말해버렸지만, 도저히 포기할 수 없었다. 그다음 주, 이번에는 긴자로 발길을 옮겼다. 그리고 드디어 M백화점에서 염원하던 '백화점 푸드코트'를 발견하고는 답답했던 속이 후련하게 풀렸다.

요즘 세상에 맞게 외래어로 붙인 이름이긴 했지만, 그것은 틀림없이 옛날의 '백화점 푸드코트'였다. 다른 무엇보다 지하 안내 카운터에서 백발신사 직원이 보증을 해주었다.

"저어, 푸드코트가 있나요? 어린이 런치를 파는 옛날식 푸드코트."

"바로 그거죠, 옛날식…… 네, 그건 있습니다."

마침내 재회하게 된 반가운 장소에서 푸딩 아라모드를 앞에 놓고 무심코 멍하니 허공으로 시선을 던지고 말았다. 그러고 보니 아빠는 늘 집에 도착하기 직전에 나지막한 목소리로 다짐을 두곤 했다.

"미치루, 집에 가면 비밀이다."

어른이 되고 드디어 깨달았다. 푸딩 아라모드는 대폿집에 가기 위한 입막음이었던 것이다.

그땐 미처 몰랐던 어른의 맛

오므라이스

"햄버그스테이크 좀 만들어줘."

저녁밥을 먹고 차를 마시던 남편 다니구치가 정기적으로 늘 하는 주문을 했다. 부엌에서 설거지를 하던 사쿠라는 자주 있는 일이라 익숙한 듯 속으로 중얼거렸다.

'아, 또 시작이다.'

"알겠어요. 내일 다진 고기 사올게."

주문의 폭은 다양하다.

"치킨라이스 먹고 싶다."

"마카로니그라탱 안 먹은 지 꽤 오래됐네."

"우와, 오므라이스 생각난다."

이런 음식들을 집에서 먹고 싶어 하는 것이다. 사쿠라는 '꼬맹이 입맛'이라며 놀린다. 그래, 그래, 알았어, 엄마가 만들어줄게. 무심코 놀리게 되는 것은 소송채초간장조림이나 닭고기채소조림이나 양파와 다진 고기조림도 남편이 꽤 좋아하는 반찬인데 자기가 먼저 적극적으로 '먹고 싶다'는 말은 절대 하지 않기 때문이다. 식탁에 올리면 먹긴 하지만, 사실은 잘 알거든. 매일이라도 먹고 싶은 음식은 햄버그나 하이라이스나 커틀릿이나 민스커틀릿 쪽인 것이다.

"우리 집에는 초등학생 애가 하나 있네."

그러면 발끈한 표정으로 받아친다.

"도대체 무슨 실례되는 말이야. 내 취향은 양식이라고 말해줘, 양식."

나도 양식은 좋아하거든요. 햄버그나 오므라이스를 만들면서 음식에 관한 한 우리는 정반대라는 생각을 한다.

내가 집에서 먹고 싶거나 만들고 싶어지는 음식은 어린 시절부터 늘 먹어온 비지나 채소절임이나 토란조림 쪽이다. 게다가 양식은 집에서 먹는 음식이 아니다. 밖에서 맛보는 음식이다. 그도 그럴 것이 맛있는 양식을 만들려면, 사실은 정말 손이 많이 간다. 그런데도 남편은 오히려 집에서 먹고 싶은 모양이다. 어릴 때 엄마가 자주 만들어줬던 새우튀김에 마카로니 그라탱에 오므라이스. 아무래도 그것이 원점인 듯하다.

오므라이스 때문에 말다툼을 한 적이 있다. 영화에서 오므라이스를 만드는 방법을 보고, 몽글몽글한 오믈렛을 얹은 오므라이스에 도전해보고 싶었다. 호텔에서는 그런 스타일로 나온다는 얘기를 들은 적이 있어서 전부터 동경했었다. 영화를 보고 알았다. 치킨라이스 위에 갓 만든 오믈렛을 살포시 올리고, 나이프를 재빨리 한 일(一) 자로 그어 자른다는 것을. 그러면 순식간에 오믈렛이 좌우로 걸쭉하게 흘러내리며 치킨라이스 전체가 반숙 계란의 고운 황금빛으로 뒤덮이는 것이다. 오호 과연, 저렇게 만드는 거구나. 동경이 갑자기 가깝게 느껴졌다.

오랜만에 오므라이스를 먹고 싶다는 의견이 일치한 일요일 낮, 사쿠라는 진즉부터 마음에 담아뒀던 예의 그 걸쭉한 오므라이스에 도전해볼 마음이 들었다. 베이컨과 양파, 당근을 잘게 다져서 볶고, 밥을 넣어 토마토케첩으로 양념해서 접시에 수북이 담아둔다. 거기에 호사스럽게 한 접시당 계란 두 개로 만든 오믈렛을 얹고, 서서히 한 일 자로 칼질을…….

그런데 오믈렛이 너무 안 익어서 계란이 응어리지며 접시 가장자리까지 주르륵 흘러내리는 바람에 접시 한가득 노란색 늪이 출현하고 말았다.

"으윽. 질질 흐르고 이게 뭐야."

실패했어, 미안. 막 사과를 하려는 찰나, 남편이 놀려서 화가 폭발했다.

"그럼, 어머님 댁으로 먹으러 가면 되겠네."

시댁은 시마네 현이긴 하지만.

한편 사쿠라의 친정, 다시 말해 엄마가 만들어준 오므라이스는 납작하게 펼쳐 구운 평평한 계란부침으로 덮었다. 물론 사쿠라 또한 같은 방법으로 만든다.

"있지, 엄마, 나 하루짱이랑 상의했는데, 오늘 저녁은 오므라이스가 좋겠어."

"자 그럼, 오늘은 특별히 오므라이스."

우와! 한껏 신이 나서 여동생 하루미와 어깨를 붙이고 엄마 옆에 들러붙어서 군침을 삼켜가며 프라이팬 안을 뚫어져라 바라보곤 했는데…….

엄마가 만드는 방법은 이렇다.

먼저 한 사람당 계란 한 개씩을 풀어서 프라이팬에 넣고 펼쳐서 납작하고 동그란 얇은 계란부침을 만든다. 치킨라이스 내용물은 언제나 햄, 양파, 피망, 당근, 완두콩. 그것들을 밥과 함께 볶아서 토마토케첩으로 양념을 한다. 계란과 밥이 완성되면, 아몬드 형태의 알루미늄 틀을 왼손에 들고, 치킨라이스를 꾹꾹 눌러 담아 고르게 펴고, 거기에 오른손에 든 접시를 맞대고 단숨에 확 뒤집는다. 살며시 틀을 빼내는 순간, 엄마는 바짝 긴장한다. 하나, 둘, 셋! 틀을 휙 빼내면 멋진 아몬드 형태가 나타나고, 거기에 계란부침 원반을 젓가락으로 들어 올려 조심조심 얹고 양손으로 안쪽으로 정리해 넣으며 봉긋하게 만든다. 마무리로 빨간 케첩을 주르륵.

"잘 먹겠습니다!"

여동생과 합창을 하며 숟가락 등으로 케첩을 계란 전체에 처덕처덕 바르는 의식(儀式)은 하늘로 날아오를 것 같은 기쁨이었다. 사쿠라에게는 그것이 바로 오므라이스였다.

그런데 오므라이스도 종류가 여러 가지라는 것을 회사에 들어간 후에야 알았다. 취직한 지 1년째, 첫 보너스를 탄 기념으로 동료와 함께 교바시에 있는 양식집에 난생처음 들어갔다. 큰맘 먹고 호화롭게 점심을 한턱 냈는데, 그때의 충격은 지금도 잊히지 않는다. 은 접시 위에서 깊고 짙은 갈색을 띠는 데미글라스 소스가 윤기를 내며 반짝였다. 꿈결처럼 부드러운 이불 같은 오믈렛 속에 든 치킨라이스는 보슬보슬 가볍게 볶아져서 햄 조각 하나까지도 제맛을 내며 맛있었다. 무게감이 느껴지는 은수저와 새하얀 테이블보도 더없이 화려해서 살짝 우쭐한 기분이 들었다.

(양식당은 의외로 미지의 세계일지도.)

사쿠라는 데미글라스 소스와 오므라이스의 찰떡궁합에 감격하며 예감했다.

실제로 그 예감이 들어맞았다. 민스커틀릿은 다진 고기가 아니라 고깃덩어리를 잘라서 만들었다는 것을 알 수 있었다. 결이 고운 크림크로켓의 튀김옷. 옥수수 수프 한 숟가락을 혀 위에 올리자, 옥수수의 짙은 단맛이 도드라지며 지금껏 먹었던 얄팍한 맛은 저 멀리 날아가버렸다. 몹시 놀랐다. 그라탱의 베샤멜 소스는 실크처럼 부드러웠다. 데미글라스 소스도 절대 평범하지 않았다. 텅스튜(소의 혀와 채소를 뭉근하게 끓여 만든 스튜)를 주문했을 때, 별 생각 없이 들은 얘기에 무척 놀랐다. 그 가게에서는 직접 만든 부용(육류, 생선, 채소, 향신료 등을 넣고 맑게 우려낸 육수)에 날마다 여러 소고기 부위를 듬뿍 넣고, 레드와인 양을 조절해 부어가면서 총 열흘간이나 푹 끓여낸다…… 할 말이 없었다.

그것은 예삿일이 아니다. 양식은 프로가 온갖 노력과 시간을 쏟아부으며 갈고닦은 기술의 결정(結晶)인 것이다. 가정의 오므라이스와 양식당의 오므라이스가 완전히 다른 것은 당연하네.

납득을 하니 밖에서 먹는 양식 가격에 찍소리도 할 수 없게 되었다. 난생처음 교바시의 양식당에 발을 들여놨을 때는 메뉴를 펼치고 나도 모르게 기겁하며 물러섰던 것이다.

(뭐가 이렇게 비싸?)

비프스튜 3800엔. 햄버그스테이크 2500엔. 게크림크로켓 1800엔. 오므라이스의 경우는 1800엔인 가게도 있고, 비프오므라이스는 2800엔 가격을 붙인 가게도 있다. 글라스와인을 한 잔 마시고 빵이나 밥을 시키고 샐러드도 주문한다면, 눈 깜짝할 새에 7000~8000엔. '양식'이라는 가벼운 어감과는 동떨어진 높은 가격이 마냥 불합리하게 느껴졌다.

그렇지만 여러 가게의 양식을 알아가면서 생각이 바뀌었다. 어쨌든 열흘이나 걸려서 만든 데미글라스 소스를 그렇게 아낌없이 쓰고 있는걸. 가격이 비싸다고 하면 벌 받을 것 같은 기분이 든다.

또 한 가지 알게 된 점이 있다. 양식은 한 접시로 충분히 만족시키는 요리인 것이다. 단순한 것 같으면서도 그 안에는 기라성 같은 소재와 수고와 기술이 담겨 있다. 단순한 꼬맹이의 미각으로는 그 대단한 솜씨를 알 턱이 없다.

"거봐. 난 꼬맹이 입맛이 아니라니까."

남편의 역습이 눈에 선하다. 응, 그러니까 주부로서는 그 점이 미묘하단 말씀.

남편이 양식집의 진정한 맛을 알게 되면 상당히 곤란해진다. "바로 이거야. 이렇게 만들어줘"라는 말을 꺼내면 나는 두 손 들고 항복할 수밖에 없다. 한데 뭉뚱그려서 양식이라고 부르지만 그 프로의 맛에는 노서히 따라갈 길이 없는걸. "오랜만에 좀 만들어주라"라며 고마워하는 동안이 그나마 행복하다.

그건 그렇고 양식당에서 배운 비장의 즐거움이 있다. 그것은 비프스튜나 텅스튜를 주문했을 때, 남은 소스에 밥을 비벼 먹는 방식이다. 물론 절대 매너가 좋다고는 할 수 없겠지만, 데미글라스 소스에 비빈 밥은 맛이 정말 끝내준다. 아아, 그 맛, 남편에게도 경험하게 해주고 싶지만 괜히 긁어 부스럼 만드는 격. 그 맛을 알게 되면 사태가 심각해진다. 그런 소스가 좋다는 말을 꺼내는 날에는 무엇보다 가정경제가 버텨낼 재간이 없다.

혼자라도 괜찮은 이유

바질리코 스파게티

제일 좋아하는 파스타는 알리오 올리오 에 페페론치노다. 마늘과 고추 맛이 진하게 밴 스파게티. 언제 몇 번을 먹어도 '아아, 역시 이건 좋아'라는 생각이 매번 든다. 그런데 사실은 또 하나 묘하게 마음을 끌어당기는 파스타가 있다.

그것은 바로 바질리코 스파게티다. 그렇다고는 해도 원래 대로 바질리코를 넣은 스파게티는 아니다. 차조기 잎과 파슬리를 사용한 것. 마늘 맛이 진하게 배어 있고, 올리브오일 대신 버터를 쓴다. 이탈리아에는 없는 맛. 조금은 고리타분한 시대에 뒤떨어진 맛.

알리오 올리오 에 페페론치노는 요즘 세상에는 어디서든 먹을 수 있고, 세심하게 주의를 기울이면 내 손으로도 상당한 맛을 낼 자신이 있다. 그런데 그 바질리코 스파게티의 경우는 오로지 한 곳, 아자부주반 외곽에서만 먹을 수 있다. 게다가 단 한 사람이 만들어내는 맛. 차조기 잎과 파슬리 스파게티를 좋아한다는 얘기에는 장황한 설명이 필요하고, 그게 귀찮아서 아무에게도 말하지 않는다.

그래서 보탄은 이따금 아자부주반에 간다. 근무지인 건축 사무소는 센다기, 집은 산겐자야라 일부러 지하철을 갈아타며 가야 하는 아자부주반은 아무래도 멀다. 그러나 일단 그 맛이 떠올라버리면, 다리가 제멋대로 아자부주반으로 향하고 만다.

이탈리아 요리를 하는 가게는 아니다. 가게 주인인 미나 씨가 카운터 안쪽에 홀로 서 있는 바 같은 작은 가게다. 가게 이름은 'mora', 이탈리아어로 뽕나무의 열매, 즉 오디라는 의미다. 싱글몰트, 럼, 그라파…… 뭐든 다 있지만, 사실은 와인도 상당히 잘 갖춰놓았다. 미나 씨는 서른네 살인 나보다 스무 살 이상 나이가 많지만, 햇볕에 그은 단단한 턱이나 군살 없이 근육만 붙은 가느다란 팔을 보면, '나보다 훨씬 멋지다.' 남몰래 감탄하고 만다.

자 그런데, 이 가게에서 내놓는 요리는 단 하나, 예의 그 바질리코 스파게티다. 아주 가끔 올리브오일과 소금, 후추로만 드레싱을 만든 생채소 핀찌모니오(생채소를 적당한 크기로 썰어서 올리브오일이나 소스에 찍어 먹는 요리)를 내놓는 정도고, 나머지는 딱 잘라 올리브뿐.

"미나 씨, 왜 바질리코만 해요? 게다가 어째서 차조기 잎과 파슬리죠?"

그곳에 다니기 시작한 지 1년 반쯤 지난 무렵 물어보자, "으음, 그냥 오랜 세월 만들어왔을 뿐이야"라며 웃어넘겼다.

오랜만에 아자부주반에 들러보고 싶어서, 요컨대 바질리코 스파게티와 미나 씨가 그리워져서 'mora'의 문을 열었다.

"어서 와요. 혼자야?"

미나 씨가 그렇게 말하며 자리를 권하자, 먼저 와 있던 양복 차림의 사십대 남자가 부옇게 흐린 증류주를 꿀꺽 삼키고 입을 열었다.

"아 그거, 다들 '한 분'이라고 말하지 않나? '분'이라는 호칭을 붙여주면 기죽지 않고 넘어갈 수 있잖아."

성가신 손님이네. 갑자기 짜증스러운 기분이 들어서 카운터 안으로 막 시선을 돌린 순간, 예쁘게 생긴 미나 씨의 왼쪽 눈썹이 휙 치켜 올라갔다.

"이봐요."

공기가 쩍 갈라질 듯이 냉랭한 목소리였다.

"혼자라고 지나치게 조심스럽게 대하는 게 오히려 더 실례이지 않을까요."

말투는 차분했지만 매몰찬 말꼬리는 반론의 여지를 주지 않았다. 그런 말투로 얘기하는 미나 씨는 처음 보았다.

"아니, 그러니까 내 말은 요즘 가게에서는 다들 그런 것 같다는 얘기일 뿐이에요."

여자 둘 다 입을 다물어버려서 분위기가 어색해지자, 그는 서둘러 계산을 하고 나갔다.

"보나 마나 자기가 남자 혼자라 쑥스러웠던 거야. 감싸줄 걸 그랬나."

마시다 만 술잔을 치우면서 미나 씨가 말을 이었다.

"내가 아가씨일 때는 혼자 레스토랑에 다녔는데, 괜한 동정 같은 걸 받으면 오히려 모양이 빠진다고 생각했거든."

그다음 얘기가 궁금했다. 보탄은 속으로 몰래 '오늘이다'라고 중얼거렸다.

아주 젊은 시절 롯폰기의 유명인이었다는 것, 결혼해서 6년 만에 이혼하고 그 후 이탈리아에서 13년 동안 살다 귀국해서 얼마 있다 'mora'를 시작했다는 것. 미나 씨에 관해 알고 있는 것은 그것뿐이다. 그걸로 충분했지만, 언제 기회가 되면 찬찬히 얘기를 나눠보고 싶었던 것도 사실이다. 이 사람은 틀림없이 나에게 뭔가를 일깨워줄 것이다. 그런 예감이 들었다.

다음 손님이 'mora'의 문을 열고 들어설 때까지 40분 남짓, 보탄은 숨을 죽이고 귀를 기울였다.

"롯폰기에서 놀았던 건 1960년대 초 무렵이었어. 내가 고등학교 동급생을 따라갔던 건 1965년, 그 애 아버지가 음악 일을 해서 우리는 연예인이나 유명인들 속에 넌셔졌지. 그야 물론 눈부시고 화려했지만, 실은 가장 맘에 드는 게 있었어."

잡지에서나 읽을 법한 먼 세계의 이야기였다. 다른 사람의 입을 통해 듣는다면, 꾸며낸 얘기라는 생각밖에 안 들 테지만, 미나 씨가 말하면 신기하게도 리얼리티가 있었다.

"그 누구도 타인에게 간섭하지 않아. 혼자든 둘이든, 어제랑 다른 상대와 같이 있든 말든 신경 쓰는 사람이 없지. 그런 데 얽매여 있으면, 눈앞의 '지금'에 따돌림을 당해버린다고 해야 할까."

눈앞의 '지금'에 따돌림을 당해버린다. 굉장히 멋쩍은 표현인 듯하지만, 미나 씨가 입에 담으면 격언처럼 들렸다. 풀이 죽어 있으면 밀어낸다. 그곳에 간 이상, 자기 즐거움은 스스로 찾아야 한다. 열여덟 살에 롯폰기에서 편안함을 발견한 미나 씨는 혼자 레스토랑에 가는 즐거움도 동시에 알게 되었다고 한다.

"나 나름대로 어른이 되는 방법이었어. 혼자라도 겁먹지 않고, 기대지 않고, 언제나 당당히 지낼 수 있으면 어엿한 어른이다. 그런 가르침을 얻은 셈이지."

이론이 앞서는 페미니즘의 폭풍보다 훨씬 이른 세례였던 것이다.

스물네 살에 결혼해서 서른 살에 이혼한 미나 씨는 친구를 의지 삼아 이탈리아로 가게 되었다. 그때가 1977년이다. 그녀가 일본을 떠나 있었던 13년 동안은 실제로 도쿄에 이탈리아 식당이 잇따라 늘어난 시대다. 아오야마의 패션메이커 빌딩에 이탈리아 전문요리 레스토랑이 생겼고, 이탈리아인 셰프가 우시고메에 작은 트라토리아(소규모 이탈리아 식당)를 냈고, 실력 있는 셰프들이 독립해서 자기 가게를 연 시기가 1990년 무렵. 내가 아는 것은 그 무렵부터다. 대학 1학년 때 생일에 남자친구가 데려가 줘서 '리스토란테(고급 이탈리아 식당)'라는 호칭을 배웠다.

"으음, 저는 혼자 레스토랑에 가는 게 보기 좀 그렇다고 할까, 비참하다는 생각이 들어요."

큰맘 먹고 그렇게 말하자, 미나 씨는 대수롭지 않게 웃어넘겼다.

"무리해서 혼자 갈 필요는 없어. 조금 전 얘기는 내 경우일 뿐이야. 다만, 스스로가 보기 안 좋을 거라 생각하면 남들 눈에는 반드시 안 좋게 보인다는 거지. 안 그래? 인생에는 여러 가지 상황이 있으니 혼자 밥을 먹어야 할 때도 숱하게 있을 수밖에."

그야 물론 충분히 안다. 그러니까 오늘도 이렇게. 그렇게 말하려다 꾹 삼켰다.

"자 그럼, 밖에서 꼭 이탈리아 요리를 먹고 싶다, 그런데 혼자뿐일 때는 어떡해요?"

그러자 미나 씨가 "이건 내가 사는 거야"라며 유리잔에 두 잔째 와인을 따라주고, 자기도 반잔쯤 따라서 입을 축였다.

"혼자라면 트라토리아나 피자 가게 같은 마음 편한 쪽으로 가는 게 일반적인 선택이겠지만, 으음 글쎄, 나라면 오히려 반대로 레스토랑으로 가. 그도 그럴 게 캐주얼한 가게는 모두들 시끌벅적 떠들어대고 굉장히 즐거워 보이잖아. 그런 곳에 굳이 혼자 가기도 좀."

그럴 바에는 등을 곧게 펴고 레스토랑에 가서 "오늘은 혼자예요"라고 말하고, 가게 사람을 내 편으로 만들어버린다. 그게 내 방식이야, 라고 미나 씨가 말했다. 혼자면 혼자인 대로 분명 즐거움이 있을 터. 이런 것이 먹고 싶다. 양은 좀 적게 해줄 수 있나. 어려워하지 말고 물어보면 되는 거야. 제대로 된 레스토랑이면 혼자 온 손님이라도 충분히 만족시켜주거든.

그녀의 얘기를 들으며 문득 생각했다. 미나 씨는 그런 걸 분명 이탈리아에 살면서 배웠겠지.

잊을 수 없는 씁쓸한 기억이 있다. 대학을 졸업하고 지금 다니는 건축사무소에 취직한 지 얼마 안 됐을 때다. 일요일, 처음으로 역 앞에 있는 이탈리아 식당에 가보았다. 오래된 찻집 같은 외관에 유리 너머로 들여다보니 카운터뿐이라서 이르더라도 장보고 돌아가는 길에 스파게티로 저녁을 때울 심산이었다.

그런데 여주인이 건넨 메뉴를 보고 깜짝 놀랐다. 프리모 피아토(첫 번째 접시라는 뜻으로 전채요리와 메인디시 사이에 먹는 음식), 파스타, 생선요리, 고기요리, 디저트. 카운터 자리밖에 없는 오래된 가게라 일품요리 가격은 1500엔 전후로 맞춰놨지만, 메뉴 구성은 리스토란테 수준이었다. 파스타 하나만 해도 페투치네, 탈리에리니, 카펠리니, 스파게티, 게다가 쇼트 파스타는 파르팔레, 오레키에테, 펜네, 부카티니……. 카운터 안에 있는 요리사에게 살짝 시선을 돌리니 놀랍게도 빳빳하게 풀을 먹인 조리용 가운 차림이었다. 대체 여긴 어떤 가게지?

스파게티만으로는 돌려보내줄 것 같지 않았다. 지갑 속에는 분명 5000엔짜리 지폐 한 장이 들어 있었다. 각오를 다지고, 그러나 꼼꼼하게 가격을 덧셈 뺄셈해가며 생햄, 알리오 올리오에 페페론치노, 조개관자 소테 토마토 소스를 주문했다.

오호, 이럴 수가. 혀에 착 감기는 생햄도 훌륭했지만, 뒤이어 나온 스파게티 면발에는 탄성이 저절로 흘러나왔다. 식감이 좋은데도 이로 쫀득하게 파고드는 탄력. 접시 위에서 한 가닥 한 가닥이 춤을 추는 듯한 위세 좋은 스파게티를 집 근처에서 우연히 만나게 될 줄이야. 뜻밖의 행운에 기분이 하늘로 날아오르려는 찰나.

"이봐요 손님, 파스타는 주요리 전에 먹는 거예요. 스파게티 한 접시는 이탈리아 요리를 먹는 게 아니란 말이죠."

깜짝 놀라 소리가 나는 방향을 바라보니 여주인이 학생처럼 보이는 젊은 남자와 마주하고 있었다. 사태는 바로 이해할 수 있었다. 아냐, 넌 잘못한 거 전혀 없어. 이 가게가 이렇게 낡은 찻집처럼 생겼잖아. 누구라도 신문이나 읽으면서 스파게티나 한 접시 먹으러 들어오고 싶어지는 게 당연해.

잔소리를 엄청 들은 후에야 남자는 결국 울상인 채로 스파게티 한 접시를 받았지만, 이쪽 역시 낭떠러지에서 발로 차인

기분이었다. 그토록 흥분했던 스파게티도 새로 내온 향기로운 조개관자도 흥이 깨져버렸다. 무슨 이런 심술궂은 가게가 있지. 혼자라고 얕보는 거 아니야!

그때 느꼈던 화가 되살아나서 허둥지둥 와인으로 손을 뻗었다. 미나 씨가 얘기를 이어갔다.

"도쿄의 이탈리아 요리는 굉장히 섬세하고, 실제로 이탈리아보다 더 맛있다는 생각이 들 때가 종종 있어. 그렇지만 진짜 이탈리아 요리의 맛과는 조금 달라. 즐겁게 해주려는 마음가짐, 맛있게 먹게 해주려는 서비스 정신, 거드름을 피우는 리스토란테에서도 그런 따뜻함이 넘쳐나지. 그 점이 가장 좋아."

바로 그거다. 도쿄에서 이탈리아 요리를 먹으러 가면, 메뉴만 펼쳐도 외국어 사전 같다. 수제 파스파인 경우는 도무지 한 번에 외울 수가 없다. 손바닥을 마주 비벼서 길고 가늘게 늘리는 피치, 굵직한 톤나렐리, 손바닥으로 굴려서 둥글게 만든 움브리첼리, 비틀어서 꼰 부시아티…… 토스카나 할머니에게 직접 전수받은 파스타라고 해도 묘하게 부자연스러운 기분이 드는 까닭은 내 심보가 삐딱해서일까. 게다가 그런 리스토란테에 혼자 가는 날에는…….

잠시 침묵이 흐른 뒤, 미나 씨가 기분을 바꾼 듯이 "그래도"

라며 입을 열었다.

"그래도 혼자라고 겁내면 안 돼. 그리고 혼자 먹을 때는 등을 곧게 펴고 단정하고 예쁘게 먹어야 해. 다 먹었으면 괜히 어물거리지 말고 바로 일어나고. 그것만으로도 어느 장소에서든 마음이 꽤 편해지거든."

역시 예감은 빗나가지 않았다. 이 사람은 나에게 뭔가를 일깨워주는 사람이었다.

"네, 깊이 명심할게요."

대화가 한차례 매듭지어지길 기다렸다는 듯이 'mora' 문이 끼익 열리고, 시끌벅적한 남녀 세 사람 일행이 들어왔다. 그들이 고리에 외투를 거는 모습을 바라보며 보탄이 입을 열었다.

"이따 바질리코 스파게티 먹을 수 있을까요?"

그러자 미나 씨가 장난스럽게 웃으며 말했다.

"그러고 보니 꽤 오래전에 물었던 질문에 제대로 대답을 안 했네. 사실 그 차조기와 파슬리 스파게티는 롯폰기에 있는 이탈리아 식당의 명물이었어. 난 그게 먹고 싶어서 열심히 들락거렸지."

나만의 은밀한 취미생활

가이세키 요리

"온화한 성격에 협조성이 있어 누구나 좋아한다." 이것이 고기쿠에 관한 회사 사람들의 일치된 인물평이지만, 정작 본인의 속내는 "아, 그렇지 않은데……"라는 것이다.

사실은 아주 사소한 일도 거슬린다. 일일이 화가 나서 참을 수가 없다. 어찌된 영문인지 어른이 될수록 그런 싹이 부풀어 오르며 커져갈 뿐이다. 오늘 아침에만 해도 우연히 역 개찰구를 같이 나온 신입사원이 회사로 걸어가는 길에 너무나 태평하게 질문을 던졌다.

"사노 씨는 취미가 뭐예요?" 대수롭지 않은 얘기라는 듯이 물어서 발끈했다. 같이 일한 적도 없는 너한테 그런 걸 대답해야 하니? 애당초 '취미'라는 게 그렇게 기탄없이 물어도 되는 거냐고?

신입사원은 대화 없이 걷기도 뭣해서 가장 무난하다 싶은 화제로 어색한 침묵을 메워보려 했을 뿐이다. 그걸 알아도 순순히 응해줄 수는 없다. '취미' 따윈 없어도 딱히 상관없잖아. 아, 생각났다, 넌 윈드서핑에 푹 빠져 있다고 했지. 그러나 그런 친절한 화제를 꺼내며 호응해줄 마음은 내키지 않았다.

"흐음 글쎄, 이것저것 너무 많아서."

한마디만 건네고, 서둘러 엘리베이터에 올라탔다. 에고 이런, 오늘도 또 성가시게 생겼군.

성가신 건 물론 자기 자신이다. "으음 그래, 최근에 내 취미라고 부를 만한 건 말이지……." 엘리베이터 안쪽에서 남몰래 살짝 웃었다.

혼자서 맛있는 일본 요리를 먹으러 가는 것이다. 그게 바로 최근에 남들은 모르는 나만의 은밀한 즐거움이다. 괜찮겠다 싶은 식당들을 잡지나 인터넷에서 찾아보고, 목표로 정한 가게에 예약하고 혼자서 간다. 얼마 전에는 "내일모레 긴자로 혼자 외식하러 갈 거야"라고 회사에서 친하게 지내는 다마루 마사코에게 무심코 말했다가 "나도 데려가 줘"라고 졸라서 거절하는 데 한고생했다. 그 후로는 절대 아무에게도 말하지 않고 살짝 간다.

딱히 혼자 먹는 것 자체가 좋은 건 물론 아니다. 이런 점이 중요한 거지. 고기쿠는 스스로에게 타이른다. 혼자 먹어서 좋은 게 아니라, 좀 더 다른 데 즐거움이 있어서야. 물론 남편과 같이 식사하러 가는 것도 좋고, 속내를 아는 다마루나 여자친구들과 같이 가는 것도 좋지만, 혼자서 일본 요리를 먹으러 갈 때는 또 다른 즐거움이 있어. 헬스장에 다니거나 시 모임에 참가하는 거와 같은 거야. 말하자면 일종의 '취미'인 셈이지.

새로운 가게에 가는 것은 기껏해야 세 번에 한 번 정도. 가게 순례가 목적이 아니니 몇 달 전에 갔던 가게를 다시 방문한다. 마음에 드는 가게가 네다섯 개 있으면, 차례대로 들르기만 해도 눈 깜짝할 새에 사계절이 지나간다.

가게를 고르는 기준은 세 가지다.

가이세키 요리(다도에서 차를 내놓기 전에 내놓는 간단한 요리였는데, 지금은 정통 고급 일본 코스요리를 뜻함)를 제공할 것.

카운터가 있을 것.

아담한 가게일 것.

카운터가 있으면 여자 혼자라도 어색하지 않게 먹을 수 있다. 카운터 외에 테이블이 최소한 서너 개쯤 있는 아담한 가게라면 주인이나 여주인과의 거리도 멀지 않다. 카운터를 사이에 두고 가벼운 대화도 나눌 수 있어서 오도카니 혼자 동떨어진 기분도 들지 않는다. 그리고 자, 이것이 가장 중요한 점이다. 아무리 일본 요리라도 큰 접시 요리나 선술집풍의 요리, 또한 먹고 싶은 음식을 따로따로 주문해야 하는 가게라면 편치 않다. 사키즈케(가이세키 요리의 첫 번째 코스인 가벼운 요리)부터 시작해서 국물, 생선회, 구이, 조림…… 하나씩 차례대로 내오는 가이세키 요리가 아니면 전혀 흥미가 없다.

얼마 전에 처음으로 갔던 긴자의 가게는 뜻밖의 행운이었다. 예약 전화를 했을 때부터 좋은 예감은 들었다.

"12월 8일 저녁 7시부터 한 사람, 예약할 수 있나요?"

"네, 예약 가능합니다. 8000엔, 10000엔, 12000엔 코스가 있어요. 어느 것으로 하시겠습니까?"

젊은 요리사의 목소리는 거드름 피우는 기색이 전혀 없이 또랑또랑하고 밝은 톤이었고, 전화 너머의 가게 분위기가 배어 있었다.

"그럼, 8000엔 코스로 부탁합니다."

"네. 12월 8일 7시에 한 분, 8000엔 코스라고 하셨죠. 죄송합니다만, 연락처를 여쭤봐도 될까요?"

휴대전화 번호를 불러주자, "그럼, 기다리고 있겠습니다. 예약 감사합니다". 넘치거나 모자람이 없는 적절한 대응이었다. 그렇기는커녕 "한 분인가요?"라고 되묻거나 이상하게 여기지 않는 점도 '예절 바른 가게구나'라는 생각을 하게 해주었다. 자잘하게 이것저것 과도하게 신경 쓰는 내가 시원스럽고 기분 좋게 수화기를 내려놓는 것은 드문 일이었다.

그런 직감은 요리 하나하나에도 적중되었다. 가게를 잘 골랐는지 아닌지는 예약 전화를 걸었을 때부터 대부분 알 수 있다. 아담하고 작은 가게일 때는 더더욱.

지금은 완전히 익숙해진 것 같지만, 2년 전에 접대를 하느라 처음으로 갓포 요릿집의 포렴을 걷고 들어섰을 때는 마음이 굉장히 무거웠다. 정확히 말하면 주눅이 들었다. 메뉴가 없다. 끝없이 요리가 나온다. 다음에 어떤 요리가 어느 정도 양으로 나올지 짐작조차 할 수 없기에 페이스 조절이 어렵다. 회사 동료 다마루가 영국인 지인을 가이세키 요릿집에 데리고 갔을 때, 일본에 온 지 닷새째였던 영국인 여성이 "내가 고르지도 못하는데, 음식이 멋대로 나오니까 대체 얼마나 먹어야 갈 수 있는 건지 무섭다"며 도중에 공포로 경직된 표정을 지었다고 한다. 전혀 웃고 넘어갈 얘기가 아니다. 나 역시 구이요리 다음에 조림이 나온다는 것도 몰랐고, 다른 무엇보다 거의 시작 무렵에 국물요리가 일품으로 나왔을 때는 무심코 "밥은?"이라고 물어볼 뻔했으니까.

일본 요리인 데도 모르는 게 너무나 많다. 국그릇 뚜껑은 어디에 내려놔야 하나. 뒤집어놓나, 엎어놓나. 다 먹고 나면 뚜껑은 다시 덮어야 하나. 덮는다면 뚜껑 방향은 위인가 아래인가. 그런 건 지금껏 아무도 가르쳐주지 않았다. 다른 무엇보다 우리 집에서는 뚜껑이 딸린 국그릇은 쓰지도 않으니까.

그렇지만 고기쿠는 생각했다. 모르는 걸 부끄러워하는 것보다 앞으로도 계속 모르는 상태로 사는 게 훨씬 더 곤란하다. 그래, 나도 이제 삼십대 중반이니 어른이 돼야지. 가이세키요리를 먹으러 가볼까.

그렇게 해서 다니다 보니 궁금한 것은 용기를 내서 물어보게 되었다. 어쨌든 혼자이니 동반자에게 "그런 것도 몰랐어?"라고 바보 취급당할 염려도 없고 편했다.

"저어, 고추냉이는 간장에 푸는 게 더 맛있나요?"

"으음, 생선회에 곁들여 나온 무나 차조기 잎은 먹어도 되는 거예요?"

"저어, 국물에 따라 나온 유자는 남겨도 되나요?"

그러면 십중팔구 이런 대답이 돌아온다.

"신경 쓰지 마시고, 그냥 편한 대로 드시면 됩니다."

그러면 정말 난감하다. 이봐요, 그 '편한 대로'를 잘 모르니까 묻는 거죠.

그러나 그럼에도 굴하지 않고, "저어……"를 반복하다 보니 조금씩 알게 되었다. "그냥 편한 대로"는 다시 말하면 폭넓은 'OK 사인'인 셈이다. '그건 NG입니다'의 경우는 제대로 된 가게일수록 정확하게 "이렇게 하시는 편이 낫겠죠"라고 가르쳐 준다. 그리고 낯이 익을수록 카운터 너머에서 시원스럽게 알려준다.

"고추냉이의 향기나 풍미도 맛있으니 간장에 풀어버리면 조금 아까울지도 모르죠."

"생선회에 곁들여 나온 채소는 물론 드셔도 됩니다. 그릇에 담아낸 음식은 다 드실 수 있는 겁니다."

"유자는 국그릇 앞의 안쪽에 대고 즙을 짜시면 향이 아주 좋죠."

이것은 득이다. 모르는 건 겁내지 말고 물어봐도 되는 것이다. 설령 식은땀을 좀 흘리더라도 실제훈련보다 좋은 것은 없다. 카운터 너머의 주인이나 여주인이 차츰 고마운 개인교수처럼 여겨진다. 그와 동시에 발길을 할 때마다 각기 다른 계절의 맛에 눈을 휘둥그레 뜨게 되고, 거기에는 순수한 놀라움이 있었다. 이렇게 해서 고기쿠는 서서히 가이세키 요리를 먹으러 가는 것을 최고의 즐거움으로 키워왔다.

봄에는 죽순, 머위, 누에콩, 두릅. 장마철에는 어설퍼 보일 정도로 작았던 은어가 한여름에는 훌쩍 성장해서 뽐을 내듯 등장한다. 가을로 접어들면 주변 야산에서 빛깔도 형태도 저마다 다른 버섯, 밤, 구슬눈(잎겨드랑이에 생기는 크기가 특히 짧은 비늘줄기로 곁눈이 고기질로 비대해서 양분을 저장한 것), 감. 바다에서는 가다랑어, 가을 연어, 알을 잔뜩 품은 단새우. 겨울이 찾아오면 미나리, 미부나(교토 미부나에서 생산되는 순무의 한 품종), 시모니타 특산품인 파 그리고 오리, 게, 옥돔…… 일본 사람이면서도 전혀 몰랐던 맛, 아는 줄 알았지만 전혀 몰랐던 맛들이 넘쳐났다.

그런 거였구나. 일본 요리, 그중에서도 특히 가이세키 요리는 변화하는 계절 속에서 바로 이거다 하는 적확한 소재를 끄집어내어 정성과 공을 들여 갓 만들어낸 음식을 손님에게 대접하는 것이다. 그래서 1년에 한 번밖에 못 만난다. 무심코 멍하니 있다 보면 계절은 무정하게 쏜살같이 도망쳐버려서 모처럼 작년에 배워서 좋아하게 된 오징어 기노메아에(산초나무 순을 으깨어 섞은 된장무침)를 못 먹었네, 반딧불오징어도 못 만났네, 석화를 놓쳐버렸네 하는 사태가 벌어지고 만다. 그런 생각을 하다 보니 이번 한 달 동안 뭘 놓치고 못 먹었을까 신경이 쓰여서 좀처럼 안정이 되지 않았다.

매번 예산은 10000엔 정도다. 술을 한 홉 주문하면 총 12000~13000엔쯤 나올 때도 있다. 그래도 전혀 비싸지 않다고 고기쿠는 생각한다. 세칠 재료, 정성이 가득 담긴 손길, 그릇과의 조화. 일본 전통요리를 만드는 방법을 배우기도 한다. 그 모든 것이 이루 말할 수 없이 윤택한 기분을 안겨준다. 그렇긴 하지만, 나에게는 그 금액이 고맙더라도 다른 사람에게는 어떨까 하는 얘기는 별개인 것 같다.

"우와, 비싸네. 나라면 차라리 '기시베 식당'에서 생선회 정식 특상으로 시키고, 나머지는 진보초에서 맘껏 쓰겠다."

이것이 현재 시점에서는 에도 시대의 고지도 수집에 정신이 팔려 있는 남편의 의견이다. 다마루도 그때 결국 따라오지 않았던 이유는 가격에 주눅이 들어서였다. 아니 뭐, 그래도 상관없잖아. 고기쿠는 생각한다. 본디 '취미'란 강요해서 즐거워지는 게 아니다. 나는 '절대로'라고 말하지는 않겠지만, 옛날 지도에 10000엔이나 지불할 순 없거든. 요컨대 같은 '취미'를 가진 사람을 좀처럼 찾을 수 없기에 혼자 맘껏 즐기는 것이다.

자 그런데, 그저께 일이다. 예의 그 긴자 가게 카운터에 앉아 전채로 나온 튀긴 두부껍질조림으로 젓가락을 뻗는 순간, 옆자리에서 명주 기노모 차림의 은발 노부인이 그 원추형 그릇을 양손으로 가볍게 들더니 좁은 부분에 입술을 대고 국물을 주르륵 마시는 게 아닌가!

자, 잠깐만. 그릇에 입을 대고 먹는 건 가장 예의에 벗어난 행동이라고 믿어 의심치 않았건만. 어머 뭐야, 가이세키 요리에 이런 것도 있었나!?

봄을 맞이하는 그녀만의 의식

튀김

우와. 무심코 소리를 지를 뻔했다. 늘 다니는 역 앞의 슈퍼마켓에 들어가자, 채소 매장 진열대에 갑작스럽게 이른 봄이 찾아와 있었다.

청나래고사리. 땅두릅. 고사리. 고비. 머위꽃대. 두릅. 겨울철 추위를 이겨내고 땅속에서 쑥쑥 솟아오른 얼굴이 활기차게 첫선을 보였다. 이 산나물 코너, 불과 사흘 전까지만 해도 없었는데. 마치 무대의 장면 전환 같아서 저절로 웃음이 흘러나왔다. 새로운 계절의 개막을 함께하는 기분이라 상쾌했다.

모처럼의 기회니 뭐든 하나 사갈까. 적극적으로 진열대를 살펴보기 시작한 시온은 살짝 기뻤다. 남편 이사오가 담당하는 영업 상대가 바뀌어서 이따금 9시 넘어 들어와서는 술을 한 잔씩 하게 되었다. 그래서 전에는 만들지 않던 청나래고사리 나물이나 땅두릅초무침 같은 걸 해놓으면 무척 좋아한다.

"집에서는 먹을 수 없는 줄 알고, 이런 건 늘 선술집에서 주문했어. 어릴 때는 별로 안 좋아했는데, 왜 그런지 최근에는 먹고 싶어지네."

시온은 야마가타에서 자라서 산나물이 늘 식탁에 올라왔다. 미각의 깊은 부분이 짜릿하게 마비되는 듯한 어렴풋한 쌉쌀함과 알싸한 맛이 견딜 수 없을 만큼 좋았다. 봄이 되면 근처에 사는 삼촌이 주신 산나물이 신문지에 싸인 채로 부엌에 놓여 있었고, 엄마가 요리하는 모습을 어깨너머로 보며 떫은맛을 우려내는 방법이나 씻고 다듬는 방법을 자연스럽게 배웠다. 오늘은 고비를 달고 짭짤하게 조려볼까. 도시락 반찬으로도 맥주 안주로도 그만이다. 매끄럽게 윤기가 도는 아름다운 청록색 줄기에 시선을 사로잡혀 가늘고 긴 다발로 손을 뻗으며 시온은 다시 한 번 빙그레 웃었다.

(조만간 튀김을 먹어야겠다.)

봄이야말로 튀김의 계절이다. 시온의 머릿속에는 그렇게 새겨져 있다. 자기 손으로 튀기는 것은 아니다. 튀김 가게 카운터에 앉아 두릅, 청나래고사리, 머위꽃대…… 이것은 정말이지 집에서는 절대 맛볼 수 없는 엄청난 진수성찬이다. 그리고 절대 겨뤄볼 수 없는 맛. 밖에서 먹는 튀김 맛을 알게 된 후로 최고의 진수성찬은 다름 아닌 튀김이다.

어쨌든 간에 집에서 튀김을 하는 게 제일 고역이다.

(그게 유전인걸, 뭐.)

애써 논리를 갖다 붙이며 납득했다고 여긴다. 어쨌거나 몇 번을 튀겨봐도 바삭바삭 바짝 튀겨지지 않았다. 연근, 가지, 표고버섯, 당근, 양파. 튀기기 쉬워 보이는 채소들조차도 눅눅해진다. '이런 튀김을 먹여서 미안하네.' 남편에게도 아이들에게도 미안한 마음이 들었다. 아, 그래서 남편이 튀김에 소스를 뿌려 먹었나? 규슈에서는 튀김에 소스를 뿌려 먹는다고 둘러댔지만, 내가 만든 튀김이 맛이 없었기 때문일지 모르지. 힘이 더욱 빠졌다.

엄마의 핑계는 늘 뻔했다.

"아 글쎄, 기름에 취해버린다니까. 튀김을 튀기다 보면 식욕까지 사라져버려."

어린 시절에는 '기름에 취한다'는 말뜻을 전혀 이해할 수 없었다. 에이 엄마, 또 적당히 아무렇게나 둘러대네. 그러나 주부가 된 지 12년, 지금은 엄마의 말이 그대로 시온의 말버릇이 되었다. 실제로 튀김기름 냄비 앞에 서면, 처음에는 '아, 빨리 먹고 싶다'는 마음에 설렌다. 그런데 튀기는 방법에 문제가 있는 것인지 차츰 가슴이 갑갑하게 막혀온다. 세로로 반으로 갈라서 칼집을 넣어 부채처럼 펼친 가지. 표고버섯은 통째로. 채 썬 우엉과 당근 튀김…… 어쨌든 뜨거울 때 먹여주고 싶으니 잇달아 튀겨나간다.

"난 괜찮으니까 먼저 먹어. 튀김은 뜨거울 때 먹어야 제맛이야."

모두에게 등을 돌리고 부엌에서 열심히 튀기는 역할에만 전념한다. 다 튀기고 나서야 드디어 식탁에 앉으며 "자, 나도 이제 먹어볼까" 젓가락을 들어보지만, 목 언저리까지 울렁울렁 차올라서 결국은 채소튀김 하나 베어 먹는 게 고작이다. 대개는 시원한 맥주를 벌컥벌컥 들이켜고 한숨 돌리고 만다.

튀김은 역시 밖에서 먹어야 맛있다. 그렇게 결론을 내렸다. 어른이 된 후에야 튀김 가게의 존재를 처음 알고는 엄청나게 놀랐다.

(이것은 전혀 다른 음식이잖아!)

그렇지만 '엄마의 튀김은 튀김이 아니었네'라고 생각하지는 않는다. 붉은 생강이나 벚꽃새우가 들어간 튀김. 카레 맛이 나는 어묵 튀김 같은 것은 정말 좋아했다. 무엇보다 떠올리는 것만으로도 마음이 푸근해진다. 직접 몸소 '기름에 취하는' 경험을 해보니 열심히 튀김을 튀겨줬던 엄마에게 새삼 고마운 마음이 솟아올랐다.

그러니 서둘러 튀김을 먹으러 가야지. 엄벙덤벙 하다 보면 봄의 맛이 훽 도망쳐버린다.

이틀 후인 금요일. 초조한 마음에 등이 떠밀린 시온은 점심 전에 집을 나서서 니혼바시로 향했다. 튀김을 먹으러 가기로 전날 밤부터 결정했지만, 남편에게도 아이들에게도 왠지 내키지 않아서 말을 안 했는데, 현관문을 잠그는 순간 살짝 양심의 가책이 느껴졌다.

오랜만에 찾아온 니혼바시는 큰길은 전과 다름없어 보이지만, 한 발짝 안으로 들어서자 찻집이나 초밥집이 사라지고 코인파킹으로 바뀌어 있었다. 혹시……. 한순간 흠칫했지만, 역시나 그 작은 튀김 가게는 눈에 익은 새하얀 포렴을 봄바람에 흩날리고 있었다.

"어서 오세요~오!"

말끝을 아주 살짝 늘어 빼는 여주인의 말투도 여전했다. 카운터 앞에 자리를 잡고 커다란 구리냄비 앞에 서 있는 주인은 흰머리가 꽤 많이 늘었지만, 그래서 더욱 빳빳하게 풀을 먹인 하얀 주방 가운이 훨씬 더 잘 어울렸다. 아, 오늘도 변함없이 맛있는 튀김을 먹을 수 있겠어. 시온은 갑자기 신이 나서 매끈한 원목으로 된 두툼한 카운터를 살며시 어루만져보았다.

"맥주 작은 걸로 한 병 주세요."

"네, 맥주 작은 병 하나."

얇은 유리잔을 내온 여주인이 첫 잔을 따라주었다. 시원하게 잔을 반쯤 비우고 인정을 찾은 때를 엿보던 주인이 카운터 너머에서 새우 한 마리를 꺼내서 재빨리 껍질을 벗기고 꼬리 끝에 조그맣게 삼각형으로 칼집을 넣기 시작했다.

이 가게에 처음으로 들어온 것은 8년 전쯤이다. 오래된 문구점에 볼일이 있었는데, 회사로 들어가기 전에 조금 시간이 비어서 점심이라도 먹을까 싶었다. 왠지 맛있는 음식이 있을 것 같았다. 어슬렁어슬렁 산책을 하다 가늘고 긴 양쪽 빌딩 틈새에 갑갑한 듯이 나무 미닫이문을 달아둔 오래되고 예스러운 외관으로 시선이 빨려들었다. 저 가게는 뭐지? 가까이 다가가자, 나무 간판에 '튀김 지구사'라고 쓰여 있었다. 선명한 흰색 포렴이 양쪽 빌딩 틈새에서 있는 힘껏 가슴을 펼치고 있는 것 같았다.

긴 원목 카운터는 깔끔하고 청결하기 이를 데 없고, 작은 테이블 자리는 세 개뿐. 카운터 가장자리에 앉자, 곧바로 젓가락과 튀김간장, 간 무를 담은 작은 그릇이 앞에 놓여졌다. 그런데 메뉴를 보고 싶은데, 어디에도 보이지 않았다. 벽에 걸어둔 메뉴판도 없었다. 애써 태연한 척 가장하며 두근두근 긴장하고 있는데, 말을 건네 왔다.

"점심 코스를 드실 수 있는데, 괜찮으세요?"

아아, 네에. 부랴부랴 대답을 하고 기다리자, 눈앞의 기름종이 위에 갓 튀겨낸 튀김이 사뿐히 놓여졌다.

"파드득나물이에요."

서둘러 젓가락으로 집어서 튀김간장에 찍어 입으로 옮기는 순간, 향기로운 푸른 향기가 입 안 가득 퍼져나갔다. 난생처음이야, 이렇게 맛있는 튀김은! 표고버섯, 보리멸, 새우, 붕장어. 그 뒤로 몇 가지 튀김이 이어졌고, 마무리는 분명 벚꽃새우튀김. 하나같이 이루 말할 수 없이 맛있어서 가격도 모른 채 먹는 불안감도 순식간에 잊고 푹 빠져서 그릇을 비웠다.

점심식사 튀김 코스 한 종류뿐이고, 가격은 7000엔. 스물여섯 살 직장여성의 점심값치고는 펄쩍 뛰어오를 만한 가격이었지만, 이 놀라움, 이 맛, 이 상쾌한 공기. 더없이 만족스러워서 새로운 세계를 알게 된 게 자랑스럽기까지 했다.

3월 15일. 그 '튀김 지구사'의 똑같은 카운터다.

반드시 예외 없이. 시온의 예감은 어긋나지 않았다. 절묘한 틈을 둬가며 튀겨주는 것은 작은 양파, 두릅, 청나래고사리, 죽순, 차조기로 싼 뱅어. 모두 다 입에 넣는 순간, 후끈하게 하얀 수증기가 피어오른다. 튀김옷은 바삭바삭, 씹으면 뜨끈뜨끈, 쏴하게 짙은 봄의 맛이 튕겨 오른다. 화상을 입을 듯한 열기가 고마워서 튀김간장에 찍기조차 아깝다.

"정말 너무 맛있어요."

그러자 빳빳하게 풀을 먹인 하얀 가운을 입은 주인이 일손을 멈추고 얼굴을 온통 일그러뜨리며 환하게 웃는다.

"감사합니다. 봄은 역시 좋죠. 튀기는 일이 즐거워진다니까요."

활짝 웃는 얼굴을 오랜만에 마주한 시온은 더없이 기뻤다. 붕장어도 벚꽃새우튀김도 마지막에 먹은 붉은 된장국도 변함없는 이 가게의 맛이었다.

그리고 또 한 가지 놀란 사실이 있다. 계산할 때가 되어서 여주인에게 10000엔짜리 지폐를 냈더니 거스름돈을 2400엔 돌려주었다. 튀김 가격은 전혀 오르지 않은 것이다.

북적거리기 시작한 가게에서 나와 몇 걸음을 내디딘 시온이 뒤를 돌아보았다. 하얀 포렴이 부드러운 오후 햇살을 반짝반짝 반사시켜서 눈이 부셨다.

"다음에는 같이 가자."

밤에 퇴근한 남편에게 니혼바시의 튀김 얘기를 했더니 눈빛을 반짝이며 말했다.

"그거 정말 먹어보고 싶다."

"내가 만든 튀김은 이제 튀김 축에도 못 낄 거야."

진심이니 어쩔 수 없지만, 그렇게까지 비굴하게 나갈 필요는 없었겠다 하는 생각에 무심코 억지소리를 덧붙이고 말았다.

"당연히 튀김간장이나 소금에 먹는 거야. 소스는 안 나온다고, 소스는."

"아, 네에, 네에. 소스는 우리 집에서만 먹는 걸로 하죠. 그러니까 데려가 주라, 그 가게."

남편 역시 봄의 맛을 떠올리며 한껏 들떴다.

밋밋한 일상 속 작은 사치

프랑스 요리

프랑스에 가본 적이 없다. 아니, 정확하게 말하면 유급휴가를 모아 열흘간 떠났던 모로코 여행에서 돌아오는 길에 환승 사정상 딱 세 시간 파리의 거리를 걸어본 적이 있다. 신경이 온통 시계에만 쏠려서 카페 의자에 앉아 억지로 멍하니 있어보려고 노력했지만, 엉덩이가 들썩거려 곤란했다. 레스토랑에서 식사를 즐길 여유는 어차피 꿈도 못 꿔서 안타까웠다. 노바라는 2년 전쯤 일인데도 아직 미련을 못 버렸구나 하는 생각이 들었다.

조금 특별한 기분으로 외출했을 때, 역시나 찾고 싶어지는 곳은 프렌치 레스토랑이다. 큰일을 드디어 한 단계 마무리 지었을 때. 오랜만에 학창 시절 친구들을 만날 때. 생일에 데이트할 때. 서른여섯 살쯤 되면 차분하고 고요하게 즐기는 갓포 요리도 동경하게 되고, 활기차게 즐기는 이탈리아 요리도 포기하기 힘들다. 그렇지만 마지막 순간까지 어디로 갈까 망설이다 결국은 '역시 프렌치'.

프랑스 요리에는 다른 데서는 맛볼 수 없는 공기가 흐른다. 비일상의 냄새라고 하면 좋을까. 프랑스를 동경한다거나 빳빳한 하얀 식탁보에 긴장감이 느껴진다거나 하는 이유는 아니다. 프랑스 요리 자체가 갖추고 있는 밝고 화려한 느낌이 좋은 것이다. 셰프의 요리를 앞에 두면, 두둥실 마음이 설렌다. 신이 귓가에 대고, "자, 식욕을 맘껏 즐기게"라고 속삭여주는 듯한 느낌.

오리콩피(소금에 절인 오리 다리를 기름에 넣어 여러 시간 동안 천천히 조리한 음식) 향기. 저절로 사르르 녹는 소볼살 레드와인 조림. 푹 찔러 넣은 나이프 가장자리로 고기의 짙은 핏물이 엿보이는 사슴 로스트. 여름채소 소테를 곁들인 탄 껍질까지 맛있는 농어 푸알레…… 모두 다 떠올리는 것만으로도 가슴이 설렌다. 혀가 춤춘다는 표현은 바로 이럴 때 쓰는 말이다.

프랑스 요리를 처음 먹어본 것은 대학에 합격한 봄이었다. "합격 축하로 네가 원하는 곳이면 어디든 데려가 주마." 그 말을 듣고 깜짝 놀랐다. 평상시 축하파티라고 하면, 엄마가 지라시즈시와 조개나 생선으로 맑은 국을 끓여주는 게 어린 시절부터 우리 집의 관습이었으니까. 그런 연유로 4월에 접어들자마자 갓 열아홉 살이 된 노바라가 부모님과 함께 찾아간 곳이 프렌치 레스토랑이었다. 난생처음 테린을 먹고, 난생처음 새끼 양고기를 먹고, 난생처음 와인을 마셨다. 레드와인 잔을 든 오른손이 로맨스 영화의 한 장면처럼 여겨져서 자기 오른손을 내려다보며 가슴을 두근거렸다.

그 레스토랑이 문을 닫았다는 소식을 들은 것은 반년 전쯤이다. 동료와 점심을 먹으러 나가 수다를 떨고 있을 때였다. 그때 아빠가 "이 가게, 프랑스 주재에서 갓 돌아온 동료가 가르쳐준 레스토랑이야"라며 의기양양했는데, 파리에서 오랫동안 요리를 공부한 셰프가 개업한 지 10여 년이 됐다는 말을 듣고, 처음이면서도 나름 납득이 갔었다. 당당하고 대범한 기운이 풍겨서 식사를 하다 보니 자연스레 긴장이 풀렸다. 그 점이 놀라웠다.

나에게는 그 맛이 프랑스 요리의 원점인 것이다. 문을 닫았다는 소문을 우연히 전해 듣고, 노바라는 새삼 다시 확신했다. 그러나 이제 와서 분하게 여긴들 이미 늦었다. 언젠가 다시 한번 가고 싶다고 생각하면서도 결국은 새로 생긴 다른 가게들에 마음을 빼앗겼으니까.

좋아하는 곳은 작은 레스토랑이나 비스트로다. 화려한 고급 레스토랑에는 흥미가 없다고 한다면 거짓말일 테지만, 역시나 내 형편에는 안 맞는다. 그런 곳보다는 테이블이 많아야 예닐곱 개 정도인 아담한 가게가 취향에 맞는다. 그리고 셰프는 주방, 마담은 객석을 도맡는 가게라면 불만이 없다.

"기다리고 있었답니다. 건강해 보여서 다행이네요."

문을 열자마자 꽃처럼 환한 미소로 인사를 건네주는 마담이 있는 자그마한 레스토랑이 있다. 딱히 단골도 아니고, 기껏해야 반년에 한 번쯤 예약하는 정도인데도 늘 변함없이 반갑게 맞아준다. 그러면 "돌아왔구나" 하는 기분이 들며, 어깨에서 쓸데없는 힘이 빠진다.

테이블에 앉아 메뉴를 보고 있으면, 마담은 언제나 한동안 뜸을 들인 후에야 다가와서 이렇게 묻는다.

"자! 오늘은 뭘 드시겠어요?"

활기가 넘쳐서 갑자기 식욕이 자극을 받는다. 프랑스 사람처럼 손을 주물럭거리는 시늉을 해보고 싶어진다. 그러면 이번에는 찬찬히 메뉴에 몰두하고 싶어져서, "일단은 샴페인부터"라는 말이 저절로 나온다. 오랜만에 왔잖아, 거하게 한번 먹어보는 거야.

셰프는 오타 씨, 마담은 모모코 씨. 이름을 알게 된 것은 세 번째 갔을 때다. 부부가 함께 쪼들린 생활을 하며 프랑스 각지에서 요리를 배우던 시절의 얘기를 들려준 것은 가게 이름의 유래를 물었을 때였다.

'메종 르 수브니르.'

2년 반 동안 다섯 곳을 옮겨 다니며 주방에서 배운 기술과 경험과 시간 모두를 한 접시에 담아 손님에게 선물로 건네주고 싶다. 그런 마음과 뜻을 담아 이름을 지었다고 한다. 가게를 연 지 6년이 흘렀다.

"쪼들린 생활은 여전히 변함없긴 해요. 그래도 드디어 조금씩 우리가 원하는 가게에 가까워지는 것 같아요."

와인을 따라주며 모모코 씨가 얘기해주었다. 그 후로 '메종 르 수브니르'가 더욱더 좋아져서 기회가 생기면 종종 찾아가곤 했다.

몇 달 전의 일이다. 동기인 직원이 회사를 그만두고 유학을 떠난다고 해서 '메종 르 수브니르'에 데려갔다. 평소와 다름없이 맛있게 먹고, 즐겁게 얘기에 푹 빠져 있다 보니 눈 깜짝할 새에 세 시간 반이 흘러서 마지막 손님으로 가게를 나오게 되었다. 셰프도 주방에서 나와 모모코 씨와 나란히 서서 배웅해 주었다.

“실은 다음 주부터 한 달 정도 휴업해요.”

어머나, 하며 놀랐더니 셰프가 말했다.

“주방을 개장하게 되었어요. 훨씬 넓어져서 일하기 편해질 테니 기쁘죠.”

모모코 씨가 서둘러 뒷말을 넛붙였다.

“그것도 그렇지만, 주방과 마주 보는 형태로 작은 카운터도 만들 계획이에요. 고작 다섯 자리뿐이지만, 여성 혼자라도 와 주시면 좋을 것 같아서.”

우와, 그건 정말 기쁜 소식이네요. 간절히 기다리던 바다. 엉겁결에 손뼉을 쳤다.

줄곧 찾았기 때문이다. 혼자서도 프랑스 요리를 먹으러 갈 수 있는 가게. 점심이라면 혼자 가도 별 상관없지만, 밤에는 조금 망설여진다. 가끔 2인용 식탁에서 혼자 먹는 여성을 보긴 하지만, 그런 사람의 분위기는 산뜻하고 세련되었다. 언뜻 시선이 마주쳐도 먼저 휙 피하는 타이밍이 어른이구나 싶은 생각을 들게 만든다. 그리고 디저트 뒤에 나오는 커피까지 느긋하게 마시고 유유히 계산을 마치고 돌아간다. 그건 나에게는 아직 이르다. 도저히 자신이 없거든.

그래서 ‘메종 르 수브니르’에 카운터가 생긴다는 말이 너무나 기뻤다. 그럼 굳이 누구에게 같이 가자고 청하지 않아도 혼자 올 수 있다. 셰프가 주방에서 요리하는 모습을 구경하며 먹을 수 있다니, 생각해보면 엄청난 호강 아닌가.

그로부터 몇 개월이 지났다. 인사이동으로 상사가 바뀌고, 영업팀 편성도 교체되고, 그 흐름을 타고 잘된 일인지 어쩐지 남자친구까지 바뀔 것 같은 기미가 느껴졌다. 요컨대 신변이 이래저래 복잡해져서 차분하게 식사하러 갈 여유도 시간도 전혀 없었다.

오랜만에 느긋하게 맛있는 밥이라도 먹으러 가고 싶다. 그때 문득 떠오른 곳이 '메종 르 수브니르'다. 지금쯤은 이미 개장이 끝나지 않았을까. 궁금해서 회사 복도에서 휴대전화를 걸었더니 모모코 씨가 받았다.

"기다리고 있었어요! 무사히 오픈했어요. 꼭 들러주세요."

그 주 목요일 밤, 노바라는 갓 생긴 상큼한 새 카운터 자리에 앉았다. 두툼하고 폭넓은 나무 카운터를 어루만지자, 처음 만지는데도 반가운 마음이 들었다. 유리 너머에서는 새하얀 셰프 가운을 말쑥하게 차려입은 오타 씨가 바쁘게 냄비를 흔들고 있었다.

마담이 다가왔다. 검은 정장에 나비넥타이를 맨 새하얀 블

라우스가 눈부시다.

"자! 오늘은 뭘 드시겠어요? 고기는 플라티나포크(백금돈, 일본의 돼지고기 상표명), 생선은 금눈돔을 추천합니다. 물론 늘 드시는 테린과 콩피도 괜찮아요."

기분 탓인지 모모코 씨의 얼굴이 조금 상기된 것 같다. 가게에 카운터를 만드는 게 두 사람의 염원이었던 것이다. 그 기쁨이 편안한 분위기로 이어져서 가게 전체에 온기가 더욱 넘쳐났다. '오히려'라고 마음속으로 중얼거렸다. 오히려 오늘은 혼자 와서 마음 편한 분위기를 더욱 강하게 실감할 수 있었을지도 모른다.

왠지 기분이 좋았다. 오늘은 식전에 샴페인 한 잔을 주문하자. 메뉴에서 얼굴을 든 순간, 샴페인 잔을 손에 들고 카운터로 다가오는 모모코 씨의 모습이 눈으로 날아들었다.

"이건 저희가 대접하는 거예요. 새 카운터 자리에서 처음 드시는 기념으로."

너무 기뻐서 샴페인 잔을 들고 주방에 있는 셰프에게도 눈인사를 할까 했지만, 열심히 칼질하느라 바빠서 그 모습을 향해 마음속으로만 '건배'를 외쳤다.

자 그런데, 맨 처음 접시로 고른 메뉴는 '메종 르 수브니르'

의 특기인 '부야베스풍 생선 수프'다. 쏨뱅이와 도미, 농어 등 몇 종류나 생선을 뼈째 넣고, 거기에 값비싼 게까지 넣어 조린 후, 고운 체로 걸러낸 음식이다. 한 입을 입 안에 머금으면 미묘하게 얽힌 짙은 맛이 확 퍼져나간다. 반쯤 먹고 나면 슬슬 마늘 풍미가 밴 소스 루예를 뿌려 맛을 바꾸는 게 노바라가 즐겨 먹는 방법이다.

한 숟가락 안에 셰프의 기술과 노력과 시간이 아낌없이 발휘된 식재료의 맛이 가득 담겨 있다. 역시 프랑스 요리는 좋다. 비일상으로 확 이끌어준다. 카운터에 앉아 있으니 요리를 통해 셰프와 대화를 주고받는 기분이었다.

이어지는 메인은 토끼 화이트와인 프리카세(닭·송아지·토끼 등의 가늘게 썬 고기의 스튜 또는 프라이). 로켓과 치커리, 양상추에 여러 종류의 허브를 배합한 그린 샐러드. 요리에 맞게 모모코 씨가 골라준 글라스와인은 시원한 샤블리였다.

맛있다. 하나같이 정말 다 맛있다. 이 가게의 맛이 난다. 한 접시씩 만족감이 쌓여갔다. 디저트는 뭐로 할까. 과일 콤포트, 아니면 아주 좋아하는 크림뷜레, 오븐에서 갓 꺼낸 뜨거운 밀푀유도 좋은데.

사치라고 말하고 싶지는 않았다. 그저 맛있는 음식을 먹는 기쁨을 알아서 다행이라는 생각뿐이다. 아니, 가게에서 '가르쳐줘서 고맙다'는 뜻이다. 샤블리 잔을 기울이던 노바라는 문득 두 번 다시 갈 수 없게 된 난생처음 갔던 그 프랑스 레스토랑을 떠올렸다.

익숙하고도 낯선 즐거움

바냐 카우다

올여름, 사소한 고민이 생겼다. 아니, 고민이라고 하면 비웃음을 살 얘기겠지만, 어쨌거나 아자미가 조금 어리둥절한 것은 분명하다.

고기를 먹는 양이 확 줄었다. 지금까지는 스테이크 400그램 정도는 거뜬히 먹었는데, 최근에는 미묘하게 위에 부담이 느껴진다. 그뿐인가, 절반 정도가 딱 좋을 때도 있으니 이건 정말 대이변이다.

아자미가 고기를 좋아하는 건 친구들 사이에서도 유명하다. 스테이크든 갈비든 매일 먹어도 전혀 질리지 않았고, 돈가스, 크로켓, 민스커틀릿, 닭튀김도 정신을 못 차리고 좋아했다. 아무튼 고기가 없으면 마음이 안정되지 않았다.

"너, 그런 식생활은 개선하지 않으면 곤란해. 지금은 괜찮을지 몰라도 갑자기 확 이상해지는 수가 있어."

가부키 공연을 같이 보러 다니는 친구 고마치가 수없이 충고했지만, 채소 같은 거 안 먹고도 29년간 엄청 건강했고, 화장도 그럭저럭 잘 먹으니 상관없을 거라며 대수롭지 않게 여겼다. 술도 무지 세다. 학창 시절부터 술자리에서 마지막까지 버티는 사람은 늘 아자미였다. 그런데도 언제나 굽이 높은 힐을 신고 무릎 위로 올라간 치마에서부터 늘씬하게 뻗은 다리를 가볍게 꼰 자태는 일본인과는 조금 동떨어진 모습이었다. 게다가 성격까지 시원시원해서 남자보다는 오히려 여자에게 인기가 많았다. "아자미, 갈비 먹으러 가자." 여자친구들이 자주 함께 가자고 청하는데, 물론 거절한 적은 없었다.

"그런데 최근에는 왠지 고기가 부담스러울 때가 있거든."

맞은편 자리에서 고마치가 갈비를 집어 든 채로 놀란 표정을 지었다.

"갈비나 등심이 묘하게 부담돼. 살코기가 점점 더 좋아져."

"어머. 삼십을 눈앞에 두고 드디어 인간다워졌다는 뜻인가. 좋은 경향이네."

고마치가 조곤조곤 설득하기 시작했다.

"채소가 좋아. 채소를 먹으면, 몸이 편하거든. 응어리졌던 게 싹 씻겨 내려가는 느낌이라고 하나? 고기는 묵직하게 배 속에 자리를 잡지만, 채소는 많이 먹어도 쓱 사라지잖니."

"어머, 너 언제부터 '헬시교' 신도가 됐니?"

"바보 취급하지 마. 하긴 뭐, 무리도 아니지. 넌 오로지 고기 외길만 걸어왔으니."

그런 너에게 먹여주고 싶다며 고마치가 열심히 권하는 바람에 다음 주 목요일 저녁 8시, 도심에 있는 이탈리안 레스토랑에서 만나기로 약속했다.

"와, 이런 메뉴는 처음 봤어."

"그치? 일단 오늘은 나만 따라와."

깜짝 놀랐다. 다른 무엇보다 채소 부분에 일일이 생산지와 생산자 이름이 적혀 있었다.

세타가야 | 호리에 씨의 무, 불에 구워서 숯도 함께

교토·쿠라마 | 마에다 씨의 순무 이베리코 돼지 프로슈토★

★ 돼지고기에 소금을 발라 숙성시킨 이탈리아 햄

앗피 고원 | 토종닭숯불구이에 사토 씨의 허브 첨가

미우라 반도 | 바냐 카우다★에는 고이데 씨가 아침에 수확한 채가 듬뿍

★ 올리브오일, 안초비, 마늘을 넣은 소스를 뭉근히 끓여가며 다양한 제철 채소와 빵을 찍어 먹는 이탈리아 요리

읽다 보니 '어머나 세상에' 하는 기분이 들었다. 일일이 요란스럽네. 그런데 '미우라 반도'라는 한 줄에서 갑자기 식욕을 자극받았다. 사실은 초등학생 시절에 가족여행으로 딱 한 번 미우라 반도에 간 적이 있었다. 그때 봤던 부드러운 봄볕이 떠올랐기 때문이다. 잡지 화보 페이지에서 본 앗피 고원의 설원 풍경도 멋졌지. 이런저런 상상력을 발동시키다 보니, 그 땅에서 키운 채소도 갑자기 흥미롭게 느껴졌다. 그리고 만난 적도 없는 사이토 씨니 고이데 씨의 얼굴을 떠올리게 된 것이다.

"저어, 바냐 카우다가 뭐야?"

"그건 마늘과 안초비, 허브를 듬뿍 넣은 따뜻한 올리브오일 소스야. 한번 먹어보면 계속 찾게 돼."

흐음. 먹어본 적이 없다. 한편 금화돈(중국 절강성 금화 시에서 사육되는 돼지) 숯불구이, 새끼양 소테의 발사미코 풍미 소스 등등 구미가 당기는 요리들이 이어졌다.

"뭐 먹을래, 고마치?"

"이미 결정했어. 전채는 순무 프로슈토, 파스타는 프레시토마토와 바질 탈리올리니(면이 얇고 납작한 파스타의 일종), 메인은 바냐 카우다. 오늘은 이렇게 먹자."

어라, 뭔 소리야? 메인이 바냐 카우다라니, 그건 채소잖아.

온통 채소뿐이라고. 그런 선택도 할 수 있는 건가? 아자미는 채소를 메인으로 고르는 상식 밖의 선택에 동요했다.

"넌 결정했니?"

"으으음."

혼란스러운 마음에 메뉴판의 글씨들이 춤추기 시작했을 때, 서비스 담당 직원이 테이블로 다가왔다.

"결정하셨습니까?"

고마치가 먼저 자기 주문을 했다. 그런데도 여전히 망설이고 있는 아자미를 보더니 직원이 등을 떠밀었다.

"괜찮으시면, 바냐 카우다를 두 분이 같이 드시면 어떨까요? 실은 오늘 아침에 갓 수확한 아주 신선한 채소가 도착했는데, 모두 다 굉장히 싱싱해요. 열 종류쯤 되는데, 셰프가 상자를 열어보고 흥분할 정도였거든요. 두 분이시니까 모든 종류를 나눠 드시면서 맛을 충분히 음미해보실 수 있을 텐데."

고마치의 눈빛이 반짝거리고 목으로 침이 꿀꺽 넘어가는 모습을 보자, 뜻밖이긴 하지만 아자미도 그렇게 해볼까 싶은 기분이 들었다. 전채도 똑같이 순무 프로슈토를 먹어보자. 다만, 파스타는 반드시 오리 라구(파스타와 함께 조리하는 고기 소스) 탈리아텔레(길고 얇은 리본 파스타의 일종)다.

…… 우와. 놀랐다. 생 순무는 먹어본 적조차 없거든. 머뭇머뭇 큼지막하게 잘라놓은 순무를 베어 물자, 아사삭. 이 사이에서 상쾌한 소리가 울려 퍼지며 달콤한 즙이 입 안 가득 흩날렸다. 향이 좋은 프로슈토가 끈끈하게 휘감기고, 과연 이런 걸 두고 절묘한 콘트라스트라고 하겠지. 매우 놀랐다.

오리 라구 탈리아텔레는 기대했던 대로 중후한 무게감이 있어서 고기를 좋아하는 아자미를 충분히 만족시켰다. 한편 맞은편에 보이는 탈리올리니에도 시선이 못 박히고 말았다. 금방이라도 터져버릴 듯이 선명하고 강렬한 빛을 발하는 붉은 토마토. 오키나와산(産)이라는 자그마한 토마토는 고마치가 포크로 휘감을 때마다 짙고 깊은 향기를 훅훅 뿜어내며 오리에게 승부를 걸어왔다.

그리고 드디어 바냐 카우다다. 조금 전 서비스 담당 직원이 자신만만한 태도로 천천히 커다란 접시를 테이블에 내왔다.

눈이 휘둥그레졌다. 채소의 보물상자 같네.

당근. 트레비소(치커리의 일종). 방울토마토. 셀러리. 주키니. 호스래디시. 옥수수. 오이. 빨간 파프리카. 작은 가지. 접시 옆에는 크레송이 수북이 쌓여 있었다. 해 냄새, 흙 냄새, 물 냄새. 하나같이 갓 따낸 싱싱한 채소다. 그 정도는 나도 안다. 구리냄비 속의 뜨끈뜨끈한 소스는 걸쭉하고 농후한 마늘과 안초비 향기. 그 향기가 이루 말할 수 없이 식욕을 자극했다.

"어때. 먹음직스럽지? 화이트와인에 딱 맞네."

고마치가 시원한 글라스와인을 한 모금 마셨다. 의욕이 넘쳐났다. 입맛을 다시며 자기 접시에 채소를 덜고, 바냐 카우다 소스를 돌려가며 뿌렸다. 아자미도 똑같이 채소를 덜고 소스를 듬뿍 뿌렸다. 그리고 어떻게 됐을까? 테이블 한가득 미묘한 향기의 소용돌이가 일어 두 사람은 동시에 습격하듯 요리에 집중했다.

"뭐야, 이건. 존재감이 당당하네. 왠지 고기 같아."

정신없이 절반 가까이 먹었을 때쯤 압도당한 듯이 중얼거리자, "넌 정말 뿌리부터 고기 취향이구나". 고마치가 어이없어했다. 뭐, 꼭 그렇다기보다 고기가 좋은 이유는 씹다 보면 쫄깃쫄깃한 저항감 안쪽에서 강열한 맛이 배어 나오며 입 안 가득 차오르기 때문이다. 씹으면 씹을수록 어금니 언저리에서 만족감이 샘솟는다. 그게 행복한 거야.

그런데 놀랍게도 여기에도 비슷한 만족감이 있었다. 주키니에도 당근에도 호스래디시에도 각각의 강렬한 자기주장이 있었다. 하나하나의 맛은 독특함이 살아 있고, 뚝, 오도독, 아삭,

바삭…… 씹었을 때의 소리와 강도에도 경탄을 금할 수가 없다. 그저 '채소'라고 한데 뭉뚱그려서 말할 수 없게 되었다.

아삭아삭한 오이를 먹다가 문득 생각이 났다. 오이를 못 먹는 남자와 사귄 적이 있다. 풋내가 나서 도저히 못 먹겠다는 게 그 이유였다. 미토 출신인데, "미쓰쿠니(도쿠가와 미쓰구니, 에도 시대 미토 번의 번주) 공께서는 '독이 많고 쓸모없다. 심지 말아야 한다. 먹지 말아야 한다'며 매우 싫어하셨어"라는 말이 입버릇이었다. 외식하러 나갔다 오이가 나오면, 나는 오이 처리 담당. "오이, 오이" 하며 매번 요란을 떠는 게 짜증스러웠지. 결국은 1년 남짓에 헤어지긴 했지만.

그래, 내가 딱히 채소를 싫어했던 건 아니야. 아자미는 생각을 고쳤다. 단지 몰랐을 뿐이다.

만족감을 가득 안고 돌아가는 길, 공원에서 젊은 친구들이 불꽃놀이를 한 손에 들고 한껏 신이 나 있었다. 어릴 때는 여름 방학이 되면 오이를 베어 먹는 게 좋았다. 엄마가 박박 씻어준 오이 하나, 그것을 오른손으로 움켜쥐고 왼손으로 오이 꼭대기에 소금을 솔솔 뿌렸다.

뚜둑.

기세 좋게 베어 문다. 오도독오도독 입 안에서 나는 소리가 재미있어서 눈 깜짝할 새에 한 개를 먹어치웠다. 해님 맛이 났다. 시즈오카에 사는 삼촌댁에 놀러 가면, 토마토를 통째로 간식으로 줬는데, 그것도 또 다른 즐거움이었다. 베어 물면 즙이 손가락 새로 주르륵 흘러내렸고, 그러면 날름 핥아먹곤 했다.

"아, 여름방학 맛이 난다."

여름이라는 계절을 내 손 안에서 느낀 것은 바로 일곱 살 때였다.

거기까지 떠올렸을 때, 퓨웅 하는 요란한 소리를 내며 불꽃이 하늘로 솟구쳐 올랐다.

며칠 뒤, 아자미는 평소 점심을 먹으러 가는 카레 가게에서 여름채소 카레를 주문해보았다. 카레하면 돈가스 카레나 크로켓 카레가 고정 메뉴였는데, 채소를 시킬 줄이야.

"고마치에게 보고하면, 엄청 잘난 척하겠지."

억울하긴 하지만, 바냐 카우다의 강열한 인상을 잊을 수 없는 건 사실이다. 셀러리, 붉은 피망, 당근…… 모두 다 맛있었어. 오이도 맛있었는데. 어린 시절에 베어 먹던 여름방학의 오이, 다시 한 번 먹어보고 싶다.

매미가 맴맴 바쁘게 울어댄다. 밭에서 키운 오이도 올여름은 슬슬 끝물이다.

겉만 보고 판단하지 말아야 하는 이유

미꾸라지 전골

"어이, 밥 먹으러 갈까?"

점심시간, 사장이 딱히 누구에게랄 것도 없이 그런 말을 건넬 때는 거의 대부분 덮밥을 먹고 싶어서다.

"아, 좋죠."

"오랜만에 튀김덮밥 먹고 싶다."

덮밥 식욕을 자극당한 직원들이 반응을 보인다. 그렇지만 딱 잘라 "다음에 갈게요"라는 대답이 돌아올 때도 있는데, 그런 경우는 같이 가자는 말을 거부하는 게 아니라 "오늘은 덮밥 먹을 기분은 아니다"라는 의사표시인 것이다. 고작 여섯 명뿐인 인테리어 잡화 수입회사, 게다가 다들 오랜 세월 함께한 사이라 속내를 훤히 알기 때문에 점심밥에 관해서는 서로의 호흡이 이미 맞춰져 있다.

덮밥을 혼자 앉아 먹기는 조금 쓸쓸하다. 이것이 올해 나이 쉰일곱인 나루미야 사장의 의견이다.

"시간이 안 들고 배가 부르고 게다가 뭘 먹어도 맛있어. 딱 한 가지 단점은 어이없이 빨리 끝난다는 거지. 휑하니 빈 가벼운 덮밥 그릇이 남으면, 왠지 착잡한 심정이 든단 말이야. 그래서 누구랑 같이 먹고 싶은 거야. 뭐, 애당초 혼자 밥 먹는 걸 별로 좋아하진 않지만."

모모큐리는 그 말에 씁쓸하게 웃었다. 거래처에는 강인한 수완가로 인정받는 털보 아저씨지만, 내부에서는 약한 마음을 감추지 않는다. 그런 면이 귀엽다.

"어머. 덮밥 한 그릇 후닥닥 퇴치하지 못해서야 사내로서 대장 노릇을 하겠어요, 보스."

언제인가 그런 말을 했더니 나루미야 사장이 진지한 표정을 지었다.

"맞아, 그 말이 정답이야. 난 아내가 없으면 아마 사흘 안에 아사할걸."

의기소침해진 표정이 매력적이었다. 그러고 보니 남자가 덮밥을 먹고 있는 모습은 상당히 매력적이라고 유리는 남몰래 생각했다.

닭고기계란덮밥. 장어덮밥. 튀김덮밥. 내가 좋아하는 덮밥을 들자면, 역시 이 세 가지다. 그중에서도 장어덮밥은 날이 더

워지기 시작하면 갑자기 먹고 싶어진다. 닭고기계란덮밥이나 튀김덮밥은 1년 내내 '먹고 싶을 때가 맛있을 때'지만, 장어덮밥은 여름이다. 그 증거로 봄과 초봄까지는 장어덮밥을 먹고 싶은 생각조차 없었는데, 장마가 시작된 무렵부터 슬금슬금 느낌이 온다. 양념구이든 장어 도시락이든 다 좋다, 여름이 가까워지면 무작정 장어로 돌진하고 싶어진다. 컴퓨터 앞에 앉아 거래처의 예산서류를 작성하며 몸부림을 치던 중에 언뜻 뇌리에 떠오른 게 있었다.

미꾸라지다. 사실은 오래전부터 먹고 싶었는데 기회가 전혀 없었다.

대학 4학년 때 일이다. 회사 방문 제도가 해금되자마자 카페테리아에서 마주친 세노짱과 나눈 대화가 아직까지 잊히지 않는다. 세노짱이 가락국수 국물을 마시며 말했다.

"아 진짜, 매일같이 회사 방문하느라 바빠서 미꾸라지도 못 먹었네."

미, 미꾸라지!? 후쿠오카 출신인 나에게는 전혀 인연이 없던 음식이라 눈이 휘둥그레졌다.

"잠깐 세노짱, 너 정말 미꾸라지를 먹니?"

"장마철이 되면 부모님이 늘 말씀하셨어. '흐음, 미꾸라지 맛이 제대로 올랐겠는데'라고. 해마다 잔뜩 기대하는 말을 듣고 자랐거든. 그러니 여름이 되면 조건반사지. 자동적으로 미꾸라지 모드야."

세노짱은 아사쿠사에서 컸다. 바로 근처에 단골로 다니던 미꾸라지 가게가 있는데, 어린 시절에 아버지를 쫓아가서 맥주를 따라 드리면, 상으로 미꾸라지 뼈튀김을 나눠줬다고 한다. 그것을 바삭바삭 베어 먹는 게 너무나 좋았다나. 흐음, 그렇군, 미꾸라지는 과연 어떤 맛일까? 나도 먹을 수 있을지 모르지.

세노짱은 분명 지역에서 이름이 알려진 섬유 도매상에 취직했을 것이다. 그로부터 8년, 드디어 미꾸라지를 조우할 기회가 찾아온 것인가. 문제는 누구한테 같이 가자고 할 것이냐다. '미꾸라지 좋아해' '미꾸라지 먹고 싶다'라는 말은 들어본 적도 없고, 다른 무엇보다 주위 사람 중에 먹어본 사람이 있기나 할까.

"저어, 사장님. 갑자기 여쭤봐서 죄송한데, 혹시 미꾸라지 드셔본 적 있어요?"

작업대에서 포스터를 자르고 있던 나루미야 사장에게 물어보았다.

"자네는 늘 뜬금없어. 뭐야, 이번엔 또 미꾸라지야? 그건 좋아하는 메뉴랑 좋아하지 않는 메뉴가 있지. 야나가와 전골을 안주 삼아 맥주 마시는 건 아주 좋아하지. 하지만 마루나베는 조금 버거워."

일찍이 문학청년이었던 나루야미 사장은 일부러 서민동네의 연립주택을 찾아 하숙을 했다고 한다.

"처음 먹었을 때, 작은 냄비에 빽빽하게 늘어선 미꾸라지가 끓는 모습을 봤는데, 굵은 손가락이 늘어선 것 같아서 기겁했었지. 그렇긴 하지만 미꾸라지는 결국 뼈의 식감이 제맛이긴 해. 뼈를 골라낸 '누키' 전골도 좋지만, 뭔가 좀 부족하더라고."

야나가와는 뼈를 발라낸 미꾸라지를 어슷하게 썬 우엉과 같이 전골에 끓여서 계란을 풀어 얹은 요리다. 마루나베는 미꾸라지를 통째로 끓인 전골, 누키는 배를 갈라 뼈를 빼내고 전골로 끓인 음식. 미꾸라지에도 여러 종류가 있거든. 세노짱이 친절하고 자상하게 가르쳐줘서 또렷하게 기억한다.

"자네, 미꾸라지 좋아하나?"

"아뇨, 한 번쯤 먹어보고 싶어서요."

"그건 꽤 맛있어."

게다가 나루미야 사장이 뜻밖의 말을 흘렸다.

"여름날 저녁에 말이야, 유카타(목욕 후 혹은 여름철에 입는 무명 홑옷) 차림에 부채를 한 손에 든 미녀가 미꾸라지 국물에다 밥을 후루룩 먹고 돌아가기도 해. 와, 멋진 여자구나 싶어서 나 혼자 두근두근 마음이 설레지. 여하튼 나름 가후(나가이 가후, 일본의 소설가)라고 자처하던 학생이었으니까."

그 말은 흘려듣고 넘기긴 좀 힘든데. 나는 서른이 넘을 때까지 그런 건 전혀 몰랐다. 유리는 당당하게 버티고 선 기분이었다.

(좋았어, 도전해보는 거야. 누구한테 같이 가자고 하기도 번거롭다. 미꾸라지 가게를 향해 돌진!)

그 주말, 유리는 장마가 잠깐 갠 틈을 타서 앞으로 고꾸라질 듯이 성큼성큼 걸어 아사쿠사에 있는 미꾸라지 가게로 향했다. 가미나리몬에서 곧장 걸어가다 모퉁이를 돌아서자, 하얀 포렴에 적힌 큼지막한 글씨 '도제우(미꾸라지)'.

해질 무렵인데도 벌써부터 일고여덟 명이 밖에서 차례를 기다리며 줄을 늘어서 있었다. 가이드북을 펼치고 그 가게에 표시를 해둔 것은 관광객이 많기 때문이다. 나처럼 머뭇거리며 찾아오는 익숙지 않은 손님도 많겠지. 그러니 딱히 긴장할 건 없겠다고 나름 위안을 해본다. 이름을 적어놓고 길가 긴 의자에 앉아 얌전히 기다리고 있으니 채 10분도 지나지 않아 "모모키 님!" 이름을 부르는 소리가 들렸다. 안내받은 곳은 남녀노소 할 것 없이 빽빽하게 들어찬 드넓은 객실이었다.

객실에 나지막하게 쫙 깔아놓은 긴 나무판 앞에 방석이 놓여 있어서 거기 앉아 메뉴를 찾았다. 이디에서나 볼 수 있게 벽에 써 붙여둔 메뉴 글씨는 새카맣고 굵다.

도제우 전골	1550엔
야나가와 전골	1350엔
도제우 양념구이	1500엔
뼈튀김	500엔
도제우 튀김	750엔
도제우 국	350엔

그 밖에도 산적, 계란말이, 잉어 냉회, 깨두부······ 와, 메뉴가 다양하구나. 유리는 공복을 느끼는 스스로에게 살짝 놀랐다. 미꾸라지 맛도 모르고 메뉴만 읽었을 뿐인데 위장이 자극을 받았다. 조금 여유가 생겨서 옆으로 시선을 돌리자······.

오호! 저게 미꾸라지 전골인가!

얕은 작은 냄비 속에 통통하게 살이 오른 미꾸라지가 사이좋게 늘어서서 끓고 있었다. 전골 재료들이 보글보글 수증기를 피워 올렸고, 먹음직스러운 냄새가 풍겼다. 젓가락으로 집으면 부드럽게 뭉개져버릴 것 같은 부드러움. 그런데 책상다리를 하고 앉은 아저씨 두 명 일행 중 한 사람이 손을 뻗더니 다른 통에 들어 있던 채 썬 파를 젓가락으로 수북이 집어서 국물에 넣었다.

(저렇게 듬뿍 넣나!)

하나같이 처음 보는 광경뿐이다. 시선이 이리저리 춤을 추었다.

"주문은 뭐로 하시겠어요?"

등 뒤에서 들려온 재촉하는 소리에 순간적으로 나루미야 사장의 말을 떠올렸다.

"야나가와로 주세요. 그리고 맥주 한 병."

"네엡. 야나가와 하나, 맥주 한 병."

주문을 마치자, 주변에 시선을 던질 여유가 생겼다. 슬며시 둘러보니 네댓 명이서 신나게 떠드는 중년남자 손님, 젊은 남녀, 가족 동반, 주부들…… 모두들 즐겁게 전골요리를 먹고 있었다. 찬찬히 보니 남자 혼자인 손님도 섞여 있었다. 남녀노소가 사이좋게 미꾸라지에 입맛을 다시는 그 풍경은 에도 시대부터 줄곧 변함이 없겠지.

이건 나쁘지 않은데. 나, 미꾸라지를 좋아하게 될지도. 야나가와를 먹다 보니 기분이 좋아졌다. 깨끗한 물로 키운 미꾸라지는 독특한 냄새가 없어서 먹기 편하다는 얘기를 들은 적이 있는데, 정말 그 말이 맞았다. 살은 탱글탱글하게 탄력이 있고 뼈는 오도독오도독 씹힌다. 어슷하게 썬 우엉은 아삭아삭, 계란의 부드러운 풍미와 미꾸라지가 이렇게 절묘하게 잘 어울릴 줄이야. 맛이 조금 진한 전골이라 시원한 맥주가 술술 넘어간다. 정신을 차려보니 야나가와 전골 한 그릇을 눈 깜짝할 새에 비워버리고, 입가심으로 "도제우 국이랑 밥 주세요. 아, 채소절임도"라고 주문하고 있었다.

새로운 여름별미다. 충분히 만족하고 가게에서 나와 걸으면서 결심했다. 다음에는 꼭 누군가에게 같이 오자고 해야지. 그리고 마루나베에 도전해보는 거야. 미꾸라지를 안주 삼아 일본 술을 홀짝홀짝. 과연, 대단히 멋스러운 정서인걸. 세노짱도 나루미야 사장도 이렇게 즐거운 맛을 알고 있었단 말인가. 그런 생각을 하니 살짝 억울했다.

아사쿠사 절에 참배를 하고, 덴보인 거리를 빠져나가 복고

풍 찻집에서 커피를 마셨다. 즐거운 주말이네. 그래, 다음에는 회사에서 제안해봐야겠어.

"올여름 보양식으로 다 함께 미꾸라지 먹으러 갈까요!"

지친 하루를 위로하는 한잔

선술집에서 저녁식사

매일 책상에 앉으면 맨 먼저 하는 일이 '삭제'다. 컴퓨터를 켜자마자 매번 한숨이 나오지만, 우울해하는 시간도 아깝다. 담담하게 스팸메일 열 통쯤을 선택해서 키보드 터치 한 번으로 단번에 휙 삭제해버린다. 그것이 출판사 영업부에 근무하는 쓰노다 기쿄의 아침이다.

아아, 오늘 아침에도 왔구나, 왔어. 손끝을 휙휙 움직이며 서둘러 '삭제'를 하는데, 도중에 갑자기 손길이 멎었다.

제목: 얘, 잘 지내니?

이건 어느 쪽이지? 지울까 열어볼까 미묘하게 망설이게 만드는 제목이었지만, 시선을 옆으로 돌리자마자 빙그레 미소가 번졌다.

보낸 사람: 다이코

일반적으로는 야스코라고 읽는 한자를 쓰지만, 그녀의 이름은 다이코라고 읽는다. 예전 회사에 다닐 때부터 오랫동안 친하게 지내왔는데, 누구나 다 '다이쌍'이라고 불렀다. 그 호칭 그대로 성격도 시원시원해서 기쿄에게는 최고의 대화 상대이기도 하다.

일에 푹 빠져 살다보니 가을도 어느새 깊어져 버렸네. 이래도 되나? 뭐 하긴, 어쩔 수 없지. 오랜만에 한잔하러 가자. 난 이번 주엔 수요일 빼고는 언제든 OK.

바로 답장을 보냈다.

야호, 기뻐! 오랜만에 가자. 그럼, 목요일 7시 반 어때? 가게는 다이짱에게 맡길게.

아침부터 시원하게 맥주 한 모금을 마신 것처럼 기분이 좋았다. 됐어, 이번 주는 위안거리가 생겼다.

대망의 목요일 저녁 7시 반. 만나기로 약속한 곳은 도심 뒷골목에 자리한 오래된 선술집이다. 다이짱이 단골로 다니는 가게인지 답장 메일에 이렇게 쓰여 있었다.

제일 좋아하는 선술집으로 안내해드리겠습니다(여길 아직까지 안 데리고 간 게 신기하네). 지도는 첨부파일을 참고하길. 아, 빨리 가고 싶다~!

드르륵.

긴 밧줄로 만든 포렴을 걷고 미닫이문을 열자마자 숨을 집어삼켰다. 옆으로 늘어놓은 테이블에 꽉꽉 들어찬 사람들 물결. 한순간 매미처럼 보였다. 새 손님이 들어오든 말든 아무도 신경조차 쓰지 않는다. 드넓은 가게 안이 두둥실 밝은 기운으로 활기가 넘쳐서 기쿄는 순식간에 그 물결에 삼켜졌다.

"여기야, 여기!"

그 순간, 오른쪽 끄트머리 쪽에서 힘차게 손이 올라왔다. 다이짱이다.

"오랜만이야. 바로 찾았니, 여기?"

"응, 붉은 초롱도 눈에 금방 들어오고, 역에서 의외로 가깝네. 그나저나 재밌는 가게를 알고 있었구나. 역시 다이짱이야."

"헤헷. 그렇게 말해주니 기쁜걸. 하긴, 말하자면 여기는 대중 선술집의 결정판이라고 할 수 있지."

일단 맥주와 전어초절임. 이 전어초절임에 감격했다. 식초로 단단하게 절여진 정도가 훌륭했다. 갓포 요릿집처럼 깔끔하고 담백하지도 않고, 초밥집처럼 공들인 잔기술을 발휘한 것도 아니고, 쫀득한 식감이 좋았다. 은빛 살에 깊숙하게 훽 그어진 칼자국 두 줄. 살짝 세속적인 맛도 난다. 과연, 이런 게 바로 선술집의 맛이로구나.

메뉴로 시선을 돌리고 압도당했다. 청어보우니(청어의 내장을 제거하고 건조시켜서 간장, 술, 미림, 설탕 등으로 조린 음식), 붕장어조림. 소고기조림. 통미꾸라지찜⋯⋯ 매우 구성지다. 그런가 하면 고기두부조림, 우엉조림. 말린 무조림, 고기감자조림, 두부튀김조림, 오징어낫토무침, 토란조림, 닭꼬치, 고등어소금구이, 계란말이, 가지구이⋯⋯ 선술집의 견본 같은 메뉴를 갖춰 놓았다. 대단해.

"그렇다기보다 이 집은 도쿄에서 가장 오래된 선술집이야. 가게를 연 게 메이지 시대, 건물은 다이쇼 시대부터 그대로고. 이런 곳이야말로 세계유산으로 인정해줘야 하는데."

3년 전에 상사를 따라온 뒤로 이따금 다녀. 맥주잔을 시원하게 기울이며, 다이짱이 메뉴를 가리켰다.

"봐, 이거."

손가락으로 가리킨 한 줄에 이렇게 쓰여 있었다.

'나물(오시타시).'

역시 도쿄답다. '오히타시'가 아니라 오시타시. 깔끔하게 딱 떨어지는 어감이 상쾌하다. 산뜻한 한 수, 대담한 공기가 이 가게의 독특한 맛이 되었다. 오른쪽 옆자리에는 넥타이를 느슨하게 풀어헤친 아저씨 세 명. 왼쪽 자리에는 남자 둘에 여자 둘인 네 사람 일행. 볼이 발그레하게 달아오르고, 시선은 부드럽다. 오른쪽에는 소주 오유와리 잔이 늘어서 있고, 왼쪽에는 사홉들이 데와자쿠라(일본 주류 상표명) 병이 비어가고 있었다.

"으음, 뭐로 할까?"

이소지만(일본 주류 상품명)과 하쓰마코(일본 주류 상표명)를 각각 한 홉씩, 거기에 삶은 토란, 멸치무즙무침, 가다랑어회. 선술집의 가을이다.

근황을 한차례 주고받고, 이따금 푸념을 늘어놓기도 하고, 그러면서도 뭐 어떻게든 되겠지 서로 고개를 끄덕거리고, 술을 한 홉씩 더 시킬까 눈짓을 주고받고, 마무리로 구운 주먹밥을 먹고 싶다며 한 개씩 볼이 미어져라 오물거리고, 문득 정신을 차려보니 두 시간 반이 훌쩍 지나 있었다.

선술집이 이렇게 즐거운 곳이었나. 기쿄는 집으로 돌아가는 전철 안에서 기분 좋은 취기에 몸을 맡기며 난생처음 경험하는 기분을 맛보았다.

선술집은 아저씨들의 피난처나 학생들의 술자리 장소라고만 생각했었다. 엄청나게 시끄럽고, 공기는 묘하게 기름 냄새가 진동하고 어수선하다. 음식은 건성건성, 적당히 싼 술. 아니, 물론 술에 관해 까다롭게 평가할 만한 지식은 없지만, 선술집이라고 하면 뭐든 게 어중간하고 안정감이 없다. 그렇다고 여겨왔다.

그런데 아니었다. 선술집도 천차만별이었다. 오늘 다이짱이 데려간 곳은 최고의 선술집이었다. 그렇지만 최고의 선술집이라고 해서 가게 분위기에서 거드름이 느껴진다거나 가격이 비싼 것도 아니다. 그렇기는커녕 둘이 먹고 마신 금액은 총 6000엔 남짓. 요컨대 최고든 최하든 가격에는 별 차이가 없는 것이다. 이것이 중요한 특징이다. 겉모습이 별반 다르지 않기 때문에 내용을 판단하기 어렵다. 그것을 자기 눈으로 판별해내려면…… 그건 역시 세월이 필요하겠지. 새삼 다시 다이짱에게 감탄한다.

자, 그런데 그다음 주 일이다. 지하 1층 구내식당에서 우연히 같이 앉게 된 사람이 출판부의 구라모토 씨였다.

"마카로니그라탱에 버섯영양밥에 버섯된장국이라. 매번 엄청난 조합이네."

낯이 익은 구라모토 씨가 쟁반에 담긴 A정식을 바라보며 중얼거리는 말에 옆에서 버섯된장국 그릇을 집어 들다 피식 웃음이 나왔다. 구라모토 씨가 살짝 좋아하며 말했다.

"직원 식당에서 먹을 때마다 생각해. 이래서는 우리 회사도 위험하겠구나. 주방 아저씨, 선술집에라도 보내서 수업을 시키고 싶다니까, 진짜."

그 말이 확 와 닿았다. 그러고 보니 구라모토 씨는 분명 선술집 안내서의 담당 편집자가 아닌가. 지난달에 서점 영업을 도는데, "그쪽 출판사의 선술집 책 시리즈, 그거 좋던데요. 판매도 꽤 잘돼요". 여러 곳에서 칭찬을 들었다. 담당 분야가 아니라서 어중간하게 맞장구를 치고 넘어갔지만, 기쿄는 이제 '선술집'이라는 단어에 민감하게 반응하게 된다.

"저어. 구라모토 씨, 선술집 책을 담당하셨죠?"

"어어 그랬지. 그건 명저야."

“서점에서도 칭찬받았어요. 으음, 선술집 초보자에게 ‘일단 여기부터 시작하라’고 권할 만한 가게를 두세 군데 알려주실 수 있나요?”

그러자 별안간 의욕에 넘쳐서 볼이 미어지게 A정식을 먹어 가며 선술집 교육을 시작했다. 다이짱이 데려가 준 가게 얘기를 했더니, “오호, 좋은 가게를 제대로 알고 있네. 그렇다면 으음.” 말투에 단숨에 열기가 깃들기 시작했다.

그날 예상 외로 일이 일찍 끝난 기쿄는 “좋았어”라며 포스트잇을 붙여둔 구라모토 씨가 담당한 선술집 책을 끌어당겼다. 찬찬히 살펴보자, 지금부터. 마음이 끌리는 포스트잇 표시 다섯 개 중에서 집에 가는 길과 가장 가까운 한 군데를 골라 주소와 전화번호를 메모한 후, 약도도 머릿속에 확실하게 새기고 컴퓨터를 탁 덮었다.

역시나 목적지인 그 가게는 지도에서 본 대로 주택가 한 귀퉁이에 하얀 포렴을 걸어놔서 금방 찾을 수 있었다. 딸랑딸랑. 문을 열자, 경쾌한 소리가 울렸다.

“어서 오세요.”

“으음, 한 사람인데요.”

“네, 어서 오세요, 이쪽으로 앉으시죠.”

좁고 긴 원목 카운터에 앉자, 눈앞 가득 한 되짜리 일본 술병들이 주르륵 늘어서 있었다. 뜨거운 물수건을 든 채 압도당하고 있는데, 잠깐 뜸을 들인 후 여주인이 말을 건넸다.

"술은 좋아하는 걸로 고르세요."

"그게, 실은 잘 몰라요. 추천해주실 만한 술이 있나요?"

"자 그럼, 니가타 술인데 '쓰루노토모'가 어떨까요? 따뜻하게 데우면 부드럽게 마실 수 있어서 정말 좋아요."

그럼, 그걸로 할게요. 서비스로 내준 것은 작은 그릇에 담긴 콩비지 안주. 오랜만에 먹어보는 맛에 기분이 좋아져서 꼬리를 잇듯이 파 초된장무침과 두부조림을 주문했다.

"자, 나왔습니다. 오늘은 좀 쌀쌀했죠, 따뜻한 술맛이 각별할 거예요."

백자 술병이 보기에도 청결해서 기분이 좋았다. 잔도 구색을 맞춘 새하얀 빛깔. 술병 목을 쥔 손가락에 따끈한 온기가 전해졌다. 맑고 부드러운 술이 잔에 채워지고, 서서히 입으로 가져가서 쭈욱. 몸속 깊은 곳에 온기가 확 피어났다.

아, 맛있다, 이 술. 한 모금, 두 모금. 잔을 기울일 때마다 쏴하게 깊이 스며들었다. 아주 부드럽고 맑은 술이었다. 파 초된장무침으로 젓가락을 뻗자, 붉은 된장의 칼칼한 맛. 그런데 두부조림은 담백해서 맛의 강약이 조화를 이뤘다.

구라모토 씨가 말했었다.

"거기 요리는 다 맛있지만, 요릿집 같은 맛이랑은 달라. 왜 그런지 아나? 주인장과 여주인이 손님이 술을 맛있게 마실 수 있도록 분발해준 덕분이지. 요리는 어디까지나 술맛을 북돋워 주는 역할이야. 그걸 확실하게 알고 있는 선술집이 실은 그리 많지 않거든."

많지 않거든, 이라며 얼굴을 들여다보는 데도 아예 생판 모르는 분야라 "흐음, 그렇군요"라고 얌전하게 듣기만 했는데, 바로 이런 거였구나.

선술집을 전혀 모르는 자기도 조금은 알 것 같았다. 어느 손님도 술에 취하려고 오는 게 아니다. 그 점이 중요하다. 혼자 온 손님이 총 세 명. 두 사람 일행이 한 팀. 모두 술을 즐기려고 포렴을 걷고 들어왔다. 그래서 이상한 술주정뱅이가 없고, 모두 밝고 명랑하다. 나처럼 혼자 온 손님을 가만 놔두는 것은 술을 즐기는데 방해하고 싶지 않아서다. 느긋한 분위기 속에는 한 줄기 법칙 같은 것이 꿰뚫고 있었다. 기쿄는 그런 느낌을 받았다.

와, 크로켓이다! 별 생각 없이 메뉴로 시선을 돌렸다가 무심코 손뼉을 칠 뻔했다. 먹고 싶어, 먹고 싶어, 갓 튀겨낸 크로켓! 두 홉째 술안주는 부드럽고 바삭하게 튀겨낸 조그만 크로켓을 시켰다.

마무리로 이나니와 우동(일본 3대 우동의 하나. 아키타 현에서 수타면 제법으로 만든 건면으로 끓인 우동)을 먹을까 하는 마음도 들었지만, 배도 딱 적당히 부르니 다음번 즐거움으로 남겨두기로 하자. 따끈하게 데운 술을 유유히 두 홉, 어렴풋이 취기가 돌아 기분이 그만이다.

혼자라도 이렇게 즐겁다. 둘이어도 물론 즐겁다. 분명 기운이 없을 때라도 틀림없이 나름대로 온화하게 파도를 잠재울 수 있을 것 같다. 속 깊은 곳이었네, 선술집은.

"뭐 하긴. 궁합이지, 최종적으로는."

구라모토 씨의 한마디가 마음에 걸린다. 나랑 궁합이 잘 맞는 선술집은 어떤 가게일까. 그런 생각을 하자, 기묘는 갑자기 선술집의 존재가 신경 쓰이기 시작했다.

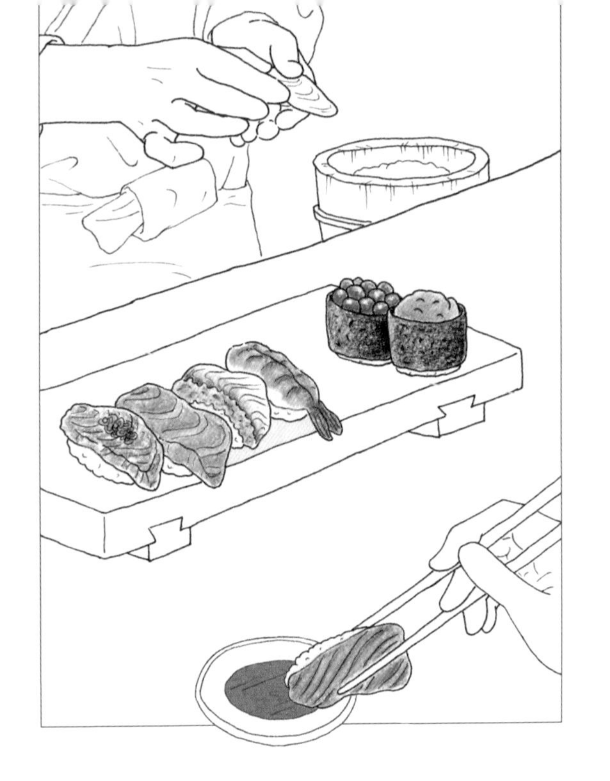

그럼, 잘 부탁드립니다

초밥

문득 알아챈 것이 있다. 초밥집에 손님이 혼자 들어오는 순간이다. 드르륵, 손을 뒤로 돌려 문을 닫으면, 조리장 안에 있는 요리사와 눈이 마주친다.

"어서 오세요!"

힘찬 목소리를 인사를 건네지만, 초밥집에서는 거의 들을 수 없는 말이 있다. 그것은 바로 이 말이다.

"한 분이십니까?"

하긴, 척 보면 아는 거잖아. 씁쓸하게 웃으며 생각한다. "어서 오세요!"에 이어서 "한 분이십니까?"라고 쩌렁쩌렁한 큰 목소리로 말을 건넨다면, 그건 그것대로 꽤나 우스운 상황이다. 손님으로 꽉 찬 가게에서 궁지에 몰릴 테니, 나 같으면 온몸이 굳어버릴걸. 꼬리를 감추고 걸음아 날 살려라 줄행랑을 치겠지.

원래부터 초밥집에 혼자 들어갈 때면 이루 말할 수 없이 큰 용기가 필요하니까. 연기도 제대로 못하는 신인배우가 난데없이 절정의 순간에 무대로 떠밀려나가는 것처럼. 그렇지만 이래봬도 꽤 성장하긴 했어. 미즈키는 누군가에게 칭찬받고 싶은 기분이었다. 그도 그럴 것이 혼자 밥을 먹는 게 힘들지 않게 된 것이다. 물론 누구든 같이 먹으면 즐겁다. 주말을 같이 지내는 다케오와 있을 때 스파게티가 정말 최고로 잘 삶아져서 맛있게 먹었지, 디저트로 먹은 얇은 양갱도 좋았어. 이러쿵저러쿵 대수롭지 않은 얘기를 나누며 신나 할 때는 무척 즐겁다.

그렇긴 하지만 평소에 혼자 밥을 먹을 때도 외롭다는 생각은 들지 않게 되었다. 가뿐하게 먹을 수 있게 된 것은 초밥집 덕분이다.

초밥집 포렴을 처음으로 걷고 들어간 것은 취직했을 때다. 아버지가 단골로 다니는 초밥집에 데려가 주겠다고 말했다.

"너도 드디어 사회인이 됐으니 맛있는 초밥을 사주마. 축하파티 해야지. 엄마도 데려간 적 없는 가게야."

아빠와 만나서 들어간 초밥집은 사무실 지역의 뒷골목에 있었다. 들어서는 순간, "어서 오세요!" 별안간 큰 소리로 인사를 건네는 바람에 긴장해서 머릿속이 하얘졌다. 그때부터는 정말로 전혀 기억이 안 난다. 아버지가 "주인장"이라고 불렀던

주인의 반백 머리가 아주 짧게 단정히 깎여 있었다는 것, 원목 카운터가 쓰다듬어보고 싶을 정도로 청결했다는 것, 또렷하게 기억나는 것은 그 정도뿐이다. 그래도 몇 개씩이나 덥석덥석 잘 먹자, 옆에서 아빠가 빙그레 웃으면서 말했다.

"미즈키도 꽤 잘 먹는구나."

이 맛! 그도 그럴 것이 너무 기뻐서 어쩔 줄을 몰랐다. 중학생일 때까지는 초밥이라고 하면 선물로 사다준 나무 도시락으로나 먹을 수 있는 음식이었으니까. 아침에 일어났는데 난데없이 김초밥이 식탁에 턱하니 올라가 있으면, "아하, 아빠가 새벽에 들어오셨나 보네"라고 짐작했다. 세상에는 초밥집이라는 곳이 있는데 아무래도 그곳은 어른들의 영역이며, 맛있는 음식을 먹는 곳인가 보다 상상했다. 아빠 혼자만 가다니 얄밉다는 생각도 들었지만, 그 이상으로 부럽기도 했다. 어른에게는 우리가 모르는 세계가 있다. 잠이 덜 깬 게슴츠레한 눈으로 오징어초밥을 볼이 미어지게 먹으면서도 어린애인 자신이 답답해서 애가 탔다.

그렇다 보니 초밥집은 줄곧 동경해온 장소였다. 그곳은 어른이 되어야만 갈 수 있는 곳.

난생처음 내 돈을 내고 초밥집에 발을 들여놓은 것은 회사에 들어간 지 3년이나 지난 후였다. 회사 선배인 마코토 씨에게 아직 내 발로 초밥집에 가본 적이 없다고 말하자, 그럼 오늘 가자며 시간을 내주었다.

역시 뭘 먹었는지 기억이 나지 않는다. 마코토 씨와 어깨를 나란히 하고 카운터에 앉았을 때 "자, 어떠신가요. 조금 쥐어볼까요?"라고 묻기에 어쩔 줄 몰라 허둥대자, 마코토 씨가 대신 나서주었다.

"으음, 오늘 맛있는 걸로 적당히 두세 개 골라주시겠어요. 일단 맥주 작은 걸로 한 병 마시고, 다음에는 일본 술로 하죠. 그치, 마실 거지?"

그치, 라고 물어도 사정을 잘 모르니 "아아, 네 그러죠"라고 맞장구를 칠 뿐이었다. 그리고 이제 슬슬 쥐어달라고 할까 하는 타이밍에는 완전히 녹아웃되고 말았다. 두 사람 앞의 카운터가 새하얀 행주로 깨끗이 닦이자, 마코토 씨가 티 나지 않게 자연스럽게, 그러면서도 분명하게 말했다.

"그럼, 잘 부탁드립니다."

어른이구나. 나보다 고작 다섯 살 위인데 대단하네. 그도 그럴 것이 "잘 부탁합니다"라는 말을 건네자, 요리사가 순간적으로 등을 곧게 펴며 "네"라고 대답했다. 자리가 일단 정리되고,

공기가 바싹 긴장되며 엄숙함이 감돌았던 것이다. 그때부터는 마코토 씨가 주문하면 나도 똑같이 "아, 저도" "그거 저도"를 연발하며 계속 편승했다. 이윽고 계산할 때가 되어 두근거리고 있는데, 한 사람당 7500엔 정도였다. 돌아오는 길에 "훨씬 비쌀 거라고 각오하고 있었어요"라고 고백하니 "그 가게는 가격도 맛도 딱 적당해서 초밥 생각이 나면 이따금 가는 곳이야. 주인도 느낌이 좋잖아, 괜찮으면 다녀봐"라고 말해주었다.

차를 '아가리', 생강을 '가리'라는 식으로 초밥집에서는 무슨 암호 같은 단어들을 막힘없이 말할 수 있어야 한다고 생각했는데, 막상 가보니 조금 달랐다. 생선에 관해 잘 모르면 부끄러울 거라고 두려워했지만, 그것도 아닌 것 같다. 뭐라고 해야 할까, 정작 중요한 건 흐름 같은 것?

초밥집에는 초밥집의 공기가 있다. 다른 곳에는 없는 공기의 흐름이 있는 것이다. 카운터를 사이에 끼고 가게와 손님 사이에 타이밍 같은 게 있어서 저쪽 호흡은 이쪽이 잡고, 이쪽 호흡은 저쪽으로 전해진다. 그렇게 주거니 받거니 하는 과정을 함께 즐긴다…… 아무래도 초밥집은 그런 장소인 것 같다. 마코토 씨의 행동거지를 보며 그런 느낌을 받았다.

그리고 마코토 씨의 호의를 순순히 받아들여서 이따금 '미후쿠 초밥'의 포렴을 걷고 찾아가게 되었다. 오랜만에 만나는 친구를 데리고 가면, 모두들 무척 기뻐했다. 반년에 한 번이 고작이었지만, 그래도 봄, 여름, 가을, 겨울이 빙그르르 한 바퀴 도는 동안, 처음으로 경험하는 맛도 다양하게 알게 되었다. 봄에는 개량조개나 왕우럭조개, 새끼붉돔. 초여름에는 전어 중치, 농어, 오징어. 전복을 난생처음 먹은 곳도 '미후쿠 초밥'이었다. 가을이 찾아오면 공미리, 고등어, 새고막 맛도 처음 체험했다. 겨울이 되면 이크라(연어나 송어 알을 염장해서 냉장한 것), 갑오징어. 겨울의 끝자락 무렵에 살이 통통하게 오른 대합은 이제 곧 다가올 봄을 알려준다.

반짝거리는 재료의 맛에도 눈뜨게 되었다.

"정어리, 맛 좀 보시겠어요? 올해는 유난히 정어리가 귀해서 좀처럼 좋은 놈을 구하기 힘들었는데, 오늘 마침 기름기가 자르르한 물 좋은 놈이 들어왔습니다."

두 번째 갔을 때, 얼굴을 기억해준 주인이 추천해주었다. 그때부터 중독이 되고 말았다. 정어리, 전어, 전갱이, 고등어, 공미리. 그중에서도 전어 중치의 맛은 첫 체험이었다. 내가 등 푸른 생선을 이토록 좋아할 줄이야, 깜짝 놀랐다. 그렇지만 아무리 좋아해도 그것만 주문하면 룰 위반이야. 너보다 연상이니 그 정도는 상식이지. 살짝 거드름을 피우며 다케오가 가르쳐 준 것이 있다. 그런데 말이야, 참치를 먹은 후에 다시 한 번 흰 살 생선이 먹고 싶어져도 전혀 상관없어. 먼저 안주를 먹고 술을 마셔야만 하는 것도 아니고, 오늘은 차와 초밥만 먹을 수도 있는 거지. 흐음, 그렇군…… 차츰 초밥집의 공기에 익숙해졌고, 그러자 조금씩 초밥집의 문지방이 전보다 높게 느껴지지 않았다. 조금은 어른에 가까워진 기분이 드는 것 같다. 훤히 잘 아는 척하든 몸을 잔뜩 사리든 결국은 겉도는 것뿐일지도.

보면서 배운다는 말은 사실이다. 한번 그런 손님이 들어왔을 때, 온화했던 공기가 덜그럭덜그럭 무너져버렸다.

"주인장, 문어 있나? 사실 문어 제철은 추워진 후잖아. 여름에는 문어라고들 하는데, 더운 때 말라빠진 걸 먹다니, 참 답답하더라고."

"가을에 돌아온 가다랑어는 지방도 향기도 느끼해. 그래서 난 봄 가다랑어 쪽에 손을 들어주지."

느끼한 건 당신이야. 짜증스러웠지만 생각을 바꿨다. 남의 잘못을 보고 내 허물을 고쳐라. 의기양양한 것은 본인뿐이고, 주위 사람들은 그저 적당히 장단을 맞춰줄 뿐이다. 그의 등에 '요주의 인물' 팻말이 걸려 있었다.

그건 그렇고, '미후쿠 초밥'에 다니기 시작하고, 계절이 두 바퀴를 돈 무렵이었다. 늦게까지 일을 마무리 짓고, 뒤쪽 출구로 가자 타임카드를 찍고 있는 마코토 씨와 우연히 마주쳤다. 어디든 저녁이라도 먹으러 가자는 얘기가 나왔다. 그렇긴 한데 이미 10시가 넘어서 '미후쿠'도 문을 닫았다.

결국 잡거빌딩 안에 있는 스페인 요릿집으로 들어가서 생햄과 올리브와 화이트와인으로 한숨을 돌린 무렵이었다.

"한 분이세요?"

입구 근처에 앉아 있었는데, 그런 소리가 귀에 들어왔다. 별 생각 없이 시선을 돌리자, 나와 엇비슷한 나이로 보이는 여성이었다.

"네에, 혼자예요."

"한 분이시군요, 으음, 그렇군요."

자기 머리를 쓰다듬던 매니저가 "한 분"을 연발한 후, 안내한 곳은 제일 구석에 있는 2인용 자리였다. 원래부터 조명을 낮춰둔 가게라 벽 쪽은 훨씬 더 어두웠다.

"가엾다. 구석으로 쫓겨났네."

"그러게. 하지만 혼자 있을 때는 가게 선택도 중요하긴 해."

우와, 이건 또 뭐야. 나에게 마코토 씨는 어른이 되기 위한 길잡이 같은 언니였다.

“난 혼자 밥 먹을 때는 초밥집에 갈 때가 많아.”

“혼자 초밥을 먹어요? 그건 허들이 엄청 높잖아요.”

“어머, 꼭 그렇지도 않아. 생각해봐.”

마코토 씨가 말을 이었다. 무엇보다 카운터 자리라 옆으로 나란히 앉잖아, 그러니 혼자라도 부담 없고, 다른 손님을 신경 쓸 필요도 없다. 먹고 싶은 것을 주문해서 쥐어달라고 하고, 한 차례 먹고 나면 가뿐히 일어나 돌아간다. 그것뿐인걸, 뭐.

“사실은 저도 딱 한 번 ‘미후쿠’에 혼자 간 적이 있어요. 생각했던 것보다는 편했지만, 왠지 좀 무료하던데.”

“아, 그건 말이지.”

망상력의 문제야. 마코토 씨가 곧바로 대답했다. 혼자서 초밥을 먹으면 의외로 즐거워. 머릿속으로 다음에는 새고막으로 할까? 아니 잠깐만, 새고막 날갯살도 있는데 어느 쪽을 먼저 먹을까? 그리고 양쪽을 다 먹으면 흰 오징어, 역시 젓갈이지. 다랑어초밥을 주문해놓고, 그 전에 성게알……과 버섯. 자기 멋대로 망상하며 이것도 아니다, 저것도 아니다. 꽤 재미있다니까.

어깨에서 힘이 빠졌다. 그렇구나, 그러면 되는구나. 나는 ‘여자 혼자 초밥집' 도전이라며 칼집에서 칼을 빼들고 도장이라도 깨부수러 갈 듯한 분위기였는데, 남 보기에는 좀 안쓰러웠을 수도…….

아오야마 쓰바키(青山 椿) | 일본 요리

도쿄 도 미나토 구 미나미아오야마 5-8-10 코모도 미나미아오야마B 2F | **TEL** 03-3407-9887
영업시간 12:00~14:00L.O.(Last Order), 18:00~21:30L.O. | **정기휴일** 일요일, 공휴일

"아오야마에는 느긋하게 쉴 수 있는 일본 요리 식당이 거의 없어"라고 오랫동안 아오야마에 살고 있는 친구가 말했다. 그런 그들도 '이곳이라면 괜찮다'고 확실하게 보장할 수 있는 곳이 바로 '쓰바키'. 곳토 거리에서 들어가자마자 바로 있는 빌딩 지하라 눈에 잘 띄지는 않지만, 그 주변 단골손님들의 신뢰는 매우 깊다. 점심은 작은 그릇에 담긴 손이 많이 가는 반찬들과 생선구이 정식, 점심 한정인 순한 맛의 카레 우동. 정성을 다해 국물을 내며, 섬세하게 일에 임하는 태도가 음식 하나하나에 고스란히 발휘된 맛이다. 밤에는 갓포 요리. 제철의 맛을 여유롭게 즐길 수 있다. 항상 환기가 잘되는 차분한 분위기, 고상한 경쾌함은 신뢰를 얻기에 충분하다.

아카사카 이치류(赤坂一龍) 별관 | 한국 요리

도쿄 도 미나토 구 아카사카2-13-16 신토미아카사카 제2빌딩 1F | **TEL** 03-3582-7008
영업시간 24시간 영업 | **정기휴일** 연중무휴

목표로 삼은 메뉴는 소뼈와 고기, 내장을 오랜 시간 푹 고아서 만든 설렁탕. 노력도 시간도 많이 들기 때문에 도쿄에는 전문점이 적어서 귀중한 존재다. 콜라겐이 듬뿍 녹아든 뿌옇고 하얀 국물. 뜨거운 국물은 자양분 덩어리. 피부미용에도 효과를 기대할 수 있어서 나 홀로 식사에는 확실한 아군이 되어주는 한 끼다. 소금과 후추만 넣고 심플한 맛을 즐기기도 하고, 매운 양념장을 넣기도 하며, 밥을 말아 국밥으로 먹기도 한다. 양은 충분하고, 온몸이 뜨끈뜨끈, 다음 날 피부는 탱글탱글.

아히루스토어(アヒルストア) | 와인과 빵

도쿄 도 시부야 구 도미가야1-19-4 | **TEL** 03-5454-2146 | **영업시간** 18:00~24:00
정기휴일 일요일, 공휴일

요요기 하치만의 밤길을 터벅터벅 혼자 걸어서 맨 처음 방문했던 밤 9시 반. 주문한 메뉴는 부르고뉴 와인, 고등어 리예뜨, 호밀과 양파 빵. 카운터 8석이 만석이었기 때문에 바로 뒤에 있는 나무통을 테이블 삼아 선 채로 먹고 마셨다. 멋진 분위기네! 이곳은 자연파 와인과 빵 가게. 고작 7평, 잘난 척하지 않는 일상감 속에 세심하게 골고루 주의를 기울이고 있다. 분유리 펜던트라이트의 부드러운 빛, 산뜻하고 깨끗한 스테인리스 집기와 거슬거슬한 흰 벽, 질감의 콘트라스트에서 청결감이 느껴진다. 와인과 요리는 오빠인 사토 데루히코 씨가 맡고, 매일 10종류의 빵을 굽는 사람은 여동생인 와카코 씨다. 둘이서 마을에 깊이 뿌리 내리는 공간을 목표로 열심히 노력하고 있다.

이즈미르(イズミル) | 터키 요리

도쿄 도 스기나미 구 아사가야키타2-13-1 파사쥬아사가야 2F | **TEL** 03-3310-4666
영업시간 18:00~23:30 L.O. | **정기휴일** 월요일, 셋째 화요일

아사가야 역에서 도보로 1분, 북쪽 출구 '파사쥬' 2층. 셰프인 술레이만 씨와 엘레프 씨의 콤비는 오늘도 최상의 상태다. 역시나 꼭 먹고 싶어지는 음식은 모둠 전채요리인 카리식·메제. 병아리콩 페스토. 시금치 요구르트무침, 가지 딥(감자 칩이나 채소를 발라 먹는 크림 소스)…… 몇 번을 먹어도 질리지 않는 맛. 향기가 사르르 피어오르는 둥근 수제빵 에크멕(터키에서 주식으로 먹는 전통 빵)도 탁월하다. 케밥, 피망에 채워 넣은 돌마스(토마토나 피망의 속을 도려내고 고기나 쌀, 채소를 채워 넣은 음식) 등등 고기요리도 알차다. 심플하면서도 깊이 있는 터키의 맛은 여운을 남긴다. 긴 카운터에 앉아 드세요. 항상 혼잡하니 혼자 가시더라도 미리 예약하시길.

이치주산사이(一汁三菜, 국 하나와 반찬 세 개로 차린 기본 밥상) | 정식

도쿄 도 미나토 구 미나미아오야마7-12-13 1F | **TEL** 03-5467-9187
영업시간 12:00~14:30 L.O., 18:00~21:30 | **정기휴일** 토요일, 일요일, 공휴일

가까이 있다면 매일같이 다니고 싶다. 정식에 쏟은 열의가 고스란히 전해져서 언제 가든 정말로 기분이 좋아진다. 점심식사 개점 시간이 되면, 눈 깜짝할 새에 자리가 꽉 찬다. 뛰어드는 그 기분, 알고도 남는다. 말린 꽁치, 고등어된장절임, 연어술지게미절임…… 지바나 시즈오카에서 들여온 신선한 생선이 눈앞에서 구워지면, 돌솥에 지은 윤기가 반지르르한 밥을 덜어다 준다. 채소절임이나 콩비지 같은 반찬도 밥이 술술 넘어가는 정성 가득한 맛이다. 밥맛은 그야말로 발군. 현미와 백미 중에서 고를 수 있고, 밥그릇에 절반씩 담아주기도 해서 기쁘다. 쌀은 점장인 아사카와 씨의 동창생이 운영하는 시즈오카의 안도(安東) 쌀집에서 선별해온다.

우에노 세이요켄(精養軒) 니혼바시점 | 카레

도쿄 도 주오 구 니혼바시 무로마치1-5-3 후쿠시마빌딩 9F | **TEL** 03-3241-2741
영업시간 11:00~22:00 L.O.(토11:00~15:00 L.O.) | **정기휴일** 일요일, 공휴일

니혼바시 미쓰코시 앞, '우에노 세이요켄' 빌딩을 돌아 들어간 뒤편 주차장 옆. 마치 허술한 판잣집처럼 오도카니 서 있다. 눈에 띄는 표시는 초록색 지붕에 노란색 글씨로 써놓은 '카레&하야시'. ㄷ자 모양의 카운터에 둥근 의자뿐, 서서 먹는 국숫집 감각으로 후다닥 먹는 스탠드 카레는 니혼바시 일대에서 일하는 바쁜 직장인들의 든든한 안식처. 가게 안에서는 조리하지 않고, 식권을 사서 건네면 아주머니가 재빨리 보온밥솥에서 밥을 덜어 따뜻하게 데운 세이요켄 카레를 뿌려준다. 가격은 550엔, 싸다! 바삭하게 튀긴 돈가스를 얹은 가스 카레도 쇼와 시대의 온화한 맛. 푸짐하게 곁들여주는 후쿠진즈케(무, 가지, 참외, 오이, 생강, 작두콩, 연근, 들깻잎, 죽순, 표고버섯 혹은 고추를 얇게 썬 것 중에서 5종류 이상을 주재료로 사용한 채소절임)가 눈물겹게 고맙다.

우나이(うない) | 오키나와 요리

도쿄 도 세타가야 구 다이자와5-6-14 마에다빌딩 2F | **TEL** 03-3422-4307
영업시간 17:30~22:30 L.O. | **정기휴일** 일요일, 공휴일

'우나이'는 오키나와 말로 자매를 뜻한다. 슈리(首里) 출신인 자매가 오키나와의 식재료를 사용해 만드는 가벼운 맛의 향토요리는 언제 먹어도 마음이 푸근해진다. 땅콩두부나 긴지소(잎 뒷면이 보라색을 띄는 오키나와의 여름채소) 시라아에(흰깨와 으깬 두부를 채소 등과 버무린 음식), 무와 감 무침 등을 모둠으로 담아낸 전채요리부터 소재를 소중히 여기며 정성을 다한 맛이다. 스치키(오키나와식 베이컨), 미누다루(돼지고기 검은깨 찜) 등의 고기요리부터 파란 파파야 찬푸루(두부와 채소를 지져 만든 오키나와의 대표적인 가정요리)와 고야 주스까지 몸속을 깨끗하게 씻어주는 요리뿐이다. 카운터에서 느긋하게 아와모리(오키나와 향토주로 좁쌀 혹은 쌀로 담근 소주의 일종) 과실주 잔을 기울여도 좋다. 오키나와의 화가 나카 보쿠넨의 작품인 대범한 '자매' 그림이 손님을 반갑게 맞아준다. 자자와 거리에서 산겐자야 방면으로, 다이자와 삼거리 조금 앞쪽.

에이리(永利) | 중국 요리

도쿄 도 도시마 구 이케부쿠로1-2-6 베르메종이케부쿠로 B1F | **TEL** 03-5951-0557
영업시간 11:30~23:30 L.O. **정기휴일** 연중무휴

중국 동북부 지역의 요리가 300종류 이상. 고정적인 메뉴에 덧붙여서 계절의 맛이나 새로운 맛도 늘어나므로 아무리 시간이 지나도 먹고 싶은 음식에 다 이르지 못해 안타깝다. 언제 가도 손님의 절반 이상은 중국인, 가게 안에는 시끌벅적한 중국어가 어지럽게 날아다닌다. 그 잡연한 분위기가 오히려 혼자 있는 마음을 편하게 해줘서 순조롭게 녹아들 수 있다. 가볍게 면 종류나 밥, 또는 만두와 볶음요리 하나에 맥주를 주문하는 선택지도 있다. 어른 여럿이 가면 물론 즐겁겠지만, 혼자서 소란함 속에 섞여드는 재미는 포기하기 어렵다. 이곳에 가면 식사 전후에 늘 신분게이자(다양한 시대의 외화, 일본영화를 상영하는 도쿄의 명작극장)에서 영화를 본다.

에티오피아(エチオピア) | 카레

도쿄 도 지요다 구 간다 오가와마치3-10-6 | **TEL** 03-3295-4310
영업시간 월~금 1F 11:00~22:00 L.O., 2F 11:00~21:00 L.O.(토,일,공휴일 1F 11:00~20:30 L.O. 2F 11:00~20:00 L.O.) | **정기휴일** 연중무휴

간다는 카레 격전 구. 그 지역에 있어서 점심때는 매일같이 대혼잡을 이루며 인기몰이. 입구에서 식권을 사서 카운터로 가면, 껍질째 삶은 감자에 버터 한 조각을 툭 건네준다. 그것을 먹으며 카레를 기다려도 좋지만, 배가 꽉 차버린다. 추천 메뉴는 뭐니 뭐니 해도 채소 카레. 가지, 강낭콩, 병아리콩…… 채소가 듬뿍. 비프, 치킨, 새우 카레 각각에 채소 카레를 추가하는 주문도 가능하다. 클로브 풍미가 깃든 깔끔한 풍미는 중독되게 만드는 완성도. 매운 정도는 0~70배까지. 그날그날 기분에 따라 골라보자. 어찌된 영문인지 디저트 메뉴에 행인두부와 프랑브아즈(산딸기로 만든 리큐르) 젤리도 있다.

에센스(エッセンス) | 중국 요리

도쿄 도 미나토 구 미나미아오야마3-8-2 | **TEL** 03-6805-3905
영업시간 평일11:30~16:00 L.O., 18:00~새벽1:30 L.O.(토,일,공휴일11:00~21:30 L.O.)
정기휴일 연중무휴

아오야마 246거리를 따라 들어간 곳에 자리한 카페풍 외관. 간판에는 '내추럴 스타일'이라고 쓰여 있다. 화학조미료를 쓰지 않은 건강에 좋은 맛으로 여성에게 인기가 많다. 무엇보다 편리한 것은 런치 시간이 16시까지라는 것. 1000엔 런치 세트와 프리픽스 1350엔 2종류. 프리픽스는 수프, 메인 반찬, 작은 반찬 3가지. 국물 없는 탄탄면(고춧가루를 푼 매콤한 국물에 만 국수)과 디저트. 어떤 날의 메인은 새우와 유기농 채소의 담백한 볶음, 어떤 날은 사천풍의 마파두부. 흰 목이버섯을 넣은 두부 푸딩과 흑미, 팥, 토란이 들어간 코코넛 단팥죽 등 따뜻한 디저트 종류도 다양하다.

EDOYA | 양식

도쿄 도 미나토 구 아자부주반2-12-8 | **TEL** 03-3452-2922
영업시간 월~토11:30~14:15, 18:00~22:00(일, 공휴일11:30~14:50, 17:00~21:30)
정기휴일 화요일, 셋째 수요일

예스러운 아자부주반의 공기가 짙게 남아 있는 일대에 자리 잡고 있다. 1954년에 창업한 'EDOYA'의 맛은 언제 들러도 기대를 저버리지 않는다. 인기 메뉴는 계란 프라이를 얹은 햄버그스테이크와 몽글몽글한 계란으로 감싼 오므라이스. 게크림크로켓, 민스커틀릿, 전갱이튀김, 양배추 롤, 시저스 샐러드와 뿌리채소된장국까지 다양하다. 채소를 많이 넣은 비프스튜와 스파이시한 채소 카레를 얹은 포크커틀릿 카레도 등장해서 뭘 먹을지 망설이게 된다. 결국은 평일 런치인 모둠요리 '오늘의 믹스프라이'로 결정하곤 한다.

엘리제(エリーゼ) | 정식

도쿄 도 신주쿠 구 요쓰야1-4-2 미네무라빌딩 1F | **TEL** 03-3357-6004
영업시간 11:00~15:00 L .O., 17:00~21:00 L.O.(토11:00~15:00 L.O.) | **정기휴일** 일요일, 공휴일

건강한 '동네 정식집'. 양이 많아서 남성 취향. 그런데도 이따금 문득 분발해보고 싶어질 때가 있다. 게크로켓, 감자크로켓, 가스 카레, 민스커틀릿, 치킨커틀릿 등등 바삭바삭한 튀김이 훌륭하다. 큼지막한 치킨소테와 명물인 비프토마토, 오므라이스도 제대로 갖춰져 있다. 점심때가 되면 매일같이 눈 깜짝할 사이에 가게 앞에 긴 줄이 늘어선다. 줄에 기죽지 않고 학생이나 직장인들 틈새에 끼어서 맛있게 먹는다. 가게의 시원시원한 응대도 상쾌하다. 두둑한 배를 문지르며 "잘 먹었습니다!"

엔라쿠(燕楽) | 돈가스

도쿄 도 미나토 구 신바시6-22-7 | TEL 03-3431-2122
영업시간 11:00~14:00 L.O., 17:00~20:00 L.O.(토11:00~14:00 L.O.) **정기휴일** 일요일, 공휴일

일단 생각이 나면 안절부절 어쩔 줄을 모르게 된다. 주문하는 메뉴는 역시 로스가스. 카운터에 진을 치고 앉아 "저건 내 거야!"라며 입맛을 다시고, 몸이 뒤로 젖혀질 정도로 두툼한 고기를 구경하고, 튀겨지는 과정을 군침을 삼키며 숨죽여 바라보는 것이다. 튀김옷은 질 좋은 빵가루. 바삭바삭 갓 튀겨낸, 먹기 좋게 잘라놓은 뜨끈뜨끈한 돈가스를 입 안 가득 넣으면 고기 맛이 용솟음친다. 겨자를 찍고, 소스를 뿌리고, 심플하게 소금만 찍어가며 한 조각씩 다른 맛으로 먹는다. 접시에 수북이 담긴 양배추 채와 함께 작은 그릇에 담아준 감자 샐러드를 먹으며 애타게 기다리는 로스가스는 일부러 멀리서 찾아온 손님에게 주는 포상.

오하시(大はし) | 선술집

도쿄 도 아다치 구 센주3-46 | TEL 03-3881-6050 | **영업시간** 16:30~22:30
정기휴일 일요일, 공휴일

메이지 10년(1877년) 창업, 도쿄의 고참 선술집 '오하시'는 역사가 깊다. 이따금 훌쩍 들르고 싶어진다. 변형된 ㄷ자 모양의 카운터 안에는 호흡이 척척 맞는 아버지와 아들. 제일 먼저 주문하는 것은 맥주와 고기두부와 소고기조림, 둘 다 한 접시에 320엔. 소머리와 힘줄을 갈색이 날 때까지 조린 소고기조림은 의외로 담백하다. 간이 잘 밴 보들보들한 고기두부와 같이 먹는다. 게크림크로켓, 고등어튀김, 대합술찜, 개량조개무즙무침, 알배기갯가재…… 맛있는 안주가 가득하지만, 오늘은 혼자 왔으니 오래 머물지 않고 가뿐하게 한잔. 맞은편 자리의 아저씨는 킨미야 소주를 맛나게 홀짝홀짝. 행복감으로 볼이 발그레 물든다.

오가닉 레스토랑 히로바(広場) | 유기농 일본 요리

도쿄 도 미나토 구 기타아오야마3-8-15 크레용하우스도쿄 B1F | **TEL** 03-3406-6409
영업시간 11:00~14:00, 14:00~17:30(티타임), 17:30~22:00 L.O. | **정기휴일** 연중무휴

'크레용하우스' 지하에 있는 널찍한 공간인데, 점심때는 줄 설 각오를 해야 한다. 아이를 데리고 온 엄마들도 많다. 맑게 갠 날, 햇볕을 쏘이며 바깥 테이블에서 느긋하게 먹고 싶다. 뷔페 스타일의 원플레이트 런치는 어른이 1260엔. 어떤 날의 식단은 셀러리 샐러드, 고구마와 건포도 무침, 보리멸튀김, 말린 무조림, 고기감자조림 등등. 현미밥도 있다. 밥도 반찬도 뜨거운 된장국도 얼마든지 더 준다. 채소 중심이고, 유기농으로 재배한 식재료를 사용해서 안심이 된다. 혼자일 때는 수수한 식사가 오히려 더 기쁠 때가 있다.

오히쓰젠탄보(おひつ膳田んぼ) | 정식

도쿄 도 시부야 구 요요기1-41-9 | **TEL** 03-3320-0727
영업시간 11:00~22:00L.O.(일, 공휴일11:00~21:00L.O.) | **정기휴일** 연중무휴

맛있는 밥을 맘껏 먹고 싶으면, 이 가게의 포렴을 걷고 들어가자. 밥통에 담아 가져다주는 갓 지은 밥은 거의 밥공기 3개 분량. 쌀 맛을 깊이 있게 마음껏 음미할 수 있는, 이른바 '밥이 주역'인 정식이다. 게다가 마지막 한 그릇은 오차즈케(녹차에 말아 먹는 밥)로 즐길 수 있게 준비해두었다. 주문하면 쥐어주는 주먹밥도 맛있다. 점심 밥상은 1000엔. 그 밖에 은대구밥상은 1500엔, 참치갈빗살밥상은 1600엔, 부타카쿠니(豚角煮, 일본식 돼지고기장조림)밥상은 1800엔 등등 메뉴는 다양하다. 쌀은 이와테 현 에사시산(産)인 히토메보레(첫눈에 반한다는 의미), 된장이나 간장은 천연양조 식품, 김은 사가 현의 명물인 첫 수확한 김, 조미료도 세심하게 신경 써서 골라 쓴다. 요요기 본점 외에 니시신주쿠 점, 오모테산도 점도 있다.

오리가미(オリガミ) | 레스토랑

도쿄 도 지요다 구 나가타초2-14-3 아카사카도큐플라자 B1F | **TEL** 03-3581-9111
영업시간 11:30~21:30 L.O. | **정기휴일** 연중무휴

아카사카 일대에서 차분한 분위기를 즐기고 싶을 때 찾아갈 수 있는 숨은 명소라고 생각한다. 예전에는 '캐피탈 도큐호텔'에 있었던 '오리가미'가 아카사카미쓰케 역 앞의 '도큐플라자'로 옮겨와서 새롭게 오픈했다. 느긋한 분위기는 여전하고, 브라운을 기조로 쓴 시크한 내부 인테리어와 넉넉한 여유 공간을 둔 테이블 배치, 웨이터의 예의 바른 대응, 모든 것에서 안도감이 느껴진다. 셰프도 서비스 직원도 호텔 시절 그대로다. 이곳의 명물인 등갈비면이나 독일풍 팬케이크는 하프사이즈로 주문할 수 있어서 좋다. 낮이든 밤이든 식사든 차든 자유자재로 이용할 수 있다. 호텔 때부터 있던 웨이터가 단골인 손님을 환한 웃는 얼굴로 맞아주는 풍경이 아름답다. 이런 곳이 적어졌다.

옹가네(おんがね) | 한국 요리

도쿄 도 미나토 구 아카사카3-6-13 | **TEL** 03-5570-9442
영업시간 11:00~14:00, 18:00~새벽3:00(토18:00~새벽2:00) | **정기휴일** 일요일, 공휴일

"회사 여직원들의 인기 점심메뉴에서 늘 상위를 차지한다"고 아카사카 일대에서 오랫동안 일해온 지인이 알려주었다. 부산 출신인 김순자 씨가 경영하는 이 가게는 인테리어와 그릇도 심플하고, 카운터가 있어서 여성 혼자라도 쉽게 들어갈 수 있다. 점심은 삼계탕, 곰탕 수프와 보리밥, 두부찌개, 돌솥갈비덮밥에 5종류 한정인 내장전골 종류. 추운 겨울에도 뜨끈뜨끈하고 영양 가득한 음식이라 몸이 기뻐한다. 밥이 나올 때까지 귀중한 점심 휴식처이기도 하다. 자유롭게 더 먹을 수 있는 깍두기와 오이김치를 맛보면서 설레는 마음으로 기다려보자.

카우벨(カウベル) | 프랑스 요리

도쿄 도 시부야 구 도겐자카1-5-9 더·렌가빌딩 1F | TEL 03-5428-6851
영업시간 11:30~14:00 L.O., 16:30~21:30 L.O. | **정기휴일** 셋째 수요일

아무래도 고기는 먹고 싶어지게 마련이다. 그것도 묵직하게 와 닿는 것. 그렇다면 바로 여기다. 시부야 길모퉁이에 자리 잡은 일명 '소고기 식당'. 카운터 5석, 테이블 3개, 혼잡할 때는 몸도 꿈쩍할 수 없는 작은 가게지만, 비스트로의 매력이 응축되어 있다. 바로 눈앞의 주방에서 보글보글 끓어오르는 향기, 지직 지지직 구워지는 소리. 부엌칼로 두드린 쇼나이산(産) 소넓적다리 타타르스테이크 1600엔, 멕시코 소의 등심 커틀릿 2850엔, 포토푀(쇠고기와 채소를 끓인 프랑스 대표 보양식 요리)…… 프렌치 기술을 구사하는 셰프 솜씨로 온갖 다양한 소고기 요리를 선보인다. 검은 옷을 차려입고, 기지 넘치는 대화로 가게를 혼자 도맡아 처리하는 서비스에서도 프로의 긍지가 느껴진다. 나 홀로 식사의 든든한 의지처가 되어주는 이런 비스트로는 좀처럼 찾아보기 어렵다.

카사 베키아(カーサ・ベッキア) | 이탈리아 요리

도쿄 도 시부야 구 우에하라1-34-10 | TEL 03-3468-4280
영업시간 12:00~14:00 L.O., 18:00~22:00 L.O. (토, 일요일12:00~14:00L.O. | 18:00~21:00L.O.)
정기휴일 월요일

수제 파스타가 먹고 싶으면 꼭 이곳으로. 통밀가루 비골리(길고 굵은 튜브처럼 생긴 파스타)에 버섯과 트뤼프 소스, 계란 노른자와 키타라로 카르보나라를 만들고, 고추 즙을 넣은 파르팔레에 얀바루(오키나와 북부의 산지) 돼지의 살치시아 소스, 새끼양과 허브의 라구를 얹은 토스카나 지방의 부드러운 피치, 감자뇨키…… 망설일 수밖에 없다. 물론 스파게티와 링귀네 종류도 다양하다. 밤에는 전채나 따뜻한 채소, 수프, 고기 그릴 등 코스요리를 맛볼 수 있다. 뒷골목에 있는 아주 작은 가게에는 거드름 피우는 공기가 전혀 없어서 혼자 맛있는 이탈리아 요리를 먹고 싶을 때도 주방이나 서비스하는 사람이 내 편이 되어줄 것 같은 기분이 든다.

가쓰만(勝漫) | 돈가스

도쿄 도 지요다 구 간다스다초1-6-1 | **TEL** 03-3256-5504
영업시간 11:00~14:30 | 17:00~20:30(토11:00~14:30) | **정기휴일** 일요일, 공휴일

간다 일대에서 돈가스 하면 역시 이곳. 참기름으로 튀기는 돈가스는 황금빛 튀김옷이 바삭바삭, 고기는 촉촉한 육즙. 가끔 가는 곳이라 특 로스 정식을 주문하는데, 돈가스덮밥도 맛있다. 양이 꽤 많은데도 가볍게 접시를 비우는 게 신기하다. 그 밖에 민스커틀릿, 굴튀김 등 돈가스 외에도 다양한 음식들이 있다. 정성을 들여 끓인 된장국과 여러 종류를 골고루 담은 채소절임도 아주 맛있어서 늘 감사하는 마음이 든다. 산뜻하고 청결한 가게, 막힘없고 예의바른 대응, 이런 돈가스 가게는 귀하다.

Cafe Eight | 카페

도쿄 도 메지로 구 아오바다이3-17-7 | **TEL** 03-5458-5262 | **영업시간** 11:00~21:30 L.O.
정기휴일 월요일

"채소도 잘 먹어야죠!" 엄마의 입버릇 같은 말이 이곳의 슬로건. 채소와 콩, 곡류를 중심으로 순수채식주의 비건(vegan) 가치관을 철저하게 지켜간다. 비건푸드는 맛없지 않아, 뭔가 부족하지도 않아, 이렇게 즐겁잖아, 라는 메시지가 충분히 느껴지는 메뉴뿐이다. 건강을 챙기고 싶을 때, 채소로 리셋하고 싶을 때 좋다. 날마다 바뀌는 런치는 카레와 현미, 샌드위치, 수프와 천연효모 빵 외에도 쿠스쿠스(밀가루를 손으로 비벼서 만든 좁쌀 모양의 알갱이)나 타코라이스(밥 위에 타코를 얹은 밥) 등으로 새롭게 변화를 준다. 활기찬 낫토덮밥은 채 썬 채소들의 색채가 화사하다. 모든 메뉴는 테이크아웃이 가능하다. 가까운 역은 덴엔도시 선의 이케지리오하시 역.

카페 마뒤(カフェ·マディ) 아오야마점 | 카페

도쿄 도 미나토 구 아오야마5-8-1 신아키라빌딩 1F | **TEL** 03-3498-2891
영업시간 11:00~22:00 L.O.(일, 공휴일11:00~21:00 L.O.) | **정기휴일** 연중무휴

아오야마 거리로 들어선 일곽에 생긴 것은 1994년. 그로부터 20여 년의 세월이 흘러 지역의 공기와 한층 더 어우러져서 빨간 텐트와 밖으로 향한 좌석은 완전히 익숙한 풍경이 되었다. 대화가 오가는 적당히 시끌벅적한 분위기는 마음 편한 카페의 특징. 차 한잔이든 파니니나 샌드위치 같은 가벼운 식사든 글라스와인이든 자유롭게 즐길 수 있다. 혼자일 때는 멍하니 쉬거나 책을 읽거나 시간을 개의치 않고 느긋하게 지낼 수 있다. 니스풍 샌드위치와 오리콩피, 참치와 아보카도 타르타르, 파스타…… 배가 고플 때는 저녁식사로도 이용할 수 있다. 남의 간섭을 받고 싶지 않을 때, 혼자 있고 싶을 때에도 고마운 존재.

Kanbutsu Cafe | 카페

도쿄 도 시부야 구 니시하라3-4-3 아미티 요요기우에하라 2F | **TEL** 03-5465-2210
영업시간 11:00~22:00(일, 공휴일11:00~20:00) | **정기휴일** 연중무휴

요요기 우에하라 역 앞의 자그마한 가게 안에는 개성이 가득. 테마는 건물(乾物), 즉 말린 식재료. 조미료나 소재의 장점을 철저하게 살려낸 드높은 기상을 느낄 수 있다. 점심에는 글루텐 소보로나 온천계란을 얹은 나물덮밥, 스키야키풍의 후레가스덮밥(밀기울을 돈가스처럼 밥 위에 얹은 음식), 유부와 현미 김초밥 세트인 현미 스케로쿠(원래는 가부키 제목인데, 음식에서는 김초밥과 유부초밥 모둠을 뜻함), 제철 채소와 말린 식재료 요리를 모둠으로 담은 kanbutsu 도시락은 800엔. 날마다 바뀌는 된장국은 250엔. 호박 시나몬 포타주, 두부 쏸라탕(시큼하고 매운맛이 나는 국) 등도 있다. 테이크아웃할 수 있는 반찬과 말린 식재료로 만든 과자 종류도 충실하다. 오독오독한 사블레 반죽이 맛있는 무화과 볼로(밀가루, 계란, 설탕을 섞어 살짝 구운 과자) 한 조각 200엔과 크래커 '효로이자이칸(옛날 병사의 군량이었던 자양강장이 가득 담긴 비상식을 이미지로 해서 만든 과자)'을 언제든 사갈 수 있다. '음식은 지혜니라'라는 가르침을 준다.

기쿠(きく) | 일본 요리

도쿄 도 주오 구 긴자8-4-3 야마다빌딩 2F | **TEL** 03-3574-7237 | **영업시간** 17:30~새벽2:00
정기휴일 토요일, 일요일, 공휴일

닛코호텔 뒤편 빌딩 2층에 있는 작은 요릿집. 아담하며 갓포 요리 복장을 한 여주인도 싹싹하다. 이른 시간과 심야 늦은 시간에는 남녀 동반 손님이 많아서 긴자의 밤에는 없어서는 안 될 고마운 가게다. 이런 가게의 카운터에 선뜻 혼자 앉을 수 있다면, 나 홀로 식사의 상급자. 맥주나 청주 안주로 먹고 싶은 것은 감자 샐러드, 사라시쿠지라(기름기를 뺀 희고 연한 고래 고기), 고등어초절임, 우엉조림, 홍살치조림, 고기감자조림, 민스커틀릿…… 모두 다 맛은 훌륭하다. 그중에서도 작은 전갱이에 소금을 뿌리고 튀김옷을 입힌 뒤 바싹 튀겨낸 전갱이튀김은 잊을 수 없는 맛. 맥주와 청주를 두 병, 몇 가지 음식을 주문해서 10000엔 가까이 나왔지만, 긴자 거리에 어울리는 가격. 어른들의 비장의 장소로 알아둬도 좋을 듯하다.

킷사코(キッサコ) | 와인바

도쿄 도 미나토 구 미나미아자부5-1-1 플라자케이 2F | **TEL** 03-5475-5920
영업시간 18:00~새벽1:30 L.O. | **정기휴일** 일요일, 공휴일

도심의 와인 바에 여자 혼자…… 허들이 높은 시추에이션이긴 하지만, 이 가게라면 틀림없이 괜찮을 것이다. 긴 카운터에서 혼자 온 여성 손님이 와인을 즐기고 있는 풍경을 자주 볼 수 있다. 차분한 분위기에 서비스는 정중하다. 시종일관 너무 가깝지도 멀지도 않은 거리를 유지하며, 강요하는 느낌이 없는 것도 장점. 요리도 매우 맛있고, 훈제생선 샐러드나 파스타, 레드와인 카레와 주와리소바(메밀 100퍼센트 국수)도 맛있다. 식사 후에 와인만 마시러 들러도 좋고, 식사만 해도 좋다. 여러 가지 방식으로 이용할 수 있다. 처음에는 누군가와 함께 갔다 조금 익숙해진 후 혼자 가는 방식을 택하면 마음이 훨씬 편하다.

기미마쓰(喜美松) | 내장요리

도쿄 도 다이토 구 아사쿠사4-38-2 | **TEL** 03-3874-5471 | **영업시간** 17:30~22:30 L.O.
정기휴일 토요일, 일요일, 공휴일

혼자일 때 곱창 탐험, 어때요? 물론 역전의 곱창 마니아에게도 꼭 추천하고 싶은 곳. 깜짝 놀랄 만한 신선도는 접시 위의 아름다운 자태를 보면 일목요연. 간 냉회, 간 다타키(겉만 살짝 익힌 일본식 육회), 곱창 폰즈 소스 무침, 생간, 모두 눈이 번쩍 뜨일 정도로 투명감이 있다. 구이도 뛰어나다. 긴 꼬치구이, 뼈갈비구이, 머리고기된장구이, '오야지단고(아재 경단)'라는 메뉴는 쓰쿠네(다진 고기를 반죽해서 튀기거나 구운 음식) 구이를 뜻한다. 가족 경영이라 가정적인 분위기가 넘쳐서 혼자일 때에는 한결 더 편안한 기분을 준다. 고등학생 아드님이 앞치마 차림으로 요리를 날라다주며 정중하게 설명도 해주는데, 서민동네에서 맛볼 수 있는 따스한 온기를 느낄 수 있다. 고토토이 거리에서 센조쿠 거리 상점가로 들어가면 바로.

긴자 이태리테이(イタリー亭) | 이탈리아 요리

도쿄 도 주오 구 긴자1-6-8 | **TEL** 03-3564-2371
영업시간 11:30~15:00 L.O., 17:30~21:30 L.O.(토, 일, 공휴일 11:30~21:00 L.O.)
정기휴일 연중무휴

창업 쇼와 28년(1953년), 좋았던 옛 시절의 긴자 공기를 꾸준히 유지하고 있는 가게 중 하나. 딱 한 번 만나뵌 적이 있는 창업자 요시다 기요시게 씨는 멋진 백발의 신사였다. 전쟁 후, 요시다 씨가 친구 집에서 먹어본 이탈리아 요리에 감격해서 몸소 이탈리아 요리를 연구해 문을 연 가게가 바로 이곳. 특제 가지그라탱, 미네스트로네·로마풍 갈릭토스트, 감자뇨키, 확실한 양념이 왠지 모르게 그리운 옛 맛이다. 벽 한 면에 전철 정기권이나 이름표가 빽빽하게 붙어 있는 예스러운 풍경에도 저절로 안심이 된다. 언제까지고 변치 말고 남아줬으면.

쿠스쿠스리·르와즈(クスクスリー・ロワゾ) | 쿠스쿠스

도쿄 도 세타가야 구 산겐자야2-13-17 | **TEL** 03-3418-8603
영업시간 12:00~14:00 L.O., 18:00~23:00 L.O.(토12:00~23:00 L.O.) | **정기휴일** 일요일

쿠스쿠스는 모로코의 주식. 주키니나 당근, 호박 등의 채소가 듬뿍 들어간 뜨거운 토마토 수프를 쿠스쿠스에 뿌려 먹는다. 소고기와 허브 채소를 넣은 미트볼이나 램촙(양고기) 소테를 얹으면 양이 확 늘어난다. 수제 하리사(고추 페이스트)가 아주 맛있다. 단골손님이 많지만, 여성이나 남성 혼자인 손님 비율도 높다. 자리가 14개인 아담한 가게를 여주인 혼자 시원시원하게 도맡아가며 따뜻하게 맞아준다. 마라케시의 집 같은 빨간 벽, 파란색과 흰색 타일을 붙인 자그마한 테이블, 모로코가죽 쿠션, 그림자를 의식한 조명, 산겐자야 역 앞의 오래된 마켓 '에코 나카미세'에 오도카니 떠오른 별세계에서 편안히 한숨 돌리자.

그릴 그랜드(グリル・グランド) | 양식

도쿄 도 다이토 구 아사쿠사3-24-6 | **TEL** 03-3874-2351
영업시간 11:30~14:00 L.O., 17:00~21:00 L.O. (토요일 17:00~21:00 L.O.)
정기휴일 일요일, 공휴일

아사쿠사 절 뒤편, 고토토이 거리를 건너 들어선 일대에 자리 잡은 가게. 자리에 앉으면 먼저 놔주는 것은 젓가락. 편안한 마음으로 어떤 날은 크램차우더, 샐러드, 오므하야시, 커피와 커스터드 푸딩. 이렇게 맛있는 음식을 혼자만 독점해도 될까, 다음에는 꼭 누구든 데려와야지 하는 생각이 반드시 든다. 믹스프라이나 민스커틀릿과 마시는 생맥주도 더없이 맛있다. 뭘 먹든 대만족. 주인 부부의 따뜻한 서비스에도 서민동네 특유의 친절함이 배어 있어서 기쁘다. 아사쿠사 절을 참배하고, 나카미세를 한차례 구경하고, '하나야시키(놀이공원 이름)'에서 들려오는 환호성에 절로 흥이 나서 '우메조노'에서 선물로 안미쓰(삶은 완두콩에 팥죽을 얹은 전통 후식)라도 사면 좋겠지, 아사쿠사!

구르가온(グルガオン) | 인도 요리

도쿄 도 주오 구 긴자1-6-13 긴자106빌딩 B1 | **TEL** 03-3563-0623
영업시간 11:30~14:30 L.O., 17:00~22:00 L.O.(토, 일, 공휴일12:00~21:00 L.O.)
정기휴일 연중무휴

긴자에서 점심을 먹을 때, 구조선이 되어주는 가게 중 하나. 긴자는 언제나 북적거리지만, 중심에서 조금 떨어진 1초메의 빌딩 반지하에 개방적인 분위기가 있다. 북인도 맛을 살린 카레는 머튼(양고기)과 콩 카레까지 종류가 다양하다. 날마다 바뀌는 런치 카레와 3종류가 나오는 '삼색 카레'가 이득이다. 난은 가게 안에 있는 화덕에서 굽는다. 명물은 난 반죽 안에 걸쭉하게 치즈가 녹아든 치즈 쿨차(밀가루 반죽에 효모를 넣고 발효시켜 부풀린 후에 화덕에 넣고 구운 인도의 둥글납작한 빵). 샤프란라이스와 세트로 시킬 수도 있고, 혼자라도 여러 종류를 같이 맛볼 수 있게 궁리해준 메뉴가 고맙다.

구로네코요루(黒猫夜) | 중국 요리

도쿄 도 미나토 구 아카사카3-9-8 시노하라빌딩1F | **TEL** 03-3582-3536
영업시간 11:30~14:00 L.O., 18:00~23:00 L.O.(토18:00~22:00 L.O.) | **정기휴일** 일요일, 공휴일

"엇, 여길 혼자?!"라며 움츠러들지 모르겠지만, 걱정할 필요 없다. 마니아틱하게 여겨질지 몰라도 사실은 거드름 피우지 않는 분위기에 금방 익숙해질 것이다. 점심은 한정 30식으로 매주 바뀌는 질냄비 밥. 밤에 혼자일 때는 카운터. 스파이시한 우루무치 양꼬치나 채소절임을 안주로 소흥주 3종류 시음 세트 980엔 메뉴도 있다. 함어(생선절임), 쏸차이(배추 식초절임), 푸루(삭힌 두부)를 시작으로 풍미도 향도 강한 소재가 많이 갖춰져 있어서 '독특한 냄새가 나는 음식을 좋아하는 사람'에게는 더할 나위 없이 좋다. 간단한 밑반찬만 주문하기 괴롭다면, 그런 아쉬움을 채워주는 것이 맛있는 소흥주. 중국 본토에서 들여온 소흥 황주와 백주 품목들도 다른 데서는 찾아볼 수 없이 충실하다. 작은 탄탄면이나 볶음국수, 함어볶음밥도 맛있다. 아카사카미쓰케 역 바로 옆이라 집에 가기도 편리하다.

게이라쿠(慶楽) | 중국 요리

도쿄 도 지요다 구 유라쿠초1-2-8 게이라쿠빌딩 | **TEL** 03-3580-1948
영업시간 11:30~21:45 L.O. | **정기휴일** 일요일

쇼와 25년(1950년) 창업. 어디에나 있을 법한 동네 중국 요릿집 풍정이지만, 그 깊이에는 감탄한다. 낮이나 밤이나 혼자일 때 얼마나 많이 신세를 졌는지 모른다. 두툼한 메뉴판에 실려 있는 요리는 200종류 이상, 그중에 딤섬과 맥주만 골라도 좋고, 고모쿠야키소바(고기나 채소 등을 넣고 볶은 국수)나 국물 있는 국수도 좋다. 명물인 치킨 수프를 얹은 볶음밥이나 광동식 카레도 맛있다. 무엇을 어떻게 주문하든 기대를 저버리지 않는다. 점심때 볶음밥 런치는 볶음밥과 수프, 자그마한 디저트가 곁들여 나오는 옛날부터 득이 되는 명물. 맛은 진한 편이고 양은 많다. 여종업원들이 일하는 모습도 시원시원하다. 혼자라도 전혀 눈에 띄지 않는 점이 매우 편하다. JR유라쿠초 역 히비야 출구에서 신바시 방면으로 3분쯤 걸어간 선로 변.

고가암(古家庵) | 한국 요리

도쿄 도 미나토 구 아카사카3-20-8 | **TEL** 03-5570-2228
영업시간 11:30~14:00 L.O., 17:30~23:00 L.O.(土17:30~23:00 L.O.) | **정기휴일** 일요일, 공휴일

전라도 출신인 안정애 씨의 솜씨는 요리 잘하는 어머니의 맛. 부침이 심한 아카사카 한복판에서 안 씨의 '손맛'이 꾸준히 사랑받는 게 기쁘다. 김치는 모두 직접 담그고, 채소를 듬뿍 사용한 오묘하고 깊은 맛이 만족감을 이끌어낸다. 점심이면 양이 풍족하고 영양 균형이 잘 잡힌 정식을 꼭 드시길. 수북한 양배추 위에 향기로운 돼지고기볶음을 얹은 통돼지구이 정식, 혀가 데일 정도로 뜨거운 된장찌개, 9종류나 되는 나물과 도라지, 녹두묵을 얹은 비빔밥, 매콤한 비빔면…… 어떤 걸로 드실래요? 또한 식후에 우유와 꿀을 넣은 고려인삼 주스가 나오는데, 이것 역시 대만족!

고게쓰(湖月) | 갓포 요리

도쿄 도 시부야 구 진구마에5-50-10 | **TEL** 03-3407-3033 | **영업시간** 18:00~21:30 L.O.
정기휴일 일요일, 공휴일

쇼와 42년(1967년) 개업, 아오야마에 조용하게 자리 잡은 어른들을 위한 갓포 요리. 나 보란 듯한 분위기는 전혀 없고, 주방장 사토 씨의 깔끔하고 예리함이 살아 있는 맛이 고요하게 하루하루 맑게 퍼져나간다. 나는 혼자 방문할 때가 많은데, 여주인의 접대는 언제나 겸손하고 온화하다. 일단 붕어회, 누타(잘게 썬 생선, 조개, 채소를 초된장에 무친 음식), 해삼창젓을 주문해서 한상. 겨울에는 지게미된장국이나 순무찜, 미즈나(겨잣과에 속하는 채소) 전골 맛이 더할 나위 없이 좋다. 선대부터 이어져 내려온 맛, 발라낸 도미 살과 잣, 깨가 듬뿍 들어간 이무시(찹쌀을 생선 배에 채우거나 위에 얹어서 찐 요리)도 건재하다. 코스는 13000엔부터지만 예산에 맞춰 주문할 수 있고, 일품요리를 몇 개쯤 고를 수도 있다. 나를 위한 특별한 장소와 맛을 갖고 싶을 때, 틀림없이 그런 마음에 보답해줄 것이다.

코토롯지(コートロッジ) | 스리랑카 요리

도쿄 도 시부야 구 요요기2-10-9 | **TEL** 03-3376-7733
영업시간 11:00~15:00 L.O., 17:00~22:30 L.O.(토, 일, 공휴일11:00~22:30 L.O.)
정기휴일 연중무휴

JR신주쿠 역 남쪽 출구에서 바로, 고슈가도 변의 노란색 간판이 눈길을 끈다. 스리랑카의 카레는 향신료를 복잡하게 사용하면서도 깔끔하고 상쾌한 맛이 특징. 머튼, 치킨, 채소, 파리브(렌틸콩), 어느 카레나 담백하면서도 깊은 맛이 느껴진다. 쫄깃쫄깃한 식감이 나는 스리랑카의 주식인 고담바를 찢어서 카레와 같이 먹어보자. 유리 너머 주방에서 셰프가 작업대에 타닥타닥 내리치며 반죽을 펼치는 모습이 보인다. 식후에는 스파이시한 밀크티로 몸을 따끈하게. 나카노에도 같은 가게가 있다.

고블린(ゴブリン) | 와인바

도쿄 도 미나토 구 니시아자부2-13-19 코트아자부 2F | **TEL** 03-5466-7728
영업시간 18:00~새벽2:00 L.O. | **정기휴일** 일요일, 연휴 때는 연휴 마지막 날만 휴일

니시아자부 교차로에서 아오야마 방면으로 가는 좁은 길가, 입구는 호젓하지만 문을 열면 긴 나무 카운터가 안쪽 깊숙이까지 이어지는 넓은 가게다. 으음, 실은 혼자라도 전혀 문제없다. 두툼한 카운터 자리에 앉으면 의외로 금방 편안해진다. 카운터 안쪽의 소믈리에와 상의해서 고른 자기 취향의 글라스와인 잔을 기울이며, 자, 이제 맛있는 걸 좀 먹어볼까. 실험적인 궁리들을 발현해낸 요리도 많고, 여름에는 유리잔에 담아내는 농후한 토마토를 얹은 라타투유(프랑스 프로방스풍의 채소찜)도 있다. 인기 있는 디저트는 맥캘란 12년산의 크렘 브륄레. 30대 친구는 "시간외근무를 한 후에 '늦은 저녁'을 먹기에도 편하고 좋다"고 했던가.

꼼므 아 라 메종(コム·ア·ラ·メゾン) | 프랑스 요리

도쿄 도 미나토 구 아카사카6-4-15 | **TEL** 03-3505-3345 | **영업시간** 18:00~23:00 L.O.
정기휴일 일요일

적확한 프로의 기량을 제대로 발휘한 프랑스 서남부 랑드 지방의 향토요리. 한 접시 한 접시에 가득 담긴 정성과 성의는 언제 방문해도 기대를 저버리지 않으며, 성실한 맛이란 바로 이런 걸 두고 하는 말이다. 비고르돼지 생햄은 그야말로 절품. 고기를 발라낸 뼈와 가죽을 채소와 콩과 함께 12시간 정도 고아낸 '수프 드 가르뷰', 영양이 넘쳐나는 깊은 맛은 올곧게 요리에 전념해온 와쿠이 셰프의 태도의 상징이기도 하다. 가스코뉴풍 트뤼프, 거위 심장과 피키오(말린 피망) 꼬치구이, 모두 다 확실한 포만감과 만족감을 안겨준다. 밝고 꾸밈없으며, 식후에 먹는 따뜻한 까눌레(프랑스 보르도의 전통과자)에 깃든 성의도 돋보인다. 손님들은 모두 행복한 표정을 짓고 있다. 혼자일 때는 작은 카운터가 있어 기쁘다!

사이사이식당(蔡菜食堂) | 중국 요리

도쿄 도 나카노 구 나카노3-35-2 | **TEL** 03-5385-6558 | **영업시간** 17:00~22:45 L.O.
정기휴일 월요일

나카노의 골목길 안쪽에 자리 잡은, 상해 출신인 사이 씨 부부가 운영하는 이 작은 가게는 무릉도원이다. 행복감에 푹 빠져들게 해주는 보물 같은 가게. 전채는 500엔부터. 혼자라면 푹 삶은 토종닭 큰 토막, 아삭아삭한 푸른 자차이, 돼지갈비흑초볶음 등을 조금씩 시킨다. 술단지에 내주는 소흥주도 훌륭하다. 물만두 같은 요깃거리도 잘 갖춰져 있다. 몽실몽실한 토마토와 계란볶음, 걸쭉한 토란볶음 등 채소요리의 깊은 맛은 더할 나위 없이 좋다! 마파두부는 산초를 알싸하게 넣은 펀치 있는 맛. 마무리로 먹는 족발 수프에까지 애정이 가득. 인공조미료는 전혀 쓰지 않고, 발군의 솜씨가 유감없이 발휘된 담백한 맛이다. 사이 씨의 탁월한 역량에 감탄한다.

사쿄 히가시야마(左京ひがしやま) | 일본 요리

도쿄 도 주오 구 긴자3-7-2 오크긴자 B1 | **TEL** 03-3535-3577
영업시간 11:30~14:30 L.O., 17:30~21:00 L.O. | **정기휴일** 연중무휴

밥을 짓는 적갈색 부뚜막이 이 가게의 상징. 마무리로 나오는 밥은 이 부뚜막에서 지은 것이다. 윤기가 자르르한 밥에 말린 정어리와 채소절임이 곁들여 나오는 것도 교토 금각사 근처의 '나카히가시'와 같은 방식. 요리는 교토에 뿌리를 갖고 있고, 물은 히가시 산을 원류로 하는 지하수를 교토에서 공수해오며 국물을 내는 물까지도 이것을 쓴다. 채소도 교토에서 가져오지만, 샬랑산(産) 오리를 사용하는 등 발상은 자유롭다. 긴자 중심에서 교토를 테마로 한 요리나 가게를 즐기고 싶을 때 이용하면 좋다. 점심이나 저녁이나 코스요리뿐, 점심에는 사키즈케, 국물, 구이요리, 밥, 말린 정어리와 반찬과 채소절임, 과일로 2625엔과 4200엔 코스가 있다. 밤에는 5250엔부터.

사사긴(笹吟) | 선술집

도쿄 도 시부야 구 우에하라1-32-15 제2고바야시빌딩 1F | TEL 03-5454-3715
영업시간 17:00~23:00 L.O., 토17:00~22:30 L.O. | **정기휴일** 일요일, 공휴일

밤마다 북적이는데도 가게 공기에는 늘 상큼한 투명감이 감돈다. 그것이 바로 주변 선술집들과 한 획을 긋는 면이다. 서비스는 시원시원하다. 카운터 안쪽에 있는 주인의 다정한 눈길이 구석구석까지 꼼꼼하게 닿기 때문이겠지. 그래서 혼자라도 전혀 신경이 쓰이지 않는다. 냉장고에 쭉 늘어선 일본 술 중에서 자기 취향에 맞는 술을 상의해서 고른다. 또한 확실한 솜씨가 발휘된 제철 안주에 혀가 춤춘다. 거의 한 달에 한 번은 바뀌는 메뉴 종류도 다양하다. 모든 요리에 세련된 경쾌함이 감도는 점이 대단하다.

사누키우동대사(讃岐うどん大使) 도쿄멘쓰단(東京麺通団) | 우동

도쿄 도 신주쿠 구 니시신주쿠7-9-15 다이칸플라자비즈니스 기요타빌딩 1F | TEL 03-5389-1077
영업시간 10:00~새벽1:30 L.O. | **정기휴일** 연중무휴

셀프 사누키 우동은 만만치않다. 가게에 들어서자마자, “뜨거운 거? 차가운 거? 국물은 넣나, 안 넣나? 튀김은?” 상황을 휙휙 몰아붙이기 때문에 필사적으로 판단을 내리며 가까스로 사태를 진행시킨다. 그렇지 않으면 줄 바로 뒤에 서 있는 사람이 우왕좌왕 어쩔 줄 몰라 할 테니까. 무사히 자리에 앉은 후에는 오늘 내가 내린 판단의 결과를 찬찬히 바라본다. 쟁반에 늘어선 메뉴는 파가 듬뿍 들어간 작은 냉 우동, 지쿠와 이소베아게(튀김옷에 파래를 넣고 튀긴 음식), 유부초밥. 가격은 100엔짜리 동전 다섯 개 남짓. 그러면 맛있게 먹을 수 있다.

산슈야(三州屋) | 선술집

도쿄 도 주오 구 긴자2-3-4 | **TEL** 03-3654-2758 | **영업시간** 11:30~22:30 | **정기휴일** 일요일

굴튀김 정식이 먹고 싶을 때면 가장 먼저 떠오른다. 라드(요리용 돼지기름)에 노릇노릇 갈색으로 튀겨낸 굴은 탱글탱글. 당당한 굴튀김 다섯 개, 밥과 국물, 채소절임에 1000엔은 고맙다. 나미키 거리에서 좁은 골목으로 들어가야 해서 장소를 찾기는 어렵지만, 격자문을 드르륵 열면 그곳은 긴자의 대중 선술집. 중간 휴식시간 없이 밤까지 영업을 계속하므로 점심식사를 놓쳤을 때도 편리하다. 벽 한 면에 넘쳐날 정도로 빽빽이 붙어 있는 메뉴에 압도당하지만, 조림, 구이, 튀김, 밑반찬 등등 뭐든 다 있는 편안함이 장점이다. 닭고기두부조림, 정어리조림, 감자 샐러드도 인기. 오랫동안 일해온 가게 아주머니들의 대응이 때로는 거칠지만, 눈을 치뜨지 않고 가볍게 넘기는 게 승리의 비법.

J-cook | 카페·레스토랑

도쿄 도 시부야 구 진구마에3-36-26 | **TEL** 03-3402-0657
영업시간 8:00~22:00(일11:00~18:00) | **정기휴일** 월요일

진구마에 3초메, 아오야마의 뒷골목에 흐르는 편안한 시간에 젖어들고 싶을 때마다 이 가게를 알고 있어서 정말 다행이라고 늘 생각한다. 예를 들면 맑은 날 오후, 내리쬐는 부드러운 햇볕 아래에서 책을 읽는다. 테라스의 나무 테이블 위에는 커피와 사기그릇째로 내오는 프랑스 전통의 맛이 나는 푸딩 '포토 드 크렘'. 해질녘에는 핫와인. 배가 고프면 조개와 오크라를 넣은 스파이시한 검보 수프, 양고기 카레, 닭고기와 무를 넣은 부용 수프, 장어양념구이가 들어간 필라프, 스파게티…… 배도 마음도 가득 채워준다. 오픈한 지 20여 년째, 어른들을 위한 카페다.

신스케(シンスケ) | 선술집

도쿄 도 분쿄 구 유시마3-31-5 | TEL 03-3832-0469
영업시간 17:00~21:30 L.O.(토17:00~21:00L.O.) | **정기휴일** 일요일, 공휴일

자유발랄한 공기의 중심에 흐르는 것은 단호한 정갈함. 검은 격자문에 밧줄로 된 포렴. 드르륵 문을 열면, 청결한 긴 원목 카운터. 하얀 술병에는 선명한 쪽빛으로 상큼하게 새겨진 'シンスケ(신스케)' 로고. 창업 다이쇼 14년(1925년), 유시마텐진(학문의 신을 모신 유시마텐만궁의 속칭) 아래 '정일합(正一合, 정확한 한 홉, 즉 180밀리리터를 의미함) 가게 신스케'에는 도쿄를 대표하는 선술집의 미학이 관통하고 있다. 그러면서도 강요하는 분위기가 전혀 없는 점이 핵심. 단골손님이든 훌쩍 들른 손님이든 모두 어깨를 나란히 하고 즐겁게 마신다. 봄, 여름, 가을, 겨울 어느 때나 각 계절의 제맛이 등장해서 청주도 맥주도 술술 넘어간다. 정어리 간세키아게(다양한 재료를 이용해서 암석처럼 우툴두툴한 모양으로 튀긴 음식), 참치누타, 에도마에(도쿄만에서 잡히는 어류) 붕장어, 해삼창젓, 전갱이초절임…… 정말로 모든 음식을 다 추천한다.

진로쿠(甚六) | 선술집

도쿄 도 미나토 구 아오야마3-6-18 공동빌딩 B1 | TEL 03-3407-8126
영업시간 18:00~23:00 L.O. | **정기휴일** 일요일, 공휴일

아오야마 거리 변 오래된 빌딩 지하에 사랑할 수밖에 없는 선술집 '진로쿠'가 있다. 언제나 만석, 매우 북적거린다. 아저씨와 오빠들이 가득해도 주눅 들 필요는 없다. 혼자일 때는 그냥 안으로 쑥쑥 들어가서 가장 안쪽에 있는 카운터에 진을 친다. 자 그럼, 이제 시켜볼까. 참치와 파드득나물무침, 유부에 계란을 떨어뜨려 튀겨낸 유부튀김, 고추냉두부, 소시지볶음, 고야 찬푸루, 부추 다마고토지(국건더기 등에 계란을 풀어 얹어 엉기게 한 음식), 가지생강구이, 낙지김치…… 급소를 제대로 찌르는 안주는 하나같이 맛있고 싸서 더없이 기쁘다. 술은 맥주, 소주, 청주, 아와모리, 오늘 밤은 뭘 마실까? 긴장이 확 풀리는 편안한 술 한잔.

즈이엔벧관(隨園別館) 신주쿠 본점 | 중국 요리

도쿄 도 신주쿠 구 신주쿠2-7-4 | TEL 03-3351-3511
영업시간 월~목11:00~14:00 L.O., 17:00~22:00 L.O.(금, 토, 일, 공휴일11:00~22:00 L.O.)
정기휴일 연중무휴

평범하게 맛있고 배불리 먹을 수 있고 싸다. 30년 넘게 다니고 있는데, 동네 가게 같은 분위기라 혼자 가도 위화감을 주지 않는다. 오이를 곁들인 고기된장메밀국수, 미펀(쌀가루로 만든 납작한 국수) 볶음, 소 아킬레스건 탕면 등등의 면 종류. 물만두, 새우부추만두, 소룡포, 샤우롱바오(대나무 찜통에 쪄낸 중국식 만두), 무떡 같은 요깃거리만 먹어도 된다. 맥주에 이곳의 명물인 '합채대모(合菜戴帽)' 1200엔을 주문할 때도 가끔 있다. 합채대모는 다섯 가지 채소볶음에 몽실몽실한 계란부침을 덮은 일품요리이며, 병(餠, 밀가루 피)에 단 된장을 바르고, 파와 채소볶음, 계란을 얹어서 둘둘 만다. 여러 가지 맛이 오묘하게 어우러진다. 점심 정식 700엔도 추천.

세이린칸(聖林館) | 피자

도쿄 도 메구로 구 가미메구로2-6-4 | TEL 03-3714-5160
영업시간 11:30~13:30 L.O., 18:00~21:30 L.O.(일, 공휴일12:00~14:30 L.O, 17:00~21:00 L.O.)
정기휴일 연중무휴

단단한 철판으로 지은 건물은 흡사 무슨 공장이나 요새 같다. 한 발짝을 안으로 들여놓으면, 거기에서는 돌화덕 앞에 진을 친, 하얀 티셔츠와 청바지 차림의 주인 가키누마 씨가 열심히 피자를 굽고 있다. 피자 종류는 마르게리타와 마리나라 두 개뿐. 정면에서 당당히 승부를 걸어온다. 주문할 때마다 살아 있는 듯이 탄력 있는 생반죽을 대리석 조리대 위에 재빨리 펼쳐서 토마토 소스를 바르고, 모차렐라를 찢어서 뿌린다. 서둘러 갖다주는 갓 구워낸 피자에서는 재즈의 애드리브가 들려올 것만 같다. 쫄깃쫄깃, 바삭바삭, 쭈~욱, 기골이 느껴지는 맛. 혀 위에서 춤추며 날아오른다. 혼자일 때는 카운터에서 와인과 함께 가볍게 한 쪽.

신주쿠 나카무라야 본점 루파(ルパ) | 카레 및 기타

도쿄 도 신주쿠 구 신주쿠3-26-13 신주쿠나카무라 본점 2F | **TEL** 03-3352-6161
영업시간 11:00~22:00 | **정기휴일** 연중무휴(임시휴업 있음)

'일본 최초 정통 인도식 카레'에는 탄생 비화가 있다. 다이쇼 4년(1915년), 일본으로 망명한 인도 독립운동지사인 라슈 비하리 보스의 신변을 보호해준 사람이 '나카무라야'의 창업자인 소마 부부였다. 이것이 계기가 되어 인도 본고장의 카레를 배우게 되었고, 쇼와 2년(1927년)부터 팔기 시작했다. 곧바로 평판을 불러일으킨 '나카무라야'의 카레 맛은 건재하다. 재료에 공을 들인 뼈가 붙은 닭고기와 양파, 20종 이상의 향신료, 버터, 요구르트 등을 푹 끓여서 만든다. 양식이나 중국 요리도 갖춰져 있어서 가족 동반이나 손자를 데려온 할아버지 모습도 보인다. 백화점 푸드코드 같은 장점이 있다.

수프스톡 도쿄(スープストック·トーキョー) | 수프

오차노미즈점, 코레도니혼바시점, 지유가오카점, 루미네신주쿠점 외 영업시간, 정기휴일은 매장에 따라 다릅니다.

밥 먹는 시간조차 아까울 때가 있다. 마음에 여유가 없거나 초조할 때, 배는 분명히 비었는데 식욕이 통 없다거나 혹은 굳이 식당에 들어가는 게 번거롭게 느껴질 때도 있다. 그럴 때는 가벼운 수프가 좋다. 따뜻한 음식을 조금이라도 먹어주면 체온이 올라가 마음이 풀리고, 역시 먹길 잘했다는 생각이 드니까. 길모퉁이에서 언뜻 눈에 띄어서 지나는 길목에 먹었던 따끈한 제철 수프, 이것은 정말 편리하다. 화학조미료나 합성감미료 등을 쓰지 않은 무첨가 음식. 스트로가노프(볶은 쇠고기에 러시아식 사워크림 스메타나를 곁들인 요리)나 굴라시(헝가리의 전통요리로 고기와 야채로 만든 스튜), 일본식 수프, 보르시치(쇠고기, 육수, 비토와 계란 등을 넣어 만든 우크라이나식 수프) 등등 다양하다. 빵과 함께 먹으면 양도 충분하다. 카레도 있다.

다이메이안(泰明庵) | 메밀국수

도쿄 도 주오 구 긴자6-3-14 | **TEL** 03-3571-0840 | **영업시간** 11:30~21:00(토11:30~15:00)
정기휴일 일요일, 공휴일

다이메이 초등학교 근처에 온화한 공간이 있다. '아, 긴자의 보물 같은 국숫집이네'라는 생각이 늘 든다. 국수를 먹고 싶을 때도, 제철 안주를 조금씩 집어먹으며 한잔 마시고 싶을 때도 틈만 나면 발길을 한다. 미나리국수, 미즈나국수, 잎새버섯카레국수, 가키난반(굴과 파를 넣은 국수), 배추와 닭고기, 오리 세이로소바, 튀김국수, 오로시소바(국물에 무즙을 넣어 먹는 메밀국수)…… 어느 걸 먹을지 늘 망설이게 된다. 모리소바(대발을 깐 작은 나무 그릇에 담은 메밀국수)와 가케소바(장국에 말아 먹는 메밀국수)는 500엔. 전신(前身)은 쇼와 20년대에 같은 장소에서 개업한 생선 가게였던 만큼 신선한 재료가 탁월하다. 가을, 겨울은 소주 소바유와리(국수장국을 넣어 묽게 만든 소주)와 함께 이리폰즈(물고기 이리에 폰즈 소스를 뿌린 음식), 굴 전골, 미나리나물, 잎새버섯튀김, 은행채소튀김 등 조촐한 요리들도 훌륭하다. 크리미한 소바크로켓은 숨겨진 명작이다.

다이메이켄(たいめいけん) (1F) | 양식

도쿄 도 주오 구 니혼바시1-12-10 | **TEL** 03-3271-2465
영업시간 11:00~20:30 L.O.(일, 공휴일11:00~20:00 L.O.) | **정기휴일** 연중무휴

쇼와 6년(1931년) 창업, 예스러운 공기를 농후하게 보존해온 양식당. 점심때가 되면 근처에서 일하는 사람들의 단골식당이 되어 오늘도 북적북적 요란하다. 보르시치 50엔, 코울슬로 샐러드 50엔, 변함없는 옛날 가격으로 노포(老鋪)의 기개를 보여준다. 혼자일 때는 남에게 신경 쓸 수 없는 혼잡함이 오히려 더 편할 때가 있다. 게다가 양식은 물론 라면까지 갖춰져 있어서 어느 가게를 갈지 망설여질 때도 편리하게 이용할 수 있다. 라면과 새우튀김을 주문하는 방법도 가능하다. 늦은 오후가 되면 게크림크로켓과 샐러드를 안주 삼아 맥주 작은병을 앞에 둔 문고본을 읽는 나 홀로 손님도 보인다. 1850엔짜리 인기 메뉴 탄포포오므라이스(일본 영화감독 이타미 주조의 〈탄포포〉라는 영화에 등장한 오므라이스)도 인기 메뉴 .

다카노(たか野) | 일본 요리

도쿄 도 미나토 구 롯폰기4-4-3 롯폰기교와빌딩서관 1F | **TEL** 03-3401-3537
영업시간 18:00~23:00 | **정기휴일** 일요일, 공휴일

거드름 피우는 분위기가 전혀 없는, 그러면서도 빈틈은 찾아볼 수 없다. 카운터 너머에서 날마다 부엌칼과 싸우는 주인은 아카사카. '쓰야마(津やま)'에서 수업한 후, 교토에서 오반자이(교토의 전통 반찬) 수업을 하신 분. 뭘 시켜도 맛있다. 비지, 연근과 우엉조림, 가게에서 직접 만든 사쓰마아게(생선 살을 갈아서 당근 우엉 등을 섞어 기름에 튀긴 음식), 일본식 크로켓, 남경소바(라면의 옛 명칭), 생 명란젓구이, 빨간 곤약, 전갱이 난반즈케(식초, 술, 소금을 섞은 국물에 생선이나 채소를 절인 음식), 간모도키(유부의 한 종류, 두부 속에 다진 채소나 다시마 등을 넣어 기름에 튀긴 음식)…… "히라마쓰 씨에게 꼭 소개하고 싶다"며 먹보 지인이 데려가 줘서 감격했다. 오반자이를 중심으로 몸과 마음을 차분하게 가라앉혀주는 음식들이 늘어서는 어른들의 가게. 카운터에서 조용하고 느긋하게 맛을 음미하고 싶을 때 좋다. 혼자라면 술을 가볍게 마시며 좋아하는 요리를 주문하면 7000~8000엔 정도.

다바 인디아(ダバ·インディア) | 카레

도쿄 도 주오 구 야에스2-7-9 | **TEL** 03-3272-7160
영업시간 11:15~14:30 L.O., 17:00~22:00 L.O.(토, 일, 공휴일12:00~14:30 L.O., 17:00~21:00 L.O.)
정기휴일 연중무휴

남인도에서 먹는 정식 풍경을 고스란히 큼지막한 바나나 잎 위에 담아낸다. 혼자 먹을 경우는 베지 밀즈(인도의 전통 주식을 의미함)나 다바 밀즈가 일반적인데, 베지 밀즈는 날마다 바뀌는 채소 카레 2종류, 타마린드의 산미가 깃든 라삼 수프, 통밀가루 튀김빵 푸리, 콩전병 파파드로 구성. 2000엔. 다바 밀즈는 카레가 여섯 종류가 나와서 배가 꽉 찬다. 2100엔. 쌀가루와 렌틸콩을 하룻밤 발효시켜서 철판에 구운 바삭바삭한 도사(dosa)도 남인도 고유의 맛이다. 이 가게라면 손으로 먹는 것도 자연스럽다. 새로운 맛의 세계가 열린다.

타피아(タフィア) | 바

도쿄 도 미나토 구 니시아자부 2-15-14 웨스트포인트빌딩 1F | TEL 03-3407-2219
영업시간 19:30~새벽4:00 L.O. | **정기휴일** 일요일

여주인이 운영하는 이 바는 온화한 가정적인 분위기라 밤늦게라도 안심하고 갈 수 있어서 기쁘다. 오너의 한 사람인 다토 지에 씨의 세속에 초연한 매력도 멋지다. 쿠바, 파나마, 베네수엘라, 마르티니크 등등 카리브해 주변의 럼이 100종 이상. 칵테일도 카이피리냐, 티펀치, 모히토 등 철저하게 갖춰두었다. 중독이 되는 샤프한 풍미의 콜롬보 카레, 망고를 라임 주스와 트리파(소의 내장) 조림 등등 요리 맛도 훌륭하다. 살짝 옛 생각이 나는 온화한 공간은 귀중하다.

타베고토야(たべごと屋) 노라보우(のらぼう) | 바

도쿄 도 스기나미 구 니시오기키타 4-3-5 | TEL 03-3395-7251 | **영업시간** 17:00~23:00 L.O.
정기휴일 월요일

'노라보우'라는 이름은 무사시노 지구에서 수확되는 '노라보우나(유채과 채소의 일종)'에서 따온 것. 가게 주인인 아케미네 마키오 씨가 직접 구입한 채소와 생선은 계절 별로 소재의 맛을 최대한 살려낸 맛. 은근하게 몸으로 스며든다. 도심에서 방문하는 손님과 지역 손님들로 매일 만원이고, 21시 무렵까지는 예약을 안 하면 못 들어가는 경우가 허다하다. 그러나 혼자면 늦은 시간대에 카운터가 목표. 시라아에나 계란말이, 채소튀김, 니비타시(붕어 등을 구워 초간장에 무르게 조린 요리), 현미볶음밥 등등 혼자 맛볼 수 있는 일품요리도 잘 갖춰져 있다. 청주와 소주, 아와모리, 와인 등 술도 다양하다. 성실한 서비스, 온화한 공기. 혼자 가도 따뜻하게 맞아준다.

CICOUTE CAFE | 카페

도쿄 도 세타가야 구 다이타5-1-20 | **TEL** 03-3421-3330 | **영업시간** 12:00~20:30 L.O.
정기휴일 수요일

늘 북적이는데도 독특한 차분함이 감도는 카페. 만석일 때, 카페에서까지 순서 대기는 하고 싶지 않다고 생각하면서도 기다리게 만드는 무언가가 이 공간에는 있다. 손님 대부분은 주로 여성. 물론 차만 마실 수도 있지만, 아무래도 먹고 싶어지는 것은 홈메이드인 흰색과 검은색 머핀. 식감은 바삭하고 안은 쫀득쫀득, 맛있는 밀가루 맛이 입 안에 퍼진다. 버터를 듬뿍, 햄치즈나 꿀 중에서 선택한다. 건더기가 가득한 수프와 샐러드가 곁들여진 치쿠테 세트는 살짝 배가 고플 때 딱 좋다. 조용하게 흐르는 스윙재즈나 자이브, 살짝 어스름한 조명, 그 자리의 공기에 녹아 있는 온화한 대응, 분명 좋은 시간을 보냈다는 생각이 저절로 들 것이다.

지소솟타쿠(馳走啐啄) | 일본 요리

도쿄 도 주오 구 긴자6-7-7 우라노빌딩 2F | **TEL** 03-3289-8010
영업시간 11:30~13:00 L.O., 18:00~20:00 L.O.(토18:00~20:00 L.O.) | **정기휴일** 일요일, 공휴일

니시고반(西五番街) 가에서 신바시 방면으로 걸어가다 오른편의 작은 빌딩 2층으로 올라가면, 입구에 뿌려둔 물과 향냄새가 맑고 산뜻한 기분을 불러일으킨다. 오모테센케(다도 유파의 하나)의 다도인이기도 한 니시즈카 시게미 씨의 요리는 한결같이 계절에 순응해 제철 재료 본연의 맛을 슬그머니 무대로 밀어내는 듯한 은근한 매력이 있다. 가게 이름은 중국 송대의 불서 『벽암록』의 줄탁동시(啐啄同時)에서 따왔다고 한다. 테이블에 나온 요리를 사이에 두고, 서로가 동시에 나란히 걸어가는 모습을 드러낸다. 산해의 은혜를 예쁘게 담아낸 묘미를 음미할 수 있는 점심은 3990엔. 저녁 가이세키 코스는 10500엔부터. 혼자일 때도 주눅 들지 말고 카운터에서 느긋하게. 갓포 요리 복장을 한 여주인의 상냥한 웃는 얼굴에 마음이 온화해진다. 자기 자신에게 상을 주고 싶을 때 찾아보시길.

초핫카이(豚八戒) | 만두

도쿄 도 스기나미 구 아사가야미나미3-37-5 | **TEL** 03-3398-5527 | **영업시간** 18:00~24:30 L.O.
정기휴일 월요일

파삭파삭한 얇은 옷을 휘감은 날개 달린 만두는 꼭 시켜야지. 오묘한 매운맛이 여운을 끄는 마라(麻辣, 중국어로 맵고 얼얼하다는 뜻) 만두도. 그 밖에 두부만두나 새우만두 등 특이한 만두 종류가 다양하다. 탱탱한 식감을 주장하는 맛있는 만두피는 가게를 지키는 사모님의 고향인 중국 하얼빈의 가정의 맛. 작은 접시에 내오는 냉채는 자차이와 풋콩무침, 오이와 마른 새우무침, 채 썬 감자, 모두 다 깔끔하고 담백한 풍미. 생맥주도 좋고 느긋하게 소흥주를 맛봐도 좋다. 1층은 카운터 6석, 부부가 직접 꾸민 내부 장식이 사랑스럽다. 좁은 계단을 올라가면 2층에도 6석 정도 공간이 있다. 조그만 공간에 가득 찬 가정적인 공기에 휩싸이면 왠지 굉장히 행복해진다.

디릿토(ディリット) | 이탈리아 요리

도쿄 도 시부야 구 가구라자카3-55-2 하라빌딩 1F | **TEL** 03-5350-6588
영업시간 18:00~22:00 L.O.(토, 일, 공휴일12:00~14:00 L.O., 18:00~22:00 L.O.)
정기휴일 수요일, 첫째 화요일

테이블 외에 설치해둔 주방 앞의 카운터 4석이 혼자 먹기에는 절호의 자리다. 코스도 추천하지만, 파스타와 샐러드, 와인으로 선택한 가벼운 식사주문도 받아줘서 기쁘다. 파스타 맛은 훌륭하다. 계절에 어울리는 메뉴가 늘어서 있는 파스타는 예를 들면 이런 구성. 가라스미(숭어, 방어, 삼치 등의 알집을 소금에 절여 말린 식품) 스파게티, 신(新) 우엉과 라구 탈리아텔레, 고구마와 트뤼프 라비올리, 사프란 풍미 정어리 스파게티 시금치 오레키에테('작은 귀'라는 뜻의 중앙부가 오목하게 파인 타원형 파스타), 토마토와 무당게 스파게티, 냉 탈리올리니 벚꽃새우 프리토(이탈리아 말로 튀김이라는 뜻), 새끼양 토르텔리(라비올리를 부르는 다른 말)…… 가구라자카 역에서 로쿠고 거리 상점가를 거쳐 터벅터벅 걸어오길 잘했다는 생각이 저절로 든다.

덴시게(天茂) | 튀김

도쿄 도 미나토 구 아카사카 3-6-10 제3세이코빌딩 2F | TEL 03-3584-3746
영업시간 11:30~14:00, 18:30~20:30 L.O. | **정기휴일** 토, 일, 공휴일

맛뿐만 아니라 가게의 생김새에서도 용기를 얻는 경우가 있다. 나에게는 '덴시게'가 바로 그런 가게 중 하나다. 노포인 '덴시게'를 선대에게 갑작스럽게 물려받게 된 사람은 본가의 따님. 영어교사에서 튀김 달인으로 변신해서 오늘날까지 튀김 외길 인생을 걸어왔다. 하얀 가운을 입고, 머리를 단정하게 꽉 묶고 튀김을 튀기는 진지한 시선을 볼 때마다 저절로 등줄기가 곧게 펴진다. 명물은 튀김덮밥. 참기름으로 바짝 튀겨낸 개량조개와 새우채소 튀김을 간발의 차이도 없이 진한 맛국물에 획 담갔다 밥 위에 얹는다. 함께 곁들여 나온 유자 한 조각의 향기와 더불어 사박사박 획획 그릇을 비운다. 바지락된장국도 맛있다. 잘 먹었습니다. 저도 힘낼게요.

도류(登龍) | 중국 요리

도쿄 도 미나토 구 아자부주반2-4-5 | TEL 03-3451-0184 | **영업시간** 11:15~21:00 L.O.
정기휴일 화요일

비싸다. 그래도 맛있다. 가게 앞을 지나다 보면 질질 끌려 들어갈 지경이라 곤란하다. 그럴 만한 독특한 탄탄면. 스스로 '고급 중국 요리'라고 자칭하는 만큼 사천황면(탄탄면) 1800엔. 운탄면 1700엔. 하인황면(새우국수) 3000엔…… 특별한 가격. 만두는 2000엔!(큰 만두 5개). 그러나 맛 역시 특별하다. 확실하게 대접해주는 검은 옷을 차려입은 종업원의 서비스도 좋다. 시원한 재스민티, 파란 고추 간장조림, 호두물엿 버무림. 디저트는 메론셔벗. 예로부터 내려온 전통적인 '고급 중국 요리'가 고스란히 이곳에 있다. 그런데도 1층에는 지역 단골손님들이 신문을 펼치고 먹고 있으니, 아자부주반은 꽤 깊이 있는 곳이군.

도제우이다야(どぜう飯田屋) | 미꾸라지 요리

도쿄 도 다이토 구 니시아사쿠사3-3-2 | **TEL** 03-3843-0881 | **영업시간** 11:30~20:30 L.O.
정기휴일 수요일

아사쿠사 땅에 메이지 35년(1902년)에 창업, 지역 사람들에게 각별히 사랑받는 미꾸라지 요릿집. 정통한 사람들이 즐기는 음식은 통미꾸라지에 파, 우엉을 넣고 함께 끓인 전골이지만, 뼈를 빼낸 '누키 전골'이나 '야나가와 전골'도 맛있다. 서민동네에서 자란 친구는 혼자일 때는 일단 맥주, 미꾸라지와 우엉튀김. 그리고 시원한 다루사케(삼나무 통에 저장하여 나무향이 밴 뒤 병에 옮겨 담은 술)를 홀짝홀짝 마시며 통미꾸라지 전골을 느긋하게 즐기는 게 정해진 코스란다. 전골이 끓는 상태를 봐가며 불 조절을 알맞게 하는 것도 재밌다. 달짝지근하고 매콤한 국물이 밴 부드러운 미꾸라지를 안주로 한잔. 중독이 돼서 자꾸 먹고 싶어진다. 마무리는 밥과 채소절임이나 계란덮밥으로 결정.

Nakameguro Taproom | 맥주

도쿄 도 메구로 구 가미메구로2-1-3 나카메구로GT 플라자C동 2F | **TEL** 03-5768-3025
영업시간 14:00~23:00 L.O.(토, 일, 공휴일12:00~23:00 L.O.) | **정기휴일** 연중무휴

퇴근길에 시원하게 한잔, 맛있는 맥주를 마시고 싶다. 그렇지만 아저씨들이 기염을 토해내는 비어가든은 피곤하다. 그럴 때는 널찍한 가게 안에 캐주얼한 나무 테이블을 늘어놓은 이곳을 추천한다. 맥주는 모두 주목을 모으고 있는 누마즈(沼津)의 브루어리 '베어드 비어' 제(製). 미국 출신의 맥주 명인 브라이언 베어드와 사유리 부부가 혼신을 다해 만든 크래프트 비어는 종류가 아주 많다. 라거비어에서 에일까지 계절별로 유자나 귤 등의 감귤류, 베리, 호박 등 다양한 풍미를 살린 맥주도 등장한다. 샐러드와 파스타도 있다.

나나쿠사(七草) | 일본 요리

도쿄 도 세타가야 구 다이타5-1-20 | **TEL** 03-3410-2993 | **영업시간** 17:30~21:00 L.O.
정기휴일 월요일

시모키타자와 역에서 완만한 언덕길을 내려가 오다큐 선 건널목 바로 앞, 남몰래 조용히 자리 잡은 '나나쿠사'는 혼자 편하게 시간을 보내고 싶을 때도 끌어안아줄 것 같은 따스함이 감돈다. 마에자와 리카 씨가 채소와 정면승부를 하는 진지한 태도는 요리의 맛에서 고스란히 드러난다. 혼자라면 카운터에서 일품요리를. 역시나 맨 먼저 먹고 싶어지는 음식은 따끈하게 데운 제철 채소 스리나가시(으깬 채소나 두부에 맛국물을 붓고, 소금이나 간장, 된장으로 양념한 일본풍 포타주) 한 그릇. 몸속 구석구석까지 번져가는 듯한 깊은 맛에 식욕이 살아나며 가슴속 깊은 곳까지 지그시 스며든다. 계절별로 언제 방문해도 그때그때의 맛이 반갑게 맞아준다. 변함없이 늘 나오는 돼지 삼겹살과 콩조림이나 디저트인 언두부도 항상 손님을 기다리고 있다.

나미키야부(並木藪) | 메밀국수

도쿄 도 다이토 구 가미나리몬2-11-9 | **TEL** 03-3841-1340 | **영업시간** 11:00~19:00 L.O.
정기휴일 목요일

아사쿠사 가미나리몬에서 고마가타 다리 서쪽 다릿목 방면으로 가면 바로. 1913년(다이쇼 2년) 창업, 빌딩들 틈새에 목조건물이 오도카니 자리 잡고 있다. 일단은 중량감 있는 향기를 뿜어내는 농후한 풍미의 양념국물에 맛보는 자루소바. 따뜻한 국수는 노리카케(김을 얹은 국수), 다마고토지(계란을 풀어 넣은 국수), 오카메(어묵, 송이, 유부, 김을 넣은 국수), 야마카케(마즙을 친 국수), 튀김국수 등등. 겨울철(11~3월)이면 역시 가모난반 1700엔. 딱 하나 들어 있는 오리 즈쿠네 맛도 나미키야부만의 독특한 맛. 편안하게 앉아 쉴 수 있는 객석에서 먹어도 좋고, 테이블에서 얼른 먹고 일어나도 좋다. 자연스럽고 강요하는 느낌이 없는 가벼운 공기는 이 가게만의 독특한 분위기. 술은 기쿠마사무네(일본의 주조회사)의 다루사케. 향기로운 메밀된장(된장에 메밀을 버무린 음식)에 한잔 마시는 것도 좋다.

나무사오(ナムサオ) | 타이·베트남 요리

도쿄 도 미나토 구 아카사카3-14-7 uni아카사카 4F | TEL 03-3505-3147
영업시간 11:45~13:30 L.O., 18:00~22:30 L.O.(토17:00~21:30 L.O.)
정기휴일 일요일, 공휴일은 부정기 휴일

베트남어로 '5성(星)'. 이름 그대로 확실한 개성이 살아 있는 맛에는 신선한 소재도 한몫을 한다. 홀몸으로 베트남에 건너가 국영 소리사 학교에서 수업을 하고, 곳곳을 여행하며 요리를 체득한 오너 셰프 스즈키 씨의 솜씨와 성의가 요리마다 가득 담겨 있다. 모든 요리는 설렁설렁한 흔적이라곤 찾아볼 수가 없지만, 소꼬리를 푹 고아낸 수프 '한우아'의 맛은 감동적. 런치는 그날의 메인요리 일품에 샐러드, 디저트가 곁들여 나온다. 밤에는 아라카르트('식단에 따라서'라는 뜻. 음식점에서 손님이 식성에 따라 한 가지씩 마음대로 주문하는 요리를 뜻함)로 선택하는데, 혼자라면 카운터에서! 맛있는 음식을 조금씩 골고루 주는 세트 메뉴가 있으며, 신발을 벗고 올라가는 싹싹한 분위기에 긴장을 풀 수 있다.

니하오(您好) | 만두

도쿄 도 시부야 구 니시하라2-27-4 마스모토주점 2F | TEL 03-3465-0747
영업시간 17:00~24:00 L.O. | **정기휴일** 일요일

물만두, 군만두, 튀김만두…… 아아, 망설여진다. 나는 혼자일 때는 대체로 물만두와 튀김만두, 그리고 소시지와 셀러리무침과 맥주. 베이징 지역에서 먹는 만두 맛 그대로, 만두피는 탱탱하고 씹으면 깊은 맛이 배어나온다. 역시 만두는 밀가루 맛, 만두피의 풍미를 깊이 음미하는 거라고 새삼스레 인식하게 만든다. 또 한 가지 즐거움은 카운터에 진을 치고, 만두피 만드는 데 온 정성을 다 쏟는 모습을 지켜보는 것. 숙성시킨 반죽을 잘라 막대기 모양으로 늘려서 끊어내고, 숙련된 손놀림으로 밀방망이를 굴리며 원형으로 펼쳐서 속을 넣고 하나하나 마무리 짓는다. 만들기 시작해서 입에 넣을 때까지 입 안에서 한 줄 시간이 이어지는 이 윤택함!

니코미야 나리타(煮こみや なりた) | 와인·프랑스 요리

도쿄 도 시부야 구 센다가야5-20-19 | **TEL** 03-3355-2538 | **영업시간** 18:00~22:00 L.O.
정기휴일 일요일, 공휴일

카운터, 그리고 비닐 시트로 도로와 구분지어둔 테이블 자리는 매일 예약으로 가득 찬다. 그런데도 일단 빠지면 헤어나지 못하고 '나리타 참배'를 계속하게 되는 그런 독특함이 있는 가게다. 그러나 늦은 시간에는 카운터 자리에 쉽게 앉는 경우도 있다. 전채는 늘 변함없이 나오는 커민(미나리과 식물에 속하는 커민의 씨로 만든 향신료) 풍미의 양배추 300엔과 뜨거운 에스카르고 700엔. 눈앞의 주방에서 계속 내주는 요리는 압도적인 양은 물론이고, 스트레이트 직구로 확 와 닿는 맛, 그런데도 폭발적으로 싼 가격. 벌집 토마토 소스 조림 1000엔, 램 민스커틀릿 라타투유(프랑스식 야채 스튜 요리) 세트 1500엔, 오리가슴살 푸알레(팬 속에 재료를 넣고 온도를 조절해 조리하는 찜 요리) 1500엔. 그중에서도 정수는 돈가스와 큰 고기 조림의 파이 쌈. 1500엔의 기적이라 부르고 싶다. 충만한 향기에 어질어질해진다.

농인레이(ノングインレイ) | 미얀마 요리

도쿄 도 신주쿠 구 다카다노바바2-19-7 TAK11 1F | **TEL** 03-5273-5774
영업시간 11:30~22:00 L.O. | **정기휴일** 연중무휴

혼자일 때, 문득 모험을 해보고 싶을 때가 없나요? 먹어보고 싶었던 맛, 모르는 맛. 미지의 세계의 문을 열어젖히고, 나와 궁합이 맞는 음식을 찾으러 가는 것은 일종의 여행 기분. 이곳은 미얀마의 소수민족인 샨족의 요리를 내놓은 보기 드문 진기한 가게. 다카다노바바 역 북쪽에서 바로, 잡거빌딩 1층에 있는 간소한 가게는 10명도 못 들어가서 바로 만원이다. 고향의 맛을 찾아 방문하는 미얀마 사람도 많다. 처음 찾아갈 때는 목 넘김이 좋은 쌀국수 미셰, 매콤한 채소와 닭고기볶음에 계란 프라이를 얹은 이무키무밥, 병아리콩으로 만든 걸쭉하고 부드러운 두부가 휘감기는 두부국수 등을 드셔보시길. 매력적인 메뉴들로 가득, 처음 가도 왠지 정겹게 느껴지는 맛.

하이난지판식당 하이난지판(海南鷄飯) | 아시아 요리

도쿄 도 미나토 구 롯폰기6-11-16 | **TEL** 03-5474-3200
영업시간 11:30~13:30 L.O., 18:00~22:00 L.O.(토, 일, 공휴일11:30~14:30 L.O., 18:00~22:00 L.O.)
정기휴일 셋째 월요일

'海南鷄飯'은 '하이난지판'이라고 읽는다. 혼자 식사할 때는 딱 맞는 메뉴. 싱가포르 스타일의 치킨라이스로 재스민라이스에 촉촉하게 삶은 닭을 곁들이고, 간장, 칠리 소스, 생강 3종류의 소스를 뿌리는 게 일반적이다. 진한 간장 맛을 보거나 생강으로 담백하게 먹거나 자극적인 칠리 소스의 매운맛을 즐기거나 한 입 한 입 맛이 전혀 달라서 즐겁다. 치킨 수프가 따라 나오며 소(小) 750엔, 대(大) 900엔. 런치는 하이난지판 세트 혹은 날마다 메뉴가 바뀌는 카레. 밤에는 볶음국수나 카레 등등 종류가 많다. 롯폰기힐스 뒤편의 귀엽고 아담한 가게. 히비야에도 지점이 생겼다. 스기나미·니시오쿠보에 있는 '무한(夢飯)'의 하이난지판도 추천한다.

파크하얏트 도쿄 델리카트슨(デリカテッセン) | 델리

도쿄 도 신주쿠 구 니시신주쿠3-7-1-2 파크하얏트도쿄 1F | **TEL** 03-5323-3635
영업시간 11:00~20:00(토, 일, 공휴일11:00~19:00) | **정기휴일** 연중무휴

맑은 날에는 바깥 테라스에서. 안에 앉아도 천장이 높아 개방적인 느낌이다. 계절에 따라 메뉴는 바뀌지만, 페타치즈 마리네와 소금에 절인 대구로 만든 브랑다드, 병아리콩 퓌레 등등 셰프의 특제 부식에 베이커리에서 갓 구워낸 빵 등을 자기가 조합해서 시킬 수 있는 델리 스타일. 수석요리사가 엄선한 국내외 셀렉트 아이템이 조미료까지 700종류 이상 갖춰져 있다. 아사히신문과 닛케이신문, 파이낸셜타임스와 저팬타임스가 놓여 있는 데서도 세심한 배려가 느껴진다. 느긋하게 식사를 마친 후에는 콘란숍(인테리어 제품 매장)에서 쇼핑, 내친 김에 OZONE의 인테리어숍도 들여다보며 잠시나마 여행지 호텔에 있는 기분을 맛본다.

하마노야 파라(はまの屋 パーラー) | 차와 샌드위치

도쿄 도 지요다 구 유라쿠초1-12-1 신유라쿠초빌딩 B1 | **TEL** 03-3271-7210
영업시간 9:00~21:00 L.O.(토9:00~16:30 L.O.) | **정기휴일** 일요일, 공휴일

어디에나 있을 법한 지극히 평범한 분위기의 찻집이지만, 그 일대에서는 오아시스 같은 가게. 카운터 너머에서 나비넥타이를 맨 아저씨가 음식을 만들고, 앞치마를 두른 아줌마가 서비스를 한다. 목표로 정한 메뉴는 샌드위치. 뜨거운 계란 프라이와 햄, 양상추, 토마토 등을 끼워 넣은 믹스샌드위치는 양이 충분하다. 어느 샌드위치든 20엔을 추가하면 구워준다. 옛날식의 프루트샌드위치도 눈물겨운 맛. '하마노야'의 타이틀을 고수해나가는 손수 만든 맛과 성실함이 귀중하다. 파르페와 생과일 주스 종류도 다양하다.

바르 · 엔리케(バル・エンリケ) | 바르(식당 겸 바)

도쿄 도 메구로 구 가미메구로2-10-4 | **TEL** 03-3791-3023 | **영업시간** 18:00~22:30 L.O.
정기휴일 일요일(마지막 주 일요일은 영업함)

오다큐 선 히가시기타자와 역에서 내려서 바로, 주택가 안에 따뜻한 오렌지색 등을 달아둔 가게. 카운터 자리 9석뿐인 작은 스페인 요릿집. 일단 정어리초절임 650엔과 대파구이 마리네 650엔을 맛보면, 가게 주인인 호시노 씨가 요리를 대하는 자세를 바로 알게 된다. 작은 새우 아히조(마늘 소스), 감자와 대구의 스크램블에그, 토종닭 로즈마리 구이, 바스크 지방의 조개밥…… 모두 다 정성이 가득한 맛. 수줍음을 많이 타고 뚝심 있는 호시노 씨는 손님에게 맛있는 음식을 대접해주고 싶은 마음이 두 배는 강하다. 이것저것 물어보며 내 편으로 만들자. 처음에는 몇 명이 같이 가고, 익숙해지면 혼자라도 완전 OK. '맛있는 음식을 먹고 싶다!'는 의욕을 가득 안고 가자.

발타자르(バルタザール) | 정식·유기농

도쿄 도 스기나미 구 니시오기미나미3-15-3 호빗무라2 | **TEL** 03-3331-0522
영업시간 11:30~14:00 L.O., 18:00~22:30 L.O.(일11:30~14:00 L.O., 18:00~22:00 L.O.)
정기휴일 화요일

아주 평범한 일본 요리를 먹고 싶다. 그런 기분이 들거나 몸 상태가 그럴 때가 있다. 갓포나 일품요리가 아닌, 자기 손으로 혹은 고향집의 엄마가 만들어준 것 같은 가정의 연장선상에 있는 밥. '백성 정식' 950엔이나 '시골밥상' 1250엔은 지극히 평범한, 그러면서도 정성을 아낌없이 쏟아 제대로 만든 채소 중심의 맛있는 반찬들이 몇 개씩이나 모둠으로 나온다. 이렇게 다양한 반찬을 직접 만들려고 하면 엄청 고생하겠지. 참 고마운 일이네. 마음속으로 늘 두 손을 모아 감사한다.

비스트로 · 에디블(ビストロ·エディブル) | 프랑스 요리

도쿄 도 무사시노 시 기치조지혼초1-30-16 가토빌딩 1F | **TEL** 0422-23-3903
영업시간 17:30~24:00 | **정기휴일** 일요일, 첫째 월요일

기치조지 요도바시카메라 뒤편에 있는 카운터 9석짜리 가게. 셰프 혼자 있는 비스트로. 소힘줄 조림 700엔, 키슈 로렌 600엔, 부야베스 1200엔, 소볼살 레드와인 조림 1300엔. 정성 들여 만든 요리와 함께 AOC와인을. 날마다 레드와 화이트 와인을 각각 3~4종류씩 선보인다. 글라스와인은 840엔부터. 역시나 셰프의 가슴에는 소믈리에 배지. 와인을 좋아하는 사람들에게 반가운 비스트로다. 퇴근길의 늦은 식사는 수제 파스타로 마무리.

비스트로 · 상르수(ビストロ·サンルスー) | 프랑스 요리

도쿄 도 스기나미 구 니시오기미나미3-17-4 제2시소빌딩 2F | **TEL** 03-3247-1408
영업시간 12:00~14:00 L.O., 18:00~21:30 L.O. | **정기휴일** 월요일, 둘째넷째 화요일

친구를 처음 이 비스트로에 데려갔더니, 그녀가 감동한 표정으로 중얼거렸다. "좋은 사람의 맛이 나……!" 그 기분은 충분히 이해한다. 매일같이 정성껏 성실하게 요리와 마주하는 사람만이 만들어낼 수 있는 맛이다. 셰프와 스태프의 호흡도 척척, 마담 지에미 씨도 활력이 넘친다. 비스트로의 거울 같은 존재. 전채, 메인, 디저트를 선택하는 프리픽스 스타일. 전채는 전갱이 훈제 샐러드나 파테 드 캉파뉴, 무당게와 가리비 타르타르…… 자꾸 여기저기로 눈길이 가서 곤란하다. 메인인 생선이나 고기 요리도 다양하다. 치즈도 10종류가량 갖춰져 있고, 디저트 맛도 훌륭하다. 주방 앞의 나무 카운터가 혼자 온 손님을 맞아준다.

히마와리테이(ひまわり亭) | 정식

도쿄 도 시부야 구 하치야마초2-1-101 | **TEL** 03-3780-0907
영업시간 11:30~14:00 L.O., 19:00~20:30 L.O.(금요일은 예약 손님만) | **정기휴일** 일요일, 월요일

시부야·하치야마 파출소의 신호 가까이에 있는 귀여운 정식집. 그러나 우습게 보면 안 된다. 그날 아침에 만든 크로켓은 땡글땡글 귀여운 계란 모양. 국산 유채기름으로 예쁘게 노릇노릇 튀겨낸 말랑말랑하고 촉촉한 그 맛에 애정이 폭발한다. 소스 두 종류도 직접 만든 브랜드. 반찬은 계란말이와 무조림, 유부조림, 올망졸망한 밥상 위는 풍부한 색채로 넘쳐난다. 두 손을 모으고, "잘 먹겠습니다!" 그 밖에는 날마다 바뀌는 생선구이 정식과 1개에 150엔인 갖은 재료를 넣은 유부초밥도 있다. 밤에는 안주에 술도 마실 수 있다. 나무를 사용해서 개장한 가게 안은 산뜻하며, 전문가답지 않은 손수 제작한 느낌이 오히려 더 친근해서 좋다.

푸안(ぷあん) | 타이 요리

도쿄 도 스기나미 구 니시오기쿠보2-24-1 | **TEL** 03-5346-1699
영업시간 12:00~15:30, 18:00~22:30 L.O. | **정기휴일** 월요일

우메짱과 타이 북부 출신인 레노 씨 여성 콤비가 매일 주방에서 일하는 '아시아 밥과 카레 가게'. 가게 이름은 타이어로 '친구'를 뜻한다. 골목 안쪽에 있는 자그마한 가게의 맛은 타이의 열기와 습기가 강하게 담긴 대담한 맛이다. 정성이 깃든 꼼꼼한 준비에서도 기개가 느껴진다. 주말 한정인 인기 메뉴 카오소이 900엔은 코코넛밀크 풍미의 치앙마이 지역의 명물 국수. 닭고기를 밥에 곁들인 요리 카오만가이, 매운 다진 고기요리인 라뿌이산 등등 타이 북부의 음식이 다양하다. 이곳에서 밥을 먹을 때면 격렬한 스콜을 멍하니 바라보며 식사하러 다녔던 타이 북부의 식당이 아련히 떠오른다.

후민(ふーみん) | 중국 요리

도쿄 도 미나토 구 미나미아오야마5-7-17 오하라유회관B 1F | **TEL** 03-3498-4466
영업시간 11:40~14:30 L.O., 18:00~21:30 L.O. | **정기휴일** 일요일, 공휴일, 첫째 월요일

처음 문을 열고 들어간 후로 30년이 넘게 흘렀다. 내부 장식은 새로워졌어도 같은 장소다. 유달리 덩치가 작은 후민 씨가 가느다란 팔로 중화냄비를 열심히 흔드는 모습은 왠지 뭉클하다. 점심시간에는 금세 긴 줄이 늘어선다. 그러나 능숙한 서비스도 거들어서 회전은 빠르다. 명물요리인 파완탕, 돼지고기 매실조림 정식, 낫토볶음밥, 중화덮밥, 모두 다 양이 풍족해서 남성 혼자 온 손님도 많다. 맘껏 먹을 수 있게 테이블에 자차이 통을 놔둔 것도 늘 변함없다. 가정적인 대중 중화요리 가게로 평가받는 경우가 많지만, 후민 씨의 친절한 맛은 시대를 초월해서 손님들을 매료시킨다.

브릭(ブリック) | 바

도쿄 도 나카노 구 나카노5-61-3 | **TEL** 03-3388-1263 | **영업시간** 17:00~24:00
정기휴일 일요일, 공휴일

도쿄올림픽이 열린 1964년에 오픈해서 50여 년. 그리운 그 옛날의 토리스바(Torys Bar, 1955년 전후에 생겨서 엄청난 인기를 불러일으켰던 서민적인 바)가 JR나카노 역 북쪽 출구에 건재하다. 갈색 벽돌로 지은 단독건물의 문을 열면, 구석구석까지 예절 바른 공기 속에 포근한 부드러움이 감돈다. 저녁에 근처에 사는 아저씨가 훌쩍 들어와서 토리하이(토리스의 하이볼) 200엔과 땅콩을 집어먹으며 정해진 자기 자리에서 석간을 펼치고 있는 모습도 운치 있는 풍경이다. 단정한 바텐더 복장을 갖춰 입은 바텐더가 일하는 모습은 늘 정중, 정확, 스피디하다. 시내 바의 기개가 느껴진다. 토리하이는 계량컵으로 정확히 재서 재빨리 잘 섞고, 레몬 필을 휙. 감자 샐러드부터 만두 튀김까지 안주도 다양하다.

마루카(丸香) | 사누키 우동

도쿄 도 지요다 구 간다 오가와마치3-16-1 뉴스루가다이빌딩 1F | **전화번호는 비공개**
영업시간 11:00~19:30(토11:00~14:30) *우동 사리가 떨어지면 폐점 | **정기휴일** 일요일, 공휴일

진보초에서 하는 사누키 여행. 가가와 현 야마고에에서 수업한 주인이 뽑은 우동은 확실한 개성이 발휘되어 쫄깃쫄깃 매끈매끈. 뜨거운 우동, 차가운 우동의 조합은 자유자재. 가격도 가케와 쓰케(장국에 찍어 먹는 우동)우동은 각각 350엔, 가마타마 450엔, 쓰키미(날계란을 깨서 얹은 냄비 우동) 400엔…… 불만 없음. 갓 삶아낸 쓰키미야마(면 위에 날계란과 마즙을 얹은 우동)는 반숙 상태가 된 걸쭉한 계란을 같이 섞어주면 우동에 착 감기며 절묘한 맛을 자아낸다. 멸치로 우려낸 국물도 사누키의 맛. 닭튀김 220엔, 지쿠와 튀김 150엔, 시코쿠의 튀김인 우엉튀김 150엔. 다진 파 50엔, 스다치(식초 대신 사용하는 귤의 일종) 50엔…… 이것저것 자꾸 한눈이 팔려서 곤란하다. 가가와의 명주 '요로코비가이진'도 갖춰 놓았다.

미타카바르(三鷹バル) | 바르

도쿄 도 미타카 시 이노카시라2-14-8 | **TEL** 0422-77-4559
영업시간 18:00~23:00 L.O.(일, 공휴일18:00~22:00 L.O.) | **정기휴일** 월요일

가까이 있으면 매일 밤이라도 가고 싶다. 이노카시라 선 미카타다이 역에서 바로, 길고 좁은 구조의 자그마한 바르. 귀가하기 전에 서서 가뿐하게 한잔, 와인의 친구로 맛있는 안주도 조금. 집에 가는 길에 행복감으로 부풀어 오르게 해주는 귀중한 가게. 캐시 온(cash on, 술이나 음식, 상품 등을 받을 때 그 자리에서 대금을 지불하는 방식), 차지(charge) 없음. 카바, 와인, 샹그리아, 셰리. 그리고 바트(바닥이 얕고 평평한 사각형 접시)에 늘어서 있는 정성과 손길이 많이 간 맛있는 안주는 생햄, 안초비포테이토 샐러드, 새우 아히조, 정어리 마리네, 돼지고기와 바지락과 강낭콩 조림, 게크림크로켓…… 성실하게 일하는 자세에 보는 사람의 기분까지 좋아진다. 디저트로 쿠아하다(신선한 치즈에 꿀을 뿌린 음식)는 어떨지. 불만 없는 훌륭한 솜씨.

미토안 시나가와(味陶庵 志奈川) | 정식

도쿄 도 신주쿠 구 니시신주쿠4-11-19 | **TEL** 03-3376-2990 | **영업시간** 17:00~22:00 L.O.
정기휴일 토요일, 일요일, 공휴일

튀김이 특기인 정식집. 아담한 민예풍의 가게 안은 차분하게 안정되어 있고, 싹싹한 아줌마도 느낌이 좋다. 노라쿠로(검은 길고양이를 주인공으로 한 일본의 만화) 그림이나 커다란 시계가 반갑게 맞아준다. 튀김 정식은 양이 풍족한 민스커틀릿, 바삭한 식감이 돋보이는 전갱이튀김, 링 모양이 재미있는 오징어튀김, 봉긋하게 부푼 돈코로크로켓(고구마를 돼지고기로 감싸서 튀긴 크로켓) 모두 890엔. 곁들여 나오는 것은 수북하게 담은 양배추 채와 스파게티. 미토안 정식은 특기 메뉴인 돈가스와 반찬과 돈지루(豚汁, 돼지고기를 잘게 썰어 넣은 된장국). 작은 접시에 내는 제철 요리도 다양하다. 이런 정식집, 집 근처에도 하나쯤 있었으면. 도에이지하철 오에도 선 니시신주쿠 5초메 역 근처. 가까운 곳에 있는 대만 요리 '산친교(山珍居)'와 나란히 니시신주쿠 속 극락의 장소.

미마스야(みますや) | 선술집

도쿄 도 지요다 구 간다 쓰카사마치2-15 | **TEL** 03-3294-5433
영업시간 11:30~13:30 L.O., 17:00~22:30 L.O.(토17:00~21:30 L.O.) | **정기휴일** 일요일, 공휴일

간다 쓰카사마치 길모퉁이에서 붉은 초롱이 손짓해 부른다. 매일 저녁 7시가 지나면 가게 안은 떠들썩한 대화의 소용돌이. 그러나 아무도 다른 손님에게 신경 쓰지 않는다. 오로지 즐겁고 맛있게 먹고 마시며 피로를 풀 뿐이다. 메이지 38년(1905년) 창업, 도쿄 대중 선술집 중 최고참. 혼잡한데도 어딘지 모르게 담백한 공기는 하루아침에 흉내 낼 수는 없다. 그게 바로 전통이라는 거겠지. 냉토마토, 누타, 가지구이, 고기감자조림, 청어조림, 두부튀김, 구시카쓰(고기나 생선, 채소의 튀김 꼬치), 두툼한 계란말이…… 대중 선술집에 어울리는 요리라면 뭐든 다 있다. 시큼하게 식초 맛이 밴 전어초절임은 언제나 주문하고 싶어지는 메뉴다. 전국 각지의 일본 술들을 많이 갖추고 있고, 오늘 밤에도 초롱불은 밝혀져 있다.

미야자와(みやざわ) | 양식과 샌드위치

도쿄 도 주오 구 긴자8-5-25 니시긴자회관 1F | **TEL** 03-3571-0169
영업시간 11:30~새벽3:30 L.O. | **정기휴일** 토요일, 일요일, 공휴일

긴자에서 일하는 프로들을 뒤에서 든든히 받쳐주는 존재, 그것이 바로 '미야자와'다. 저녁 무렵에는 출근 전 요깃거리로, 밤에는 퇴근길에 편안히 한숨 돌리는 간식으로, 화려한 의상을 몸에 걸친 아가씨들이나 검은 양복을 차려입은 유흥업소 남자 직원들이 양식이나 정식, 샌드위치를 먹으며 편안하게 쉬는 모습이 자주 보인다. 입구는 작고 안쪽은 깊고 긴 공간에는 점잔 빼는 표정의 긴자 큰길과는 다르게 느긋하고 온화한 공기가 감돈다. 이게 좋단 말씀. 너무 좋아. 검은색 전화가 띠링띠링 울리면, 긴자 6~8초메의 바에서 들어온 주문이다. 알알한 매운맛의 소스가 맛있는 히레가스샌드위치나 부드러운 맛의 에그샌드위치는 아는 사람은 다 아는 밤 긴자의 인기 메뉴. 자전거로 배달을 나가는 청년의 모습도 긴자 밤풍경의 하나.

밀크랜드(ミルクランド) | 정식

도쿄 도 시부야 구 요요기2-23-1 뉴스테이트매너 1F | TEL 03-3377-1558
영업시간 11:30~18:00 L.O. | **정기휴일** 토요일, 일요일, 공휴일

JR신주쿠 역의 남쪽 출구에서도 요요기 역 방향에서도 거의 비슷하게 7~8분. 몸이 기뻐하는 무농약 채소 맛은 터벅터벅 걸어서 먹으러 가고 싶어진다. 날마다 바뀌는 정식 900엔. 쟁반에 가득한 작은 반찬 접시는 어느 날은 소송채나물, 차조기잎튀김, 표고조림, 머위무침, 맛국물로 끓인 된장국과 직접 담근 채소절임 등등. 밥은 백미나 현미. 제철 채소의 풍미를 한껏 살린 뛰어난 맛. 언제나 여성 고객들로 가득하다. 정오가 지나면 곧바로 길게 줄을 늘어서니 혼잡한 시간을 피해서 방문하자. 가게 이름은 20년 이상 저온살균 우유를 꾸준히 만들어온 '도모낙농업'에서 경영해서 그렇게 붙여진 것이다.

메종 드 라 부르고뉴(メゾン·ド·ラブルゴーニュ) | 프랑스 요리

도쿄 도 신주쿠 구 가구라자카3-6-5 Via가구라자카 1F | TEL 03-3260-7280
영업시간 11:30~14:30 L.O., 14:30~17:00 L.O.(티타임), 18:00~22:00 L.O. | **정기휴일** 연중무휴

레스토랑이냐 비스트로냐고 묻는다면, 비스트로 쪽에 매우 가깝다. 부르고뉴 와인 종류가 풍부해서 부르고뉴 전문 와인바로 이용한다는 사람도 있다. 파테 드 캉파뉴, 리예뜨 등 볼륨 있는 앙트레, 생선 푸알레, 오리콩피 등등 익숙한 프랑스 요리들이 갖춰져 있다. 바깥 테라스 자리는 봄에는 기분이 상쾌하고, 겨울에는 텐트와 난로로 따뜻하게 해준다. 주인과 웨이터는 프랑스인. 낮에는 1000엔 대의 런치를 먹는 게 이득이다. 맛이 좋고 나쁨을 까다롭게 따지지 않고, 소탈한 분위기에서 편안하게 프랑스의 맛을 즐기고 싶어질 때면 불쑥 들른다. 그런 캐주얼한 방문이 어울리는 곳.

MONTEE | 타이 요리

도쿄 도 다이토 구 아사쿠사1-1-12 | **TEL** 03-3841-8668 | **영업시간** 11:30~23:00 L.O.
정기휴일 화요일

도쿄 메트로 긴자 선 아사쿠사 역의 개찰구를 나오면 보이는 '아사쿠사 지하상점가' 간판. 쇼와 30년대를 방불케 하는 오래된 지하도 일곽에 박력 있는 타이 맛이 그대로! 좁은 가게 안에 늘어놓은 간소한 핑크색 테이블과 파이프의자도 방콕의 뒷골목으로 들어온 것 같은 기분을 줘서 기분 급상승. 점심에 먹고 싶어지는 메뉴는 무지막지하게 매운 다진 닭고기 바질볶음에 계란 프라이를 얹은 밥. 그린카레와 레드카레, 쿠이티오(타이의 쌀국수) 종류도 물론 있다. 볶음, 얌(무침)…… 어느 것을 시켜도 타이인 요리사의 솜씨에 감탄하게 된다. 훌쩍 들러보고 싶은 곳이지만, 너무 맛있어서 일부러 혼자 긴자 선을 타고 아사쿠사까지 가서 먹고 금세 다시 돌아오곤 한다.

채소요리 GOKAKU | 채소요리

도쿄 도 미나토 구 아오야마3-14-4 YTK미나미아오야마빌딩 B1F | **TEL** 03-5413-0831
영업시간 12:00~14:00 L.O., 17:30~22:00 L.O. | **정기휴일** 일요일(다음날이 휴일인 경우는 다음날)

잎채소, 뿌리채소, 곡물…… 각각이 가진 맛이 유감없이 다 발휘되어 작은 접시 하나에도 또렷하고 선명한 윤곽이 그려져서 깜짝 놀라게 되는 요리들이다. "채소는 좋은 향이 중요해요. 그래서 재료는 첫 수확부터 제철의 절정 무렵까지만 쓰죠. 가장 신선한 시기에만 씁니다." 주인인 고미야 씨의 눈길이 구석구석 꼼꼼히 미친다. 어느 겨울날의 채소 반찬 5품은 소송채와 유부 니비타시(식재료들을 초간장에 무르게 조린 요리), 시모니타(下仁田) 파 누타(잘게 썬 생선이나 조개를 파, 채소, 미역과 함께 초된장으로 무친 요리), 유채겨자간장무침, 연근튀김볶음, 메밀. 여기에 작은 종지에 담은 밑반찬들과 콩밥, 국물이 곁들여 나오는 점심 채소 반찬 밥상 1260엔은 고마워서 눈물이 난다.

양과자포(舗) 웨스트 긴자 본점 | 찻집

도쿄 도 주오 구 긴자7-3-6 | TEL 03-3571-1554
영업시간 9:00~23:00 L.O.(토, 일, 공휴일11:00~20:00) | **정기휴일** 연중무휴

긴자에서 혼자 편안히 쉬고 싶을 때, 여기라면 늘 기대를 저버리지 않아서 자주 의지한다. 살짝 배는 고픈데 뭘 먹어야 할지 자기도 잘 모르는 경우는 토스트햄샌드위치와 커피. 구운 햄을 끼운 향기로운 빵, 반달 모양으로 자른 레몬을 한차례 쭉 뿌려준다. 정성이 깃든 맛에 마음이 온화해진다. 커피도 리필해주고, 키슈(파이의 일종)와 보르시치도 있다. 슈크림과 케이크도 쟁반에 담아서 보여주러 온다. 예의 바른 명곡 찻집의 담화실 같은 풍정. 빳빳하게 풀을 먹인 테이블보와 의자 커버도 상쾌하게 맞아주고, 혼자 온 사람을 포근히 감싸주는 공기가 있다.

요코오(横尾) | 일본 요리

도쿄 도 무사시노 시 기치조지혼초1-11-2 모미지빌딩B 1F | TEL 042-42-3870
영업시간 18:00~23:30 L.O. | **정기휴일** 화요일, 셋째 월요일

뭐니 뭐니 해도 주방과 마주 보는 벽 쪽의 좁고 긴 카운터가 혼자 먹는 식사에는 최고의 아군이 되어준다. 누구에게도 방해받지 않고, 혼자 조용히 안정을 취할 수 있다. 인테리어는 여성 취향의 심플한 스타일이며 손님도 여성들이 중심이다. 요리 연구를 열심히 하는 주인 요코오 씨가 일본 각지에서 모은 제철 재료들을 골고루 갖춰놓고, 주방에서 부지런히 솜씨를 발휘한다. 어느 날은 걸쭉하고 쫀득쫀득하고 통통한 참마 이소베아게(기름에 튀긴 요리), 말린 감 시라아에(두부를 넣은 무침 요리), 히나이(比内) 토종닭튀김, 황금전갱이 회, 지역에서 잡은 낙지를 넣은 버터 밥, 모두 다 맛있다. 각 지역 토속주와 소주 종류도 다양하다. 메뉴 하나에 700엔 정도부터지만, 술을 마시며 단품으로 이것저것 주문하다 보면, 혼자 먹기에는 조금 비쌀지도. 잘 조합해서 드시길.

요시다(よし田) | 메밀국수

도쿄 도 주오 구 긴자7-7-8 | **TEL** 03-3571-0526
영업시간 11:30~21:30 L.O.(토11:30~20:30 L.O.) | **정기휴일** 일요일

창업 120년 남짓, 지금도 여전히 온화한 쇼와의 공기가 흐르는 긴자의 귀중한 가게. 물론 메밀국수는 종류별로 다 갖춰져 있다. 겨울에는 무 후로후키(무나 순무를 둥글게 썰어 무르게 삶아 된장을 쳐서 먹는 요리)나 맑은 대구탕, 흰 살 생선 계란탕도 있다. 해질 무렵, 유유자적한 초로의 아저씨들이 사이좋게 모이는 모습도 '요시다'에서만 볼 수 있는 멋진 풍정. 마루로 올라가 편안한 자세를 취하고 싶지만, 혼자일 때는 얼른 테이블로. 명물은 크로켓소바. 자 그런데, 과연 그 정체는…… 꼭 드셔보기 바란다. 내가 늘 시키는 메뉴는 따뜻하게 데운 기쿠마사(菊正) 술과 안주로 크로켓소바의 누키(면을 넣지 않는다는 뜻). 진하고 달콤한 뜨거운 국물이 시원하게 목을 훑고 내려가서 최고의 입가심이 된다.

라이온셰어(ライオンシェア) | 카레

도쿄 도 시부야 구 요요기3-1-7 | **TEL** 03-3320-9020
영업시간 11:30~14:00 L.O., 18:30~22:30 L.O. | **정기휴일** 일요일, 공휴일

JR요요기 역이나 오다큐 선 미나미신주쿠 역에서 '라이온셰어'로 서둘러 향한다. 가는 길에 입 안으로 퍼지는 그 깔끔한 맛을 떠올리는 게 좋다. 왠지 기분까지 좋아진다. 역시 먹고 싶은 것은 키마 카레(잘게 다진 고기로 만든 카레). 삼분도 현미밥 위에 재료 각각의 다른 풍미가 넘쳐나는 키마가 듬뿍. 아차르(인도의 채소나 과일 절임)와 함께 비벼서 입 안 가득 넣으면, 순식간에 전체가 일체감을 이루며 훌륭한 조화를 만들어낸다. 대단한 카레네. 뼈가 부드럽게 쏙 발라지는 치킨 카레나 수프처럼 담백한 베지테리언 카레도 이곳만의 독특한 맛. 계란조림도 카레와 궁합이 잘 맞는다. 남자 혼자 온 손님도 많다.

리큐안(利久庵) | 메밀국수·정식

도쿄 도 주오 구 니혼바시 무로마치1-12-16 | **TEL** 03-3241-4006
영업시간 11:00~20:30 L.O.(토11:00~16:00) | **정기휴일** 일요일, 공휴일

니혼바시의 미쓰코시 맞은편, 무로마치 골목으로 들어가면 바로 왼쪽. 쇼와 27년(1952년) 개업, 이 일대는 원래 어시장이었다. 1층은 국수, 우동, 덮밥. 2층은 정식. 양쪽 다 근처 손님들에게 오래도록 사랑받아온 차분한 분위기가 감돈다. 정식은 고등어, 청어, 붉돔 지게미절임, 삼치 등등 계절별 생선구이 정식이 1100엔. 날마다 바뀌는 생선회 정식이나 1인용 전골요리인 스키야키, 리큐 정식도 추천한다. 어른들을 위한 정통파 정식집이다. 감자 샐러드나 낫토도 따로 주문할 수 있다. 밤에는 닭고기계란조림, 이타와사, 튀김 등의 일품요리도 나온다. 청결한 가게, 오래도록 써서 길들여진 나무 테이블과 편안함이 느껴지는 의자, 확실한 맛. 니혼바시에 오면 늘 포렴을 걷고 들어가고 싶어진다.

르 캬바레(ル·キャバレー) | 자연파 와인·프랑스 요리

도쿄 도 시부야 구 모토요요기초8-8 motoyoyogi leaf 1F | **TEL** 03-3469-7466
영업시간 19:00~새벽2:00(토18:00~새벽2:00, 일, 공휴일18:00~24:00) | **정기휴일** 수요일

요요기하치만에서 요요기우에하라 방면으로 가는 지름길 중간쯤, 파리의 길모퉁이에 자리 잡은 듯한 작은 비스트로의 등불. 루아르, 코트 뒤 론, 알자스를 중심으로 의지가 강한 젊은 생산자들이 만든 프랑스 자연파 와인을 많이 갖춰놓았다. 글라스와인은 850엔부터. 전채는 붕장어 베녜(밀가루를 입혀 기름에 튀긴 음식), 에스카르고와 닭 모래주머니 프리카세, 앙디브와 호두, 블루치즈 샐러드 등등. 메인은 바베트 스테이크나 생선 조개 포토푀, 푸알레 등. 든든하게 먹어도 좋고, 전채와 와인만 마셔도 좋다. 소년 같은 분위기가 멋진 오너 호소고시 씨가 틀림없이 당신의 친절한 아군이 되어줄 것이다.

르 가르송 드 라 빈느(ル·ギャルソン·ドゥ·ラ·ヴィーニュ) | 자연파 와인·프랑스 요리

도쿄 도 시부야 구 히로오5-17-11 아바스히로오 1F | **TEL** 03-3445-6626
영업시간 12:00~14:00 L.O., 18:00~22:00 L.O. | **정기휴일** 일요일, 첫째 월요일

반지하에 있는 비스트로로 들어가면 바로 왼편에 카운터 자리 두석. 혼자일 때는 이곳이 특등석. 좁고 긴 가게 안에는 안쪽을 향해 테이블 자리가 이어진다. 서비스를 혼자 도맡아 하는 사람은 자연파 와인의 제조자 M. 라비에르와 P. 파카레 밑에서 일한 경험이 있는 이노 씨. 물어보면 와인에 관해 친절하게 잘 가르쳐주고, 적절한 거리감과 절도 있는 대응도 좋다. 낮에는 런치 1200엔부터. 밤에는 '아 라 카르트'와 코스 3800엔부터. 채소와 뿌리채소를 모둠으로 담아낸 '농원에서 온 한 접시', 에조사슴(홋카이도에 서식하는 사슴의 일종) 허벅지살 소시지 등등 소재의 맛을 소중히 여기는 요리가 많다. 요리에 맞춰 마시고 싶은 와인을 골라달라고 해서 글라스로 한두 잔. 좋은 시간을 보낼 수 있다.

르 브르타뉴(ル·ブルターニュ) | 갈레트*·크레페

도쿄 도 신주쿠 구 가구라자카4-2 | **TEL** 03-3235-3001
영업시간 11:30~22:30 L.O.(일, 공휴일11:30~21:00 L.O.) | **정기휴일** 월요일

가구라자카의 젠코쿠지 비샤몬텐 근처, 골목 안쪽에 있는 크레페리를 처음을 방문한 것은 개업 직후인 1996년, 부르타뉴 본고장의 갈레트가 등장해서 기뻤다. 갈레트는 메밀가루로 만든다. 바삭하고 맛있게 구운 뒤에 햄, 치즈, 계란, 채소…… 부르타뉴 지방에서는 갈레트가 주식이었던 시대도 있었다. 부르타뉴 명산품인 시드르(사과술)도 함께. 디저트는 소금버터 캐러멜 풍미, 캐러멜뵈르사레. 마무리는 칼바도스(사과로 만든 브랜디)…… 혼자서 잠시나마 부르고뉴 지방을 여행해보자. 늘 손님이 많으니 예약 전화를 하는 게 안심.

★ galette, 프랑스에서 식사 후 디저트나 간식으로 애용하는 달콤한 빵과자

레스토랑 시치조(七條) | 양식

도쿄 도 지요다 구 히토쓰바시2-3-1 쇼가쿠칸빌딩B1 | **TEL** 03-3230-4875
영업시간 평일11:30~14:00 L.O., 18:00~20:00 L.O.(토11:30~14:00 L.O.)
정기휴일 일요일, 공휴일

양식의 범주를 훨씬 넘어서 오히려 비스트로에 가깝다. 확실한 기술과 높은 의지로 보장받은 프로의 솜씨가 아낌없이 발휘되어 있다. 혼자일 때는 커다란 테이블 자리가 부담 없고 좋다. 정평이 난 민스커틀릿, 계란 프라이를 곁들인 햄버그, 민스커틀릿이나 튀김 등의 양식 메뉴는 물론 눈이 번쩍 뜨이게 두꺼운 흑돼지로스 그리예(석쇠나 그릴, 프라이팬에 굽는 요리), 신선한 고등어 마리네, 제철을 맞은 눈볼대빵가루구이…… 일품요리는 모두 미각에 깊이 새겨두고 싶은 맛. 항상 손님들로 꽉꽉 차지만, 변함없이 성실하게 일에 임하는 자세가 이루 말할 수 없이 고마울 뿐이다.

록피시(ロックフィッシュ) | 바

도쿄 도 주오 구 긴자7-2-14 제26폴스타빌딩 2F | **TEL** 03-5537-6900
영업시간 15:00~24:00 L.O.(토, 일, 공휴일13:00~22:00 L.O.) | **정기휴일** 연중무휴

뭐니 뭐니 해도 하이볼! 다른 곳에서는 절대 맛볼 수 없는 상쾌함을 선사한다. 차갑게 냉장시켜둔 잔은 쏨뱅이(록피시)가 새겨진 오리지널. 위스키는 산토리 가쿠빈복각판(병이 각이 졌던 초창기 위스키의 맛과 용기를 재현한 제품) 43도. 거기에 단번에 차가운 소다를 붓고 재빨리 내다준다. 한 모금을 쑥 들이키면 저절로 눈이 감겨버리는 맛. 카운터에서 느긋하게 쉬며 순식간에 혼자만의 시간 속으로 빠져든다. 정성이 깃든 손길이 간 통조림 안주나 샌드위치의 단정한 맛도 이 바에서만 받을 수 있는 대접. 훌쩍 들렀다 가는 나 홀로 여성 손님도 많다. 긴자에서 볼일을 마치고 돌아가는 길에 한잔, 쇼핑을 하고 들어가는 길에도 한잔. 다만, 한잔으로 끝나지 않는다는 게 매우 위험.

혼자서도 잘 먹었습니다

초판 1쇄 인쇄 2016년 12월 10일
초판 2쇄 발행 2017년 4월 10일

지은이 히라마쓰 요코 | **옮긴이** 이영미 | **펴낸이** 김종길 | **펴낸 곳** 인디고
책임편집 이은지 | **편집** 박성연, 이은지, 김신희, 이경숙, 김보라, 안아람
마케팅 박용철, 임우열 | **디자인** 정현주, 박경은, 이고은 | **홍보** 윤수연 | **관리** 김유리
출판등록 1998년 12월 30일 제2013-000314호
주소 (121-840) 서울시 마포구 양화로 12길 8-6(서교동) 대륭빌딩 4층
전화 (02)998-7030 | **팩스** (02)998-7924
이메일 bookmaster@geuldam.com | **페이스북** www.facebook.com/geuldam4u
블로그 http://blog.naver.com/geuldam4u | **인스타그램** geuldam

ISBN 979-11-5935-10-8 03830
책값은 뒤표지에 있습니다.
잘못된 책은 바꾸어 드립니다.

이 도서의 국립중앙도서관 출판시도서목록(CIP)은 e-CIP홈페이지(http://www.nl.go.kr/ecip)와 국가자료공동목록시스템(http://www.nl.go.kr/kolisnet)에서 이용하실 수 있습니다. (CIP 제어번호 : 2016028656)